이바구 소설선 3

# 아직 덜 마른 장작

이지혜 장편소설집

도서출판 **이바구**

## 소설가의 말

에리히 프롬은 그의 저서 『사랑의 기술』에서 성숙한 사랑과 미성숙한 사랑에 대해 진술하고 있다. 미성숙한 사랑은 '당신이 필요해서 나는 당신을 사랑한다.'라는 것이지만, 성숙한 사랑은 '당신을 사랑하므로 내게는 당신이 필요하다.'라는 것이다.

평생을 살아가면서 진정으로 성숙한 사랑을 해 본 사람이 지구상에 몇 명이나 될까? 질문 이전에 스스로 성숙하다 자부할 수 있는 사람은 많지 않을 것이다.

겉으로 보기에 성숙해 보이는 중년 부부일지라도 실은 억압된 자아와 억압된 사랑의 욕구를 안으로 안으로 밀어 넣으며 살아가는 이들이 얼마나 많은가.

사랑할 준비. 그게 되어서 사랑을 주고받는다면 참 좋을 것이다. 그렇지 못하기에 우리 사랑이 힘겨워지기도 하지만, 때론 더욱 빛나기도 한다. 이 작품 속 주인공들이 그러한 인물들이기도 하다. 종류는 조금씩 다르나 결핍이 있는 자들이 누군가를 사랑하기도 하고, 철벽같이 뚫리지 않을 것만 같은 현실에 도전하기도 한다.

　누군가를 사랑할 준비는커녕 결핍된 환경으로 인해 어떤 이들은 때로 가슴속 깊이 분노를 안고 살아가기도 한다. 분노를 가슴속 깊이 묻어 둔 채 꾹꾹 누르면서 사는 사람이 있는가 하면, 세상을 향해 이러저러한 방식으로 표출하는 사람도 있다. 이도 저도 하지 못한 채 그저 오늘의 삶을 묵묵히 살아가는 사람도 있다. 사랑의 감정을 올곧게 표현하지 못해 왜곡되고 뒤틀리기도 하고, 사랑할 대상 찾기에 번번이 실패해 상처받기도 한다. 한 번의 실수로 평생 돌이킬 수 없는 상처가 될 사람을 만나기도 하는 게 우리네 삶의 한 부분이다.

　그러나 모든 이의 공통점은 누군가를 사랑한다는 점이다. 아직은 탈 준비가 되지 않은 그들은 모두 덜 마른 장작들이다. 이 작품 속 인물 중에서 제대로 탈 준비가 된 사람은 한 명도 없다. 미성숙하고 불완전하지만, 주어진 삶을 포기하지 않고 어떻게든 오늘의 삶을 살아 내는 사람들에게 조금 미스가 있다고 해서 과연 누가 돌을 던질 수 있을까? 법의 규율로 인해 돌을 맞는 이에게조차 주인공은 화해의 손길을 내민다.

　덜 마른 채 타는 그들에게선 뿌옇게 연기도 나고 까만 재도 흩날리고 타닥타닥하며 물 빠지는 소리도 난다. 이 작품에선 불완전하지만, 그래도 사랑해야 하는 숙명 같은 인간의 의무를 그리고 있다. 아직 덜 마른 장작일지언정 우리는 태워야 한다.

부모와 자식 간이건 연인 간이건 어떤 관계이건 간에 왜곡되고 뒤틀린 사랑을 치료하고 치유할 수 있는 것도 결국 사랑임을 말하고 싶었다. 조금은 부족하고 모자라는 우리네 삶을 채울 수 있는 매개체도 결국엔 사랑이다. 사랑 없는 삶. 그것이 인생에 어떤 의미가 있을까. 다소 부족하고 불완전할지라도 사랑을 통해 상처를 치유해 내고 극복하면서 살아야 하는 게 우리네 삶의 숙제일 것이다.

처음 쓴 장편 소설이 너무 무거운 주제를 다루어 염려스럽기도 하다. 그러나 작품을 쓰면서 그동안 마음 한구석을 괴롭혀 왔던 사랑에 대한 단상이 정리되기도 했다.

장편 소설 『아직 덜 마른 장작』에서 사랑에 대한 새로운 시야를 얻는 시간이 되기를 바란다. 작품이 나오기까지 애써 주신 분들께 감사의 마음을 전한다.

2024년 여름. **이지혜**

## 목차

| | |
|---|---|
| 소설가의 말 | 3 |
| – | |
| 나비 한 마리 | 9 |
| 축축한 어둠 | 18 |
| 쟁반의 무게 | 32 |
| 푸른 하늘 | 50 |
| 담배 연기 | 86 |
| 그의 소식 | 96 |
| 담요 같은 사람 | 107 |
| 이지러진 달 | 114 |
| 뜻밖의 만남 | 124 |
| 투명 인간 | 142 |
| 정수와 윤희 | 153 |
| 친구의 뒷모습 | 159 |
| 의무 방어전 | 171 |
| 색소폰 교습소 | 182 |
| 개명(改名) | 192 |

## 목차

| | |
|---|---|
| 삶의 의미 | 203 |
| 빗속에서 | 208 |
| 거리의 풍경 | 215 |
| 출판기념회 | 221 |
| 그의 구속 | 230 |
| 천상 엄마 | 248 |
| 유일한 재산 | 252 |
| 지명수배범 | 259 |
| blue sky | 264 |
| 재회 | 268 |
| 사형 선고 | 285 |
| 북콘서트 | 288 |
| 면회 가다 | 292 |
| 어제, 오늘, 그리고 | 297 |
| 친구의 쓰리잡 | 301 |
| 지방선거 | 305 |
| 준호의 이야기 | 323 |

## 나비 한 마리

이른 새벽부터 겨울비가 내렸다. 엊저녁부터 흩날리던 진눈깨비가 빗방울로 변해서 유리창을 두드렸다. 빗소리에 잠이 깬 미나는 새벽마다 배달되는 일간 신문을 펼쳐 들었다. 언제부턴가 아침잠이 없어진 그녀는 신문 읽는 것으로 하루를 시작하곤 했다.

새해 첫날 신문의 첫 지면엔 광장시장 포장마차에서 소주잔을 치켜들고 활짝 웃는 가장들의 얼굴이 대문짝만하게 실려 있었다. 희망찬 새해를 기원하는 가장의 얼굴을 무표정하게 바라보던 미나는 신춘문예 당선작 알림 코너로 눈길을 돌렸다.

최연소로 신춘문예에 당선된 청년 시인의 사진을 본 순간 미나는 고개를 갸우뚱했다. J대학 정치외교학과 일 학년에 재학 중이라는, 볼살에 사춘기적 여드름이 채 가시지도 않은 청년은 아무리 보아도 어디선가 많이 본 듯한 얼굴이었기 때문이다.

사진 속 얼굴에 대한 궁금증이 풀리기까진 그리 오랜 시간이 걸리지 않았다. 청년 시인은 데뷔한 지 얼마 지나지 않아 한 중견 잡지사에 칼럼을 썼다. 칼럼에서 불합리한 세상과 싸우는 중이라는 그는 얼마 전에 죽은 한 기업인의 혼외자이며 어려서부터 지금껏 홀어머니 밑에서 자라온 가족사를 과감하게 밝히고 있었다. 칼럼 속 글자들과 상단의 사진을 빠르게 훑던 미나의 눈빛은 어느 때보다 불안하게 흔들렸다. 그녀의 머릿속을 가득 메운 건 정 회장과의 기억이었다. 그와의 추억 아닌 추억이 파노라마 사진처럼 눈앞으로 펼쳐졌다.

정 회장과 판에 박힐 만큼 닮은 청년은 미나의 아들 준호보다 열한 살이 많았다. 청년은 망자와의 인지청구소송, 친생자관계존재확인 소송은 물론, 이미 상속재산분할을 마친 사람들과의 상속회복 청구 소송에서 모두 승리하여 지금껏 아버지를 아버지라 부르지 못하고 살아온 서러움을 만회할 거라고 했다. 더불어 태어날 때부터 낙인찍혀 은둔 생활하는 혼외자들과 평생 자식을 돌보며 혼자 사는 자신의 어머니와 같은 분들의 권익 보호를 위해 죽는 날까지 목숨 바쳐 헌신할 거라고도 했다. 그는 시인이라기보단 투쟁력 강한 정치인 같아 보였다.

미나는 한 달여 전에 읽은 청년 시인의 등단 작품과 당선 소감을 찾아서 다시 한번 읽어 보았다. 수면 위로 분분히 피어오르는, 몽환적이고 신비로운 물안개에 둘러싸인 춘천 소양호의 아름다운 풍광을 읊은 서정시였다. 그의 작품에서 어떠한 풍자도 세상을 향한 분노도 찾아볼 수 없고, 그저 서정시의 미학이 있을 뿐이었다. 정치외교학과에 다니긴 하지만 전부터 문학에 관심이 있어 틈틈이 시를 써 왔을 뿐이라고 밝히는 그의 당선 소감에서도 특이점을 찾아볼 수 없었다. 머리띠 질끈 동여맨 노동조합장의 이미지가 더 어울릴 법한 사람이 어찌 이리 서정적인 시를 쓰는지 청년의 칼럼과 시는 도저히 매치되지 않았다.

그가 만천하에 까발린 칼럼 때문인지는 몰라도 그의 소송 절차는 순조롭게 진행됐다. 연예계 쪽 기사를 쓰는 사람들의 소문에 따르면 아버지와 붕어빵처럼 닮은 그와 그의 배다른 형제들이 유전자 검사를 하는 것조차 민망한 일이었다고 한다.

소송 절차가 끝난 후 청년은 가끔 문예지에 작품을 발표하면서 존재감을 드러낼 뿐 한동안 세상의 이목을 끌지 않았다.

반면, 아버지의 사업을 물려받아 회장의 아들이 운영해 오던 BK엔터테인먼트는 재정 상황이 안 좋아졌는지 삼성동 사옥을 다른 회사에 매각해 버렸다. 사실 정 회장이 죽은 후 BK엔터테인먼트는 잘나가는 연예인 하나 발굴하지 못하고 삼류 래퍼들 음반 제작이나 하면서 버텨 오던 터였다. 그간 정 회장이 비축해 놓은 돈이나 까먹으며 지내오던 찰나에 청년의 출현은 차라리 잘된 일인지도 몰랐다. 가끔 희미한 조명 아래에서 회장과 미나가 사랑을 속삭이던 삼성동 사옥은 청년 시인의 출현으로 영원히 회장의 가문에서 멀어져 버렸다.

소나무 조경이 멋들어지게 조성된 저수지 카페에서 미나는 유진과 만났다. 근처에 고객을 만나러 왔다는 말에 미나는 조퇴까지 하고 친구를 만나러 나왔다.

정수기 코디네이터를 하다 때려치우고 신용카드 영업사원과 보험설계사 일을 하던 유진은 지난해 부업으로 다단계 판매를 시작했다. 처음엔 부업으로 시작하더니 얼마 안 되어 카드도 보험도 때려치우다시피 하고 다단계 판매에 주력했다. 그동안 험한 일을 하며 사람 상대하는 기술이 늘었는지 장사가 그럭저럭 잘 된다는 유진의 볼은 전보다 살이 올라 한결 부드러워 보였다.

"와! 이 카페 얼마 전에 새로 생겼는데 예쁘게 잘해 놨다.

꼭 식물원에 온 것 같아! 꽃들도 많구, 인테리어도 끝내 준다. 무슨 드라마 촬영장같이 해 놨네."

"그러네."

야외 카페의 아기자기하면서도 동화 같은 풍경에 감탄하는 유진의 얼굴을 보면서 미나는 속으로 쓰디쓴 침을 삼켰다. 두 여자는 봄꽃 화분들이 늘어선 화단 옆 야외 테이블에 자리를 잡았다. 정원 앞으로 넓게 펼쳐진 저수지는 검푸른 물비늘을 일으키며 반짝였고, 푸른 하늘 아래 몽글몽글한 흰 구름이 낮게 떠다녔다.

'쉴 만한 물가'라는 이름답게 카페는 세상일에 이리저리 치이고 찌든 자들이 와서 쉬고 가기에 적당하리만큼 안락해 보이기도 하고, 한편으론 이미 어디에선가 한바탕 치이고 찌들어 쉴 만한 곳이 필요했던 주인장의 심리를 보여 주는 것 같기도 했다.

아이스크림을 곁들인 크로플과 커피가 나왔다. 캐러멜 마키아토 위에서 휘핑크림이 해변에 밀려오는 파도의 흰 거품처럼 감겼다. 유진이 말했다.

"요즘 너 좋아 보인다. 책도 잘 팔리고. 어쩌면 그리 내는 책마다 재밌을 수 있니? 내가 하고 싶은 말들을 네가 대신해 주는 것 같아 속이 시원하다."

"고마워. 너도 전보다 얼굴이 좋아 보인다."

"난 우리 친구들 덕분에 잘살고 있지. 물론 내가 하도 장사하고 다니니까 일부러 연락 피하는 애들도 있지만. 나도 이해해. 나라도 그럴 것 같아. 허구한 날 물건 파는 얘기만 해서 이제 염치도 없어. 예전에 정수기 할 때부터 지금껏 동창들한테 빚만 지고 사는 것 같아."

"그런 소리 마. 친구 좋다는 게 뭐니? 다 먹고사는데 필요한 것들인데 너 아니면 누구한테라도 사야 할 물건들이야. 남편은 요새 좀 어떠니?"

"맨날 그렇지 뭐. 그 인간이 언제 나한테 돈 벌어다 주는 것 봤냐. 이제는 기대도 안 한다. 팔자라고 생각하고 살아야지. 딸래미들 보고 산다. 고것들 불쌍해서……."

미나는 말끝에 생략된 의미를 읽을 수 있었다. 이제 아홉 살과 네 살 된 딸 둘을 위해 투잡을 넘어 쓰리잡까지 뛰는 친구가 존경스럽게 느껴졌다.

"애들은 잘 크지?"

"그럼. 희경이는 피아노 배우느라 바쁘구, 은경이는 쬐끄만 게 그새 머리가 컸는지 요새 부쩍 자기 고집을 부리네."

"그래도 지금 한창 이쁠 때잖아."

"하하. 안 낳으려다 하나 더 낳았더니만, 그래도 둘째가 이쁜 짓을 많이 하긴 하네. 근데 참, 넌 아직도 그 곱하기 만나냐?"

"그 사람 죽었어. 벌써 일 년도 넘은걸. 급성 췌장암으로."

"그랬구나. 사람 팔자 새옹지마라고. 그렇게 돈 많은 인간도 한 방에 가네. 죽은 건 안 됐지만, 인제 너랑 만날 일 없으니 그건 잘 됐다. 인제 그런 노인네 상대하지 말고 너 수준에 맞는 번듯한 사람 찾아봐. 알았지?"

"그런 사람이 있어야 만나지. 번듯한 사람들은 다들 멀쩡한 가정 꾸리고 잘 살지 나처럼 혼자 사는 사람이 어딨니?"

"야, 그렇지 않아. 요즘 세상에 너같이 혼자 된 사람들이 부지기수로 쏟아져 나와. 잘만 고르면 팔자 고칠 수 있는데. 난 네가 괜히 아직도 그 곱하기 못 잊어서 좋은 사람 못 만나고 있을까 봐 걱정했거든."

회장을 처음 만나던 때 미나는 스물다섯이었다. 그녀가 스물다섯이었을 때 회장은 쉰이었다. 그러니까 스물다섯의 갑절은 쉰이어서 유진이 붙여 준 별명이 곱하기였다.

"그 사람 안 만난 지가 언젠데 그런 얘길 하니? 사는 게 바빠서 한참 연락 안 하고 살았는데 어떻게 알고 지난번 내 북콘서트에 왔더라. 아마 너도 봤을걸. 사인회 때 나한테 말 걸던 사람. 그때 나한테 후원금을 오백만 원이나 내놓고 갔어.

그러구 일 년 만에 죽었어."

 "아, 누군지 알겠어. 그 하얀 재킷 입고 머리에 무스 바르고 온 노인네 아냐?"

 미나는 고개를 끄덕였다.

 "아, 그랬구나. 안 그래도 독자층이 주로 여성들인데 웬 남자가 왔나 했지. 그것도 노인네가. 사람은 점잖게 생겼더라. 인물도 훤칠하고. 야! 그래도 곱하기가 준호 아빠보단 낫다. 그런데 와서 목돈도 내놓고 가구. 남잔 일단 돈 있구 봐야 해."

 남편의 돈을 기다리다 지친 유진은 회장의 돈 얘기에 화색이 돌았다. 남편의 돈을 기다리며 사는 여인에겐 남자가 벌어다 주는 돈이 때로는 절대적인 가치가 될 수도 있다는 걸 얼마간의 결혼 생활을 물리고 나온 미나는 잘 알고 있었다. 유진에게만은 어떤 비밀도 없이 속마음을 터놓고 살았는데 우리가 앉아 있는 이 카페를 죽은 회장 부인과 아들이 공동으로 운영한다는, 회장이 죽고 아들이 운영하던 회사를 매각하고 남은 돈으로 차린 거란 얘긴 차마 하지 못했다.

 아이스크림을 떠서 입으로 가져가던 미나는 테이블 옆 화분 위를 맴도는 오렌지빛 나비 한 마리에 시선을 고정했다. 분홍색과 빨간색이 섞인 잉글리시 데이지꽃 위로 나비는 앉을 듯

말 듯 하며 꽃술 근처를 빙글빙글 맴돌았다. 그러다 다시 날아오르길 반복하더니 이내 분홍색 데이지에 내려앉아 꿀을 빨기 시작했다. 가녀린 꽃술 위에서 나비는 부지런히 날갯짓했다. 미나는 크로플에 곁들인 아이스크림을 기계적으로 떠먹으며 취하기라도 한 듯 나비에 정신이 팔렸다. 나비에게서 회장의 얼굴을 보았기 때문이다. 마치 회장이 그렇게 나비가 되어 날아온 것만 같았다.

## 축축한 어둠

북콘서트를 보름 앞두고 미나는 페이스북에 접속했다. 장편 소설을 쓰느라 꽤 오랜 시간 들어오지 못한 페이스북의 첫 게시글을 본 그녀의 눈동자는 불안하게 떨렸다. 가슴 한편에 묻어 두고 살다 가끔 꺼내 보던 정 회장은 수십 장의 사진과 동영상으로 자신이 건재하다는 걸 세상에 알리고 있었다.
'아내의 생일을 맞이해 가족끼리 북한산 자락에 머물고 있습니다. 아내가 관절염이 있어 멀리 나가기도 힘들어 도심의 공해와 소음을 피해 한적한 명소를 찾았습니다. 산책길이며 계곡도 일품이고 감자전에 산채 연잎밥 등 먹거리도 다양하네요. 집에서 가까운 곳에 아주 멋진 곳이 있네요. 오랜만에 힐링하고 있습니다.~~'
정 회장이 올린 사진을 스크롤하는 미나의 손가락이 가늘게 떨렸다. 복덕방 주인장같이 후덕하게 생긴 중년 여성은 식탁 위에 올려진 각양각색의 과일에 미소 지었다. 부부는 오래 살면 닮는다고 여성과 회장의 얼굴은 한눈에 봐도 오래 산 부부 같았다. 건장한 아들과 단아한 미모의 딸은 엄마 아빠 사이에서 행복하게 웃었다.

엉금엉금 기어 다니는 아기를 향해 팔을 벌리며 누구보다 흐뭇해하는 사람은 회장이었다. 그는 세상을 다 얻기라도 한 듯 여유로워 보였다. 머리숱이 듬성듬성 빠지고 손등과 팔뚝에 주름살이 잡힌 것을 빼고는 정정할뿐더러, 심리적으로는 전보다 평온을 찾은 듯했다. 샴페인 잔을 마주하고 웃는 부부는 수십 년 해로하여 서로에게 더 바랄 것 없는 한 쌍의 원앙 같았다. 산해진미 가득한 상에 둘러앉은 가족사진은 그야말로 남 부럽지 않은 중산층의 삶을 보여 주고 있었다.

사진 아래 동영상을 재생한 미나의 눈빛은 더욱 흔들렸다. 심장은 전기 충격이라도 가한 듯 불규칙하게 뛰기 시작했다. 여느 신혼부부 못지않게 다정스런 대화를 나누는 노부부의 모습에 미나는 속이 메슥거리기 시작했다. 거실의 벽걸이 TV에선 회장이 색소폰으로 손인호의 한 많은 대동강을 연주하는 유튜브 방송이 재생되었다. 회장의 아내는 손뼉을 치면서 아기에게 소리쳤다.

"태호야, 할아부지 잘생겼다! 하하하. 할아부지 잘하신다!"

회장의 아내와 딸은 마주 보며 웃음꽃을 피웠다. 기저귀를 차고 기어 다니던 아기는 TV 속 할아버지가 신기한지 방석 위에 엎드린 채 다리를 흔들었다.

다음 동영상에서 계곡 위 다리를 산책하는 아내는 회장 못지않게 여유로워 보였다. 그녀에게선 세상 오래 산 사람한테서 느낄 수 있는 관조의 눈빛까지 엿볼 수 있었다. 게시글에 달린 수십 개의 댓글은 모두 정 회장의 건강과 행복을 응원하고 있었다.

거의 망연자실한 사람인 양 페이스북을 들여다보던 미나는 곧 정신을 가다듬었다. 하려던 일을 해야 한다는 걸 깨달았기 때문이다. 북콘서트 포스터를 게시하고 독자들에게 겸손한 초청 메시지를 올린 지 몇 분 만에 국문과 동창들과 지인들의 축하 댓글이 달리고 있었다. 그녀는 잠시 눈을 감았다.

그녀의 머릿속은 온통 오랜 노고 끝에 출간된 자서전적 소설이 아닌 조금 전에 본 정 회장에게 가 있었다. 그가 올린 가족사진은 기억하고 싶지 않은 옛일을 끄집어내 그녀를 괴롭히기 시작했다.

창밖으로 북한강이 훤히 내려다보이는 미사리 모텔방, 축축한 어둠을 뚫는 보랏빛 광섬유 조명 아래에서 회장은 조금은 애틋하면서도 투박한 명령조로 속삭였다.

"그 콜센터 그만 다니고 내 세컨드로 살아. 내가 집도 해주고 매달 생활비도 줄게. 어디 가서 이상한 놈팽이 만나서 인생 꼬이지 말고. 여자 팔자 뒤웅박이야. 자기는 여리여리한데다 이뻐서 남자 꼬이기 딱 좋게 생겼다."

"세컨드요? 그럼 전 평생 아저씰 기다리며 살아야 하나요?"

"뭐 어때. 난 돈이 많은데. 백억은 있는데. 남잔 돈 많은 게 최고여. 어떤 놈이랑 살아도 나만큼 자기 아껴줄 사람은 없어. 생각해 봐. 자긴 집도 시원찮고 기댈 친정도 없고 무시만 당할 게 뻔해. 그럴 바에 작은 마누라 하면서 편하게 살지 뭐해."

"아줌마는요?"

"아따 말도 마라. 그 여자랑 안 싸운 날이 하루도 없어. 매앤날 싸웠어. 먼 여자가 그리 드센지. 아이구야 지긋지긋하다. 아니 끔찍해. 생각하기도 싫어."

"그래도……."

"그 여자도 애인 있어! 요즘 다 그렇게 살어!"

TM(Tele marketing) 보험회사 영업사원이었던 미나는 대학시절 별명이 '오드리 될 뻔'이었다. 맑고 큰 눈망울에 오밀조

밀한 이목구비에다 유난히 흰 피부에서 풍기는 느낌이 벨기에 출신 여배우 '오드리 헵번'을 연상시켜서 붙여진 별명이었다. 그녀에게 별명을 지어 준 사람은 최근에 근현대사를 배경으로 역사 소설을 출간한 선배 동규였다. 군대 제대 후 3학년에 복학하면서 미나와 같은 수업을 듣게 된 동규가 그녀에게 별명을 붙여 준 후로 같은 과의 남학생들 사이에서 그녀는 이름 대신 '오드리 될 뻔'으로 통했다. 수려한 미모에다 성적도 우수해 장학금을 놓친 적 없는 그녀였지만, 국문과 특성상 취업은 녹록지 않은 문제였다. 가정 형편상 취업이 급했던 그녀가 미처 학교를 졸업하기도 전에 들어간 직장이 보험회사 통신판매 콜센터였다.

미나를 처음 만나던 당시 정 회장은 회장이 아니라 사장이었다. 나중에 아들에게 회사를 물려주면서 회장으로 직책이 바뀐 것이다. 엔터테인먼트 대표이사인 회장은 어느 날 전화를 걸어 종신보험 가입을 권유하는 그녀의 애니메이션 배우 같은 목소리에 빠져들었다. 그는 결국 그녀를 꾀어 밖에서 만나는 데에 성공했다. 그의 능글능글한 미소와 끈적끈적한 눈빛은 성인이 되어도 여전히 지속되는 아동 학대에 시달리던 그녀를 자기편으로 만들기에 충분했다. 두 사람은 그야말로 빛의 속도로 가까워졌다.

회장이 처음부터 처자가 있는 사람인 걸 밝힌 건 아니었다. 유선으로 작업을 걸며 그는 서른아홉의 총각이라고 했다. 이제 스물다섯의 미나는 목소리가 삼십 대 후반 같지는 않다고 생각하면서도 믿었다. 그가 먼저 열여섯 살 차이는 괜찮다고, 사랑엔 국경도 나이도 없다며 그녀를 다독였다.

회장을 처음 만나던 날, 미나는 삼십 대 후반으로 보이지는 않는 그의 외모보단 그가 끌고 온 검정 에쿠스와 강남의 고급 레스토랑에 더욱 끌려 있었다. 스테이크를 썰면서 그녀가 물었다.

"사장님, 근데 왜 지금까지 결혼을 안 했어요?"

"아, 일하느라 바빠서 못 했죠. 좋은 사람을 못 만나기도 했고요."

"그럼, 전 좋은 사람인가요?"

"아이, 참. 딱 보면 알죠. 사업하면 사람을 얼마나 많이 만나는데. 소라 씨, 이제 사장님이라 하지 말고 오빠라 불러요."

미나가 어느 문예지에서 소설가로 데뷔하기 전까지 그녀의 이름은 '소라'라는 한글 이름이었다. 등단하면서 아름다울 미에 아리따울 나 자를 쓰는 '미나(美娜)'라는 필명을 쓰게 되었고, 이후 그녀는 필명을 본명으로 아예 개명해 버렸다. 자신이 소라껍데기처럼 느껴지는 게 늘 불만이던 터였기 때문이다. 소라가 개명하는 것과 동시에 그녀의 가장 친한 친구도 정미에서 유진으로 개명했다. 이름을 바꾸면 팔자가 바뀔 것으로 믿는 요행 심리가 유행하던 분위기가 한몫했다.

미나의 입에서 차마 오빠란 말은 나오지 않았다. 식사 도중 문득 그녀는 며칠 전 퇴근길 밤에 통화하던 동규를 떠올렸다. 미안하다고 하던 동규의 목소리가 생각나 스테이크가 목에 걸릴 뻔하기도 했다.

식사를 마치고 밖으로 나온 회장은 아무렇지 않게 그녀의 손을 덥석 잡고 계단을 내려갔다. 갑작스레 남자에게 손이 잡힌 그녀는 당황했지만, 중년 남성의 따뜻한 감촉이 나쁘지 않았다. 방배동에 사는 그는 안산까지 운전해서 그녀를 데려다줬다. 한 손엔 핸들을 잡고 다른 한 손으론 그녀의 손을 잡은 그는 가끔 고개를 돌려 능구렁이 같은 눈웃음을 흘렸다. 느끼한 미소에서 중후한 안락함을 느낀 그녀는 헤드레스트에 머리를 기대고 슬며시 눈을 감았다.

관악산을 지나 남태령 고개를 지날 때쯤이었다. 대로변을 달리던 그는 갑자기 갓길에 에쿠스를 세웠다. 미나가 고개를 돌리기 무섭게 그는 그녀에게 묶인 좌석 벨트를 풀었다. 눈 깜짝할 사이에 파고든 이성의 품에 그녀는 마법처럼 빨려 들어갔다. 그에게 입술을 내맡기며 그녀는 순간 어떤 판단도 하고 싶지 않았다. 이것이 소설이든 드라마든, 연극이든 영화든, 아니면 선과 악, 옳고 그른 그 어떤 도덕적 관념도 생각하고 싶지 않았다. 그녀는 처음 만난 남자 앞에서 그저 한 마리 순한 양이 돼 있었다.

한참 미나를 끌어안고 쓰다듬던 그는 급기야 그녀를 뒷좌석으로 데려갔다. 에쿠스의 너른 뒷좌석에서 그는 마치 그녀가 자기 물건이라도 된 양 다루기 시작했다. 여성이 느끼는 특유의 촉이 발동한 그녀는 반라의 상태에서 직관적으로 물었다.

"아저씨, 유부남이죠?"

"음."

"근데 왜 거짓말했어요?"

"그래야 자기가 나랑 만나 주지. 안 그럼 네가 날 만나 줬겠어?"

"그래도 거짓말은 나쁘잖아요."

"그래도 자길 만나려면 어쩔 수 없지. 선의의 거짓말이야."

"아저씨, 서른아홉인 건 맞아요?"

"음, 그건 맞아. 사업하느라 고생을 많이 해서 늙어 보이는 거야."

"저 말고도 만나는 여자 있어요?"

"아니, 난 자기밖에 없어. 진짜야."

'진짜야'라는 말을 미나는 믿고 싶었다. 그녀는 눈앞에 있는 남자가 이성으로 좋은 건지 그의 따뜻한 손길이 좋은 건지조차 분간하지 못할 만큼 판단력을 잃은 상태였다. 그녀는 조금 전부터 이미 그를 자기 삶의 도피처쯤으로 인식하고 있었다.

미나는 유진에게 그의 얘길 했다. 사람은 비슷한 사람끼리 어울린다고 유진의 가정 형편도 미나와 별반 다를 게 없었다. 유진은 정곡을 찌르는 듯한 한 마디를 던졌다.

"넌, 왜 부모한테서 못 받은 사랑을 부모랑 비슷한 또래 남자한테서 받으려 하니?"

유진이 맞는 말을 한다는 걸 알지만, 미나는 이미 그에게서 벗어날 수 없었다. 작은 마누라로 살라는 제안은 그녀의 마음을 흔들어 놓았다. 텔레마케터 일을 시작한 지 반년도 안 돼 그녀는 그 일에 지쳐 있었다. 지금도 그렇지만 2000년대 초반엔 더더욱 콜센터 여직원은 뭇 남성들이 희롱하는 대상이었다. 여직원들은 매 순간 고객의 욕설과 느끼한 말들을 감내하며 살아야 했다.

모르는 사람에게 전화로 보험 상품을 팔며 그녀는 고교 시절 영어책에서 봤던 단어 'solicitor'를 떠올렸다. 단어에는 '구걸하는 사람'이라는 숨은 의미가 있었다. solicitor의 가장 정확한 뜻이기도 했다.

온종일 익명의 사람에게 전화를 돌리면서 그녀는 자괴감을 느꼈다. 버젓이 대학 나와서 왜 구걸해야 하는지, 왜 이렇게까지 일해야 하는지, 힘들게 번 돈을 왜 마음대로 쓰지 못해야 하는지 억울했으나 답은 나오지 않았다. 일을 그만둔다고 해서 당장 취직할 데도 없을뿐더러, 더러운 말 들어가며 힘들게 번 돈을 한 푼 모으지도 못하고 집에 가져가던 그녀는 하루빨리 이런 삶을 청산하고 싶었다.

미나가 회장을 만나기 며칠 전, 그녀는 대학 시절 사귀다 헤어진 동규에게 SOS를 청했다. 퇴근길, 종각역에서 전철을 타고 달려오던 미나는 4호선 환승역인 금정역에 내려 지상 플랫폼에서 집으로 데려다줄 전철을 기다리곤 했다. 지금이야 거의 모든 플랫폼에 스크린도어가 있지만 예전에는 스크린도어가 설치된 전철역은 전국적으로 몇 개 되지 않았다. 그래서 달려오는 전철 앞으로 아까운 육체를 던지는 영혼이 간혹가다 있던 시절이었다.

그날은 미나가 온종일 남녀 불문하고 한 명도 아닌 여러 명으로부터 쓰디쓴 욕설과 차가운 말을 들었지만, 한 건도 보험상품을 팔지 못했다. 저녁 무렵 직속상관인 대리는 야근해서라도 실적을 내놔야 한다며 직원들 앞에서 큰 소리로 쫑크를 줬다. 야간작업에도 그녀는 결국 실적을 내지 못하고 퇴근했다. 말하자면 종일 꽁친 셈이었다. 금정역에서 안산 방면으로 가는 전철을 기다리던 그녀는 주위를 둘러보았다. 플랫폼 앞쪽엔 다른 칸보다 인적이 뜸하고 경계를 알리는 난간이 자리하고 있었다.

퇴근길 술에 취해 누군가와 통화하는 가장, 두세 명씩 모여서 떠드는 대학생, 고독을 삼키며 허공을 응시하는 젊은이, 이리저리 사는 모양새가 다른 제각각의 사람들이 늦은 전철을 기다리는 모습을 그녀는 쓸쓸히 바라보았다.

직장을 구하긴 했으나 하는 일이 불안했던 미나는 아무도 반길 사람 없는 집구석을 떠올리며 주머니 속의 핸드폰을 만지작거렸다. 그녀는 곧 들려올 멘트를 기다리면서 요동치는 심장을 부여잡으며 동규에게 전화를 걸었다.

"오빠, 나 지금 뛰어내리려고 해."

"그라지 마라. 그라마 안 된다."

수화기 저편에선 특유의 경상도 사투리가 들려왔지만 귀담아듣지는 않았다.

'지금 오이도, 오이도행 열차가 들어오고 있습니다.'라는 멘트가 나오는 순간 그녀의 심장은 회오리바람을 일으켰다. 앞을 향해 달려오는 커다란 돌고래를 향해 몸을 내던져야 할지 말아야 할지 모르던 그녀는 어느새 전철 안 의자에 앉아 있었다. 전화벨이 울렸다. 동규였다.

"잘 가고 있나?"

"응."

"딴생각하지 마라."

"……."

"미안하다."

미안하다는 말이 무얼 뜻하는지 미나는 대충 이해할 수 있었다. 결별한 지 얼마 안 된 두 사람은 결별을 선언한 후에도 헤어진 듯 안 헤어진 듯 미적지근한 관계를 이어 가고 있었다. 그녀의 일방적인 이별 통보에 동규는 차마 그녀를 마음에서 떠나보내지 못했다. 그녀의 갑작스러운 취업으로 둘은 꽤 오랜 세월 다시 만나지 못하게 됐다. 졸업에 즈음해 문학상에 당선되어 시인이 되긴 했지만, 취업할 기미는 보이지 않았고, 젊은 날 남의 빚보증을 잘못 서서 월급을 압류당하는 아버지를 보며 애만 태우던 동규는 당장 그녀에게 달려갈 수 없는 무능을 한탄할 뿐이었다.

회장과의 관계에 대해 미나는 여러 날 고민했다. 그와 만나 함께 하는 순간에도, 모텔방 어둠 속에서 살을 부비는 순간에도 생각하고 또 생각했지만, 쉽게 결론 내리지 못했다. 그러던 어느 날, 그녀는 자연스레 회장과 멀어지게 되었다. 그와 만나고 다닌 지 석 달쯤 지났을 때였다.

콜센터에 다니면서 여기저기 이력서를 넣어 둔 미나는 운 좋게도 한 경제 잡지사의 관리부로 이직하는 데 성공했다. 직장을 옮기면서 전화번호를 바꿔 자연스레 회장은 물론 이따금 연락하던 동규와도 관계를 끊어 냈다.

이직과 동시에 미나는 지긋지긋한 집에서 야반도주하는 데에도 성공했다. 오 년 전 가출에 실패한 후 다시 집에서 빠져나온 그녀는 두 번 다시는 잡히지 않으리라 다짐했다. 당시 88만 원 세대였던 그녀는 통장에 80만 원 정도 들어오는 월급 중 18만 원을 고시원 월세로 냈고, 나머진 안 먹고 안 쓰면서 악착같이 돈을 모았다.

처음에는 더는 자신을 괴롭힐 가족이 없다는 사실만으로도 날개를 단 듯했다. 하지만 사람 한 명 누우면 꽉 차는 청량리 고시원이 숨 막히고 답답하지 않을 리는 없었다. 2000년대 초반의 싸구려 고시원은 지금처럼 남녀 분리가 안 돼 있었다. 한밤중이건 낮이건 할 것 없이 옆방과 앞방에선 남녀의 살 부딪히는 소리가 선명히 들려와 괴로웠다.

직장이 마포구 아현동인데 청량리에다 고시원을 얻은 이유는 서울 시내에서 그나마 저렴한 편에 속하는 고시원이 청량리에 밀집돼 있어서다. 게다가 아침저녁으로 출퇴근하면서 세상 구경을 할 수 있는 점도 그녀가 거처를 직장에서 좀 떨어진 곳에 구한 이유 중 하나였다.

감옥 같은 방에 누워 천장을 멀뚱멀뚱 바라보던 미나는 회장의 따뜻하고 넓은 품을 추억했다. 고시원 천장에 그의 잔영(殘影)이 나타났다 이내 사라지곤 했다.

기억력이 좋은 그녀는 핸드폰 번호를 바꾸면서도 그의 전화번호는 잊지 않고 외우고 있었다. 그에게 연락하고픈 마음이 솟구칠 때마다 그녀는 심호흡하면서 애써 눌렀다. 억지 잠을 청해도 잠들기 힘든 밤이면 그녀는 지나간 세월을 소환했다.

미나의 마음속엔 기억에서 지울 수 없는 두 남자가 있었다. 한 명은 그녀가 일방적으로 곁을 떠나가 버린 정수였고, 한 명은 생각만 해도 숨이 가빠지는 재훈이었다.

## 쟁반의 무게

　열아홉, 수능 시험이 끝난 주말, 소라(미나의 개명 전 이름)는 매서운 한파를 뚫고 고깃집을 향해 걸었다. 이제 막 11월 중순이 지났는데 칼날 같은 바람이 얼굴을 베어 버릴 듯해 그녀는 숨 쉬기 힘들었다. 때 이른 추위에 거리를 오가는 사람들은 표정을 굳히고 옷깃을 여민 채 종종걸음을 했다.
　고깃집엔 동갑내기 정수가 먼저 와서 숯불과 불판을 정리하고 있었다. 옆 동네 S고등학교에 다니는 그는 수능 시험 성적표가 나오기를 기다리는 중이었다. 그녀는 대학에 갈 수 있는 그가 부러웠지만 내색하지 않았다.
　소라는 직사각형으로 생긴 커다란 쟁반에 반찬 그릇을 2단으로 담아 들고 다녔다. 끌고 다니는 카트 같은 건 구경도 하지 못하던 시절이었다. 정수가 숯불을 피워 테이블 화로에 꽂아 놓으면 소라가 뒤따라가 반찬과 음료와 주류를 차례로 올려놓았다. 테이블을 돌며 고기를 구워 자르고 잠깐 짬이 나면 그녀는 주방 앞의 아지트로 갔다. 이모들이 전기밥통과 밥 온장고 앞에 퍼질러 앉아 페트병에 모아둔 소주를 스텐 물컵에 따라 한 잔씩 홀짝이고 있었다. 호기심이 발동한 소라는 춘자 이모에게 물었다.

"일하다 말고 왜 술을 먹어요?"

"상 치우려면 한 잔 들어가야 쟁반 나르기 쉬워."

처음에 소라는 무슨 말인지 알아듣지 못했다. 그러나 곧 그녀는 춘자 이모의 말을 이해할 수 있었다. 룸에서 한 차례 단체 손님이 빠져나간 후, 된장 뚝배기와 냉면 그릇, 수십 개의 반찬 그릇과 수저와 술잔이 쌓인 쟁반을 조그만 체구의 소라가 맨정신으로 들고 일어서는 건 녹록지 않은 일이었다.

언제부턴가 소라는 다른 사람들보다 먼저 주방 통로에 숨겨놓은 페트병에 손을 댔다. 그러면 정수가 바깥에서 숯불에 불을 지피다 말고 그녀를 가만히 흘겨보면서 눈웃음지었다.

저녁 식사로 된장찌개에 밥을 말아 먹으며 반주하는 게 습관이 돼 버린 소라는 쟁반을 들고 거의 날아다니다시피 했다. 때론 몸뚱아리가 공중에 붕 뜬 느낌이기도 했다. 아무리 쟁반에 그릇이 많이 쌓여도 그녀는 거뜬히 들어 올렸고 가끔 보는 손님들조차 안타깝게 쳐다보았다. 그녀는 한 번이라도 덜 왔다 갔다 하기 위해 쟁반에 냉면 그릇 하나라도 더 얹으려 했고, 그런 그녀를 정수는 뒤에서 불안불안하게 바라보았다.

　상 치우고 마지막에 하는 일은 손님이 먹다 남긴 소주를 상에 부어 행주로 깨끗이 닦는 일이었다. 소주의 시큼한 냄새는 그녀의 후각과 미각을 동시에 자극했다. 테이블 소독까지 마치고 최종적으로 남은 소주를 주방 통로에 모아 뒀다가 퇴근하기 전 페트병에 모으는 일은 누가 시키지 않았는데도 자연스럽게 소라의 몫이 됐다. 그녀가 자발적으로 떠맡다시피 한 일을 그녀는 스스로 즐기기까지 했다.

　하루는 정수가 페트병을 더듬어 찾는 그녀에게 넌지시 말했다.

　"소라야, 너 그러다 중독된다."

　"에이, 이 정도 갖고 뭘 그래. 사람들이 먹다 남긴 거 먹는 건데."

　어느 날 소라는 정수의 얼굴이 평소보다 더 그을어 보인다고 느꼈다.

　"정수야, 너 얼굴이 좀 탄 것 같아."

　"그래? 에이씨. 마스크 쓰는데도 그러네. 일 그만두면 다시 하얘지겠지. 그나저나 너 그렇게 매일 술 먹으면 진짜 중독된다. 우리 아부지가 식당 일하다 알코올 중독자 됐잖아."

"그래?"

"음. 우리 집이 옛날에 콩나물국밥집 했었는데 아부지가 저녁마다 반주를 드셨거든. 그러다 알코올 중독자 돼 버려서 지금은 구제 불능이야."

"그랬구나. 술 드시고 가족들 괴롭히진 않으셔?"

"말도 마라. 울 엄마랑 누나는 허구한 날 맞고 살았다. 난 남자니까 도망 다니지. 만약 내가 여자였으면 나도 맨날 맞고 살았을 거야."

"어휴, 힘들게 사는구나."

"빨리 대학이나 붙어서 갔으면 좋겠다. 넌 어디 쓸 거야?"

"난 지금 집이 어려워서 당장은 못 가. 일 년쯤 돈 벌었다 내년에나 갈까."

소라는 힘없이 고개를 떨구었다.

"재수하려고?"

정수는 놀라서 물었다. 그때 마침 춘자 이모가 소라를 불렀다.

"소라야, 이거 2번 방에 좀 갖다주고 와라!"


정수는 집에서 가까운 H대학 건축공학과에 합격했다. 소라는 정수가 부러웠다. 대학생이 된 정수는 평일엔 학교에 다니고 주말에만 나오겠다고 했다.

"정수야, 더 쉽고 편한 일도 많은데 뭐 하러 힘들게 숯불 알바를 해?"

"나도 집이 어려워서 계속 일해야 해. 이게 시급이 쎄기도 하고. 사실 난, 너 보러 오는 거다."

"바보야. 대학 가면 좋은 애들이 널렸는데 왜 나 같은 애를 보냐? 난 대학 못 갈지도 모르는데. 대학 가서 좋은 애 만나라."

소라가 이렇게까지 얘기해도 정수는 굳이 주말마다 나와서 숯불을 피웠다.

스무 살, 가정 형편으로 인해-그보다 딸을 굳이 공부시킬 의지가 없는 부모로 인해-대학에 가지 못한 소라는 열아홉의 겨울부터 하루에 두 탕씩 알바를 뛰었다. 그녀는 이른 점심부터 밤이 늦도록 낮에는 가마솥 밥집에서, 밤에는 고깃집에서 일했다.

소라가 같은 빌딩에서 일하는 걸 아는 주방 이모들이 하루는 그녀를 놀려 댔다.

"그렇게 돈 벌어서 다 뭐해?"

"젊은 애가 왜 옷을 안 사 입어? 쟨 옷이 맨날 똑같애."

늘 똑같은 옷만 입고 다니는 소라에게 광대뼈에 커다란 점이 콱 박힌 설거지 아줌마가 대놓고 쏘아붙였다. 그녀는 설거지 아줌마의 주둥아리를 꿰매 놓고 싶은 심정이었다. 그때 그녀의 사정을 대충 아는 춘자 이모가 옆에서 점잖게 말했다.
"소라야, 돈 벌면 집에 엄마한테 다 맡겨?"
"네."
정수가 뒤에서 안쓰럽게 그녀를 바라보았다.

성년의 날이 다가오는 오월의 어느 날, 정수는 그녀에게 데이트를 제안했다.
"소라야, 다음 주 월요일엔 하루 휴가 내고 나가서 놀자. 내가 맛있는 거 사 줄게."
정수는 숯불을 피우고 불판을 닦아서 힘들게 번 돈으로 그녀를 데리고 시내에 나가 화덕 피자를 사 주었다. 치즈가 쭉쭉 늘어나는 데다 불고기와 샐러드 토핑까지 된 화덕 피자를 처음 먹어 본 소라는 감동으로 눈물이 날 지경이었다.
"이렇게 맛있는 건 처음 먹어 봐."
"그래? 다음에 또 사 줄게."
"근데 정수야, 학교에 예쁜 애들 많지 않아?"
"글쎄. 별로. 네가 제일 예뻐."
피자집에서 나온 정수는 소라를 데리고 비디오방에 갔다.

"네가 매일 너무 힘들게 일해서. 오늘은 좀 쉬었다 가라고. 여기 가면 쉴 수 있어."

소라는 정수의 배려가 고마웠다. 비디오방에 들어간 정수는 문을 안에서 잠갔다. 스크린에선 이정재와 전지현이 주연으로 나오는, 시간을 뛰어넘는 사랑을 내용으로 하는 '시월애(時越愛)'가 상영되고 있었다. 기다란 소파에서 소라는 정수의 팔을 베고 누웠다. 그러다 누가 먼저랄 것도 없이 그들은 서로의 몸을 더듬기 시작했다. 소라의 입속으로 정수의 부드러운 혀가 들어왔다. 그녀는 그의 윗입술을 지그시 물었다. 진한 키스에 숨이 막힌 그녀는 읍 소리를 내며 입을 떼고 그의 가슴에 얼굴을 묻었다. 그는 그녀의 등을 쓰다듬으며 말했다.

"아부지가 아프셔서 병원 갔더니 뇌종양이라네. 다음 주에 수술하실 거야."

"정말?"

"음, 엄마가 미용실에서 직원으로 일하시는데 수술비가 걱정인 모양이야. 어쩌면 난 다음 학기에 휴학하고 일해야 할지도 모르겠어."

"공부를 그만두면 어떡해?"

"집안 형편이 그런데 어쩌냐. 아부지가 평생 가족들 속만 썩인다. 엄만 아부지한테 맞고 산 죄밖에 없는데. 이러다 엄마가 어디 도망이라도 갈까 걱정이야."

소라의 머리칼을 쓰다듬던 정수는 그녀의 귓가에 붉게 난 피멍을 발견했다.

"소라야, 너 귀에 멍 자국이 있는데? 이게 뭐야?"
"아. 어제 집에 가다 전봇대에 부딪혔어."
"아니야. 이거 사람 손자국인데? 너 누구한테 맞은 거 아냐?"
"실은, 엄마가 좀……."
"뭐야. 돈은 벌어서 뜯기고. 거기다 또 맞고 살아?"
"……."
"너 대책 없이 계속 이렇게 일만 하고 살 거야?"
"일단 여름까지 돈 벌어다 주고, 그러구선 전문대라도 가겠다고 얘기해 보려고."
"어휴, 아부지가 아프지만 않았어도 내가 어떻게 해보겠는데……."

정수 아버지는 한 차례의 수술을 했지만 잘 안됐는지 집에서 자가 치료를 시작하게 됐다. 말이 자가 치료지 아예 드러누운 셈이다. 그는 아버지 병원비와 치료비 때문에 할 수 없이 한 학기 마치고 일 년짜리 휴학계를 냈다. 휴학한 정수는 주말

알바에서 매일 알바로 바꾸었다. 다시 날마다 만나게 된 두 사람은 숯불로 장난을 치기도 하고 페트병에 든 소주를 나눠 먹기도 하면서 서로를 위로했다. 이심전심으로 굳이 말하지 않아도 둘은 마음이 통했다. 함께 일하는 아줌마들은 두 사람을 향해 짓궂게 놀렸다.
"하이고, 둘이 쫌 있으면 살림 차리겄어!"

한여름 밤 뒷골목 한구석 가로등 불빛 아래는 깔따구 떼가 무리 지어 왱왱거렸다. 밤늦게 퇴근한 소라는 불빛에 환장한 깔따구 떼를 바라보면서 경사진 오르막을 터벅터벅 올랐다. 90년대 중고등학생들 사이에선 당시 유행하던 순정 만화의 영향 때문인지 요샛말로 여자친구나 남자친구를 '깔'로 부르는 게 유행이었다. 허름한 다가구 주택이 밀집한 뒷골목의 학생들은 더욱 그랬다. 친구들에게 애인을 소개할 때면 '얜 내 깔이야.'로 통했다. 특히 여자친구와의 기념식을 '깔식'으로 불렀다. 주황색 불빛 아래서 소라는 아이들이 버릇처럼 말하던 '깔'과 불빛에 달려드는 벌레 이름 '깔따구' 사이에는 어떠한 상관관계가 있을까를 생각했다.
주택가에선 가끔 어느 집 여인이 밤늦도록 구슬프게 울었다. 끊임없이, 하염없이 소리 내어 흐느꼈다. 여인은 울음을 쉬 그치지 않았다. 여인의 울음소리는 더운 공기를 가르며 한밤의 고요를 깨트렸다.

기울어진 전봇대 앞에서는 때때로 한 바탕 말싸움이 일었다. 주먹다짐이 일어 지구대의 순경이 출동하기도 했다. 거나하게 취한 서넛의 남자들은 알아듣지 못할 자기네의 언어로 떠들었다. 그들은 제각각 피부색도, 머리칼의 곱슬기도 달랐다. 방글라데시, 파키스탄, 베트남, 중국, 러시아, 카자흐스탄 등지에서 돈을 벌러 온 노동자들은 방세를 아끼기 위해 국적이 다른 사람들끼리도 한 집에 모여 살았다. 좁은 빌라에서 남자 서넛이 모여 살다 보면 가끔 크고 작은 다툼이 일었다. 전봇대 앞을 서둘러 지나치던 소라는 턱수염이 덥수룩하게 난 사내가 이를 갈며 씨부리는 소리를 들었다.

'딧멧. 썬 오브 비치.'

턱수염 사내는 베트남어와 영어를 섞어서 욕을 했다. 그가 내뱉은 썬 오브 비치가 우리말의 '개자식' 또는 '개새끼'를 뜻하는 걸 소라는 나중에 대학을 다니면서 알게 됐다. 우연히 썬 오브 비치를 접하게 된 소라는 국적을 막론하고 인간이 느끼는 감수성이 다르지 않은 걸 실감했다.

퇴근 후 고기 냄새에 전 옷을 벗어 옷걸이에 걸어놓고 잠을 청하면 방 안엔 고기 냄새가 퍼졌다. 하루치의 고단함이 고기 냄새와 섞일 때쯤이면 술에 잔뜩 취해 퇴근한 앞집 남자가 자기 집 현관문을 발로 뻥뻥 차면서 소리 질렀다.

"문 열어! 문 열으란 말야! 아이 씨발 문 안 열어! 문 열으라고!"

앞집엔 며느리와 시어머니가 함께 살았다. 그들은 낮이면 밥을 늘 시켜 먹어 현관 앞엔 언제나 빈 그릇이 나와 있었고, 집 앞 슈퍼에선 허구한 날 외상을 달아 사장이 골머리를 앓곤 했다. 동사무소에서 장애인 연금과 기초생활지원금이 나오는 날에 외상값을 한 번 갚으면 또다시 한 달간 외상을 달고 살아 죽겠다는 게 슈퍼 사장이 울상지으면서 하던 푸념이었다.

두 여자는 한번 잠들면 귀가 먹어 버리는지 온 동네가 쩌렁쩌렁 울리게 소리 지르고 문이 부서지도록 발로 차도 나오지 않았다. 남자의 발길질에 정말 부서지기 직전에야 문이 열렸다. 그러면 집 안에선 한바탕 시끄러운 소동이 일었다. 앞집의 소란이 가라앉고서야 소라는 겨우 잠들 수 있었다.

앞집에는 대여섯 살쯤 된 남자아이도 있었다. 그 아이는 가끔 외마디 비명을 지르며 자지러지게 울었다. 때론 울다 까무러쳤는지 자지러지던 울음소리가 잦아들어 한동안 조용하기도 했다. 그럴 때마다 소라는 아이가 잘못되기라도 할까 봐 조마조마했다. 아이가 비명을 지를 때면 어머니는 심드렁하게 중얼거렸다.

'뭘 하는 거야?'

자신도 딸을 학대하면서 남의 집 아이 울음에 관심 두는 게 소라는 같잖았다. 그 시절 그 동네에선 이 집 저 집, 우리 집 남의 집 할 것 없이 학대당하는 아이를 보는 게 그리 희귀한 일이 아니었다.

수능 시험이 반년 남짓 앞으로 다가왔다. 하지만 소라는 대학 가겠다는 말이 차마 입에서 떨어지지 않았다. 아버지의 자전거포는 언제나처럼 파리 날렸고, 어머닌 퉁한 얼굴로 증권 시장을 들락거리거나 신문의 증권 면을 들여다볼 뿐이었다.

1997년 IMF 여파로 중소기업에서 구조 조정을 당한 후 아버진 자전거점을 차렸다. 얼마 안 되는 퇴직금으로 급하게 차린 삼천리 자전거대리점에 손님이 한 명도 없는 날도 수두룩했다. 저소득층이 다수 거주하는 동네에서 오만 원짜리 아동용 자전거 한 대 사 주는 것도 부담스러워 아줌마들은 벌벌 떨었다. 나름의 손재주로 수리 기술을 갖고 있던 아버지는 학교 앞에다 수리 전문점을 차릴까 생각도 해 봤지만, 비싼 월세가 부담돼 포기했다. 어머니는 남편의 돈벌이가 시원찮아서 받는 스트레스를 고스란히 딸에게 풀어 댔다. 어머니의 감정 쓰레기통이 될 때마다 소라는 기분이 더러웠다.

그녀가 고깃집에서 첫 월급을 탄 날, 어머니는 딸이 번 돈을 덥석 빼앗듯이 가져갔다.

"지가 벌었다고 지맘대로 쓰는 것들은 야마리 톡 까진 년들이나 하는 짓이야."

소라는 허리가 휘도록 쟁반을 날라서 돈을 벌어다 주고도 툭하면 이유 없이 손찌검당했다. 게다가 말도 안 되는 시비로 욕을 얻어먹기 일쑤였다. 그녀가 가장 참을 수 없었던 건 도둑질이었다. 여름철이면 그녀는 종종 남의 집 화단에서 자라는 호박을 서리했다. 주택가 사이 텃밭에서 자라는 고추나 가지를 서리하기도 했다. 그녀가 남의 화단이나 밭에 들어가 농작물을 서리할 때면 어머니는 망을 보았다. 그녀는 싫어도 참아야 했다. 도둑질하기 싫다고 거부하는 순간 어떤 벌이 날아올지 몰랐기 때문이다.

아주 어려서부터 그녀는 가족이 남보다 못하다고 생각했다. 때론 인연이 아닌 것 같다고 느끼기도 했다. 가족들은 한 번도 그녀의 편에 서 주지 않았다. 가족이라는 이름은 그녀에게 그저 무기와 폭력일 뿐이었다. 끝나지 않는 폭력과 거두어지지 않는 무기 앞에서 소라는 아무리 주위를 둘러봐도 출구를 찾을 수 없었다.

거의 착취당하다시피 하는 딸에 비해 이제 중학교에 다니는 아들은 그와 전혀 다른 삶을 살았다. 집안의 모든 일은 하나뿐인 아들을 중심으로 돌아갔다. 소라와 다섯 살 터울의 남동생 진구는 부모에게 학습한 대로 누나를 안하무인으로 멸시하고 경멸했다.

딸에겐 상당량의 집안일을 맡기고 식당 일을 해서 번 돈까지 가져가면서도 어머니 자신은 결코 험한 일을 하지 않았다. 딸이 집안일을 할 때면 어머니는 주로 안방에서 낮잠을 자거나 친구와 전화 통화를 하면서 수다를 떨었다.

상업고등학교를 나온 어머닌 자전거포에서 경리를 비롯한 자질구레한 일을 도왔다. 가게 일을 돕지 않는 시간엔 시내 증권 시장에 나가거나 종일 486 컴퓨터의 뚱뚱한 모니터 앞에 앉아 주식 전광판을 들여다보았다. 어머니는 언제나 돈을 번 얘기만 했고 잃은 얘긴 하지 않았다.

열아홉의 겨울부터 시작해 이듬해 여름이 올 무렵까지 하루 두 탕의 알바를 뛰던 소라는 이제 일을 그만두고 대학 갈 준비를 하겠다고 말한 순간 상당한 고초를 겪어야 했다. 딸이 잘되는 일에 사사건건 시기하고 질투하던 어머닌 그녀가 벌어온 돈만 빼앗듯 채어 갈 뿐 다시 공부한다는 데 좋아할 리 없었다. 공부하겠다는 의사를 비쳤을 때 어머니는 버릇처럼 지겨운 일장 연설을 늘어놓으면서 가스라이팅했다.

"가시나야, 내는 중학교 졸업하고 고등학교도 못 가고 양초 공장에서 일했다. 공장서 하루종일 쌔가빠지게 일하고 일 년 재수해서 겨우 상고 갔다. 상고 나와서는 쪼매난 회사 경리하면서 주판 두들겼다. 집구석이 어려우면 집을 거들어야지 가시나가 대학은 뭣 하러 가노!"

소라는 고등학교에 진학하기 전에도 어머니와 한바탕 씨름했다. 고등학교 입시를 준비할 무렵 어머닌 다짜고짜 그녀에게 집이 어려우니 상고 진학 후 취직해서 돈을 벌어 오라고 했다. 집이 어렵다는 말에 그녀는 전적으로 동의할 수 없었다.

중3 때 같은 반 친구 하나는 기초생활수급자로 아버지 없이 어머니와 단둘이 쪽방에서 살았다. 비평준화 지역에서 성적순대로 고등학교에 진학하는데 하나는 인문계에 갈 수 있는지 없는지를 다툴 만큼 성적이 좋지 않았다. 그런데도 하나 어머닌 허름한 옷차림으로 담임 교사를 찾아와 간청했다. 하나뿐인 딸을 공부시켜서 대학에 보내고 싶다고 면담하던 모습을 소라는 똑똑히 기억했다.

그나마 어머니보단 자식 교육에 관심 있던 아버지가 원서를 써 줘서 겨우 인문계 고등학교에 진학한 소라는 주말마다 무거운 가사 노동에 시달렸다. 자신이 가지 못한 학교에 딸이 간 대가였다. 주말이면 소라는 어머니가 트럭에서 사 온 한 접의 마늘과 씨름했다. 백 개나 되는 마늘의 껍질을 까서 절구에 곱게 빻는 건 소라의 몫이었다. 살이 통통하게 오른 다시 멸치의 대가리를 뜯고 배를 갈라 시커먼 똥을 따내는 것도 언제나 그녀의 몫이었다. 손이 많이 가는 반찬을 좋아했던 어머니는 고구마 줄기 한 다발을 사와 딸에게 내밀었다. 종일 고구마순 껍질을 벗기고 나면 손톱은 보랏빛으로 물들었다. 주말 내내 가사에 시달린 그녀는 하루치의 노동이 끝나고 늦은 밤이 돼서야 비로소 책상 앞에 앉을 수 있었다.

비뚤어진 남아 선호 사상이 여성 경멸증으로 뒤틀린 어머니는 본인도 여성이면서 세상의 모든 여성을 경멸했다. 여성 중에서도 제 몸으로 낳은 딸을 최고로 멸시하고 천대했다. 어머니는 딸을 자신이 가진 소유물이면서 동시에 수단이자 도구로 이용했고 수족처럼 부렸다. 그것도 모자라 쓰레기통처럼 딸에게 자신의 감정을 내던지곤 했다.

여자를 싫어했던 어머니는 이웃과 주변의 모든 여자아이를 벌레 보듯 했다. 울거나 보채는 여자아인 더욱 징그럽게 쳐다보았다. 자신과 아무 상관도 없는 은행원이나 백화점의 안내 데스크 여직원을 무식하다면서 욕했다. 감정이 통 조절되지 않아 심사가 뒤틀리는 때면 분이 풀릴 때까지 딸에게 주먹을 휘두르고 귀싸대기를 날렸다.

소라는 가끔 살아 있는 게 기적일 만큼 극악한 폭력으로 심신이 만신창이가 됐다. 그녀는 크고 작은 구타에 늘 시달렸다. 어려서부터 가사를 도맡다시피 하느라 제대로 공부를 할 수도 없었다. 딸이 책상에 앉아 있는 꼴을 못 보는 어머니를 피해 소라는 모두가 잠든 한밤중에 책상 불을 밝혔다. 이름이 소라였던 딸에게 어머니는 한 번도 이름을 불러 준 적이 없었다. 이름 대신 그녀는 언제나 '가시나' 또는 '망할 년' 등으로 통했다. 정도가 조금 덜할 뿐 아버지 또한 어머니와 별반 다를 게 없었다. 평소에는 비교적 점잖은 편이었으나 뭔가 심사가 뒤틀리기만 하면 인정사정없이 주먹이나 연장을 휘둘러 대는 건 어머니와 매한가지였다. 폭력의 대상은 언제나 여성인 아내와 딸이었다.

부부싸움 하다 남편에게 얻어맞기라도 하면 그 피해는 고스란히 그다음 날 커다란 부메랑이 되어 소라에게 돌아왔다. 어머니는 그렇게 남편에게 해야 할 분풀이를 몇 배로 부풀려 딸에게 복수했다. 남존여비 사상이 지배하는 집안에서 소라는 부모가 소유한 물건 그 이상도 이하도 아니었다. 그녀는 어려서부터 제 발로 고아원에 걸어가는 게 꿈이었다. 하지만 그땐 지금처럼 인터넷이 발달하지도 않았고, 여러모로 정보를 얻기 힘들었다. 그저 고아원이 어디 있는지 몰라 찾아갈 수 없는 걸

한탄할 뿐이었다.

장마철에 접어들기 시작할 무렵 정수 아버지의 병세는 더욱 나빠지고 있어 정수는 정신이 없었다. 좀 더 일찍 병원에 가지 못했던 게 화근이었다.

이래저래 기분이 착잡한 정수와 소라는 묵묵히 일만 했다. 두 사람은 마치 끝없는 터널에 갇힌 듯 출구가 보이지 않았는데 고깃집의 손님은 점점 늘고 있었다. 손님이 늘어감에 따라 쟁반의 무게도 함께 늘었다. 쟁반 위에 올라가는 뚝배기와 냉면 그릇 개수는 점점 많아졌고, 쟁반을 나르는 횟수도 늘었다.

쟁반이 무거워지면서 소라의 목과 어깨 근육은 돌처럼 단단히 굳었다. 정수의 얼굴도 전보다 더욱 까매졌다. 식당을 찾는 단체 손님이 늘어갈수록 종업원들이 페트병에 손을 대는 횟수도 덩달아 늘었다.

# 푸른 하늘

 고깃집에 손님으로 온 재훈은 소라에게 팁을 줬다. 오천 원도 주고 만 원도 줬다. 한 번도 아니고 여러 번이나. 당시 시급이 삼천 원이었으니까 오천 원과 만 원은 꽤 큰 돈이었다. 둘이서 똑같은 공장 잠바를 입고 온 두 남자는 처음에 소라에게 서로 팁을 주겠다고 옥신각신 다투었다. 그러다가 덩치가 크고 짙은 눈썹에 네모진 턱이 두드러진 재훈이 눈을 부라렸다.
 "아이 씨, 내가 줄 거야! 아가씨! 소라 한 접시만 더 갖다줘요!"
 재훈은 주머니에서 꼬깃꼬깃 접은 오천 원짜리 지폐 한 장을 내밀었고, 소라는 아침 이슬 같은 미소를 흘렸다. 소라에게 팁을 주지 못한 남자는 아쉬운 듯 그녀를 바라보았다. 그 남자가 훨씬 순하고 착하게 생겨서 그녀는 저 남자가 이겼으면 좋았을 텐데 하고 생각하다 말았다. 어차피 돈만 받으면 그만이었기 때문이다. 정수는 숯불 화로에 막대기를 꽂고 돌아다니다 그녀가 남자들에게 미소 흘리는 모습을 볼 때마다 침울한 표정을 지었다.

재훈은 고기를 먹으러 오는 게 아니라 소라를 보러 오는 듯했다. 그녀에게 팁을 주는 남자는 재훈 말고도 더러 있었다. 그 사람들은 이따금 소라가 고기를 자르는 사이 그녀의 다리를 더듬어 만졌으나 그녀는 개의치 않았다. 돈을 벌어야 했기 때문이다. 여자 손님에게 팁을 받아 본 적은 없었다. 알바 월급을 고스란히 집에 갖다주고 최소한의 경비만 타서 쓰던 그녀에게 손님들이 주는 팁은 주된 수입원이었다. 그녀는 팁을 주는 손님이 오면 주방 이모를 꼬드겨 석화며 소라며 양념게장 등의 술안주를 한 접시 더 얻어 내 손님이 요구하기도 전에 미소와 함께 먼저 내놓고는 했다. 서빙 요령과 함께 팁을 받아 내는 스킬도 날이 갈수록 늘었다. 그렇게 열아홉의 겨울부터 시작된 일은 어느새 일 년이 지나 또다시 겨울이 다가오고 있었다. 그녀는 꽃다운 젊음을 고깃집에서 허비하고 있었다.

그 해는 유독 첫눈이 일찍 내렸다. 11월의 첫눈이 내린 밤, 퇴근하려는데 고깃집 빌딩 현관 앞에서 담배를 피우면서 재훈이 소라를 기다리고 있었다. 깜짝 놀란 그녀에게 그는 본인의 MSN 메신저 아이디를 알려 주었다. 'blue sky'라고 했다. 왜 푸른 하늘이냐고 물었더니 그냥 파란 하늘을 좋아한다고 했다. 그녀도 그에게 아이디 'wannabe'를 알려 주었다. 그는 워너비가 뭐냐고 물었다. 그녀는 대학에 가고 싶은데 못 가서 대학생이 되고 싶어서 '워너비'라고 했다. 그는 뭔 소린지 모르겠지만 일단 알았다고 했다.

그때부터 그들은 틈나는 대로 메신저 또는 이메일로 대화를 나눴다. 낮일이 끝나고 저녁 알바를 나가기 전 한 시간 정도의 휴식 시간에 PC방에 들른 소라가 메신저에 접속하면 재훈이 들어와 있었다. 축산기계 회사에 다니는 사람이 업무시간에 어떻게 메신저에 접속했는지 그녀는 아리송했지만 어쨌든 반가웠다. 어쩌다 그가 메신저에 못 들어오면 그녀는 Daum 메일로 그에게 메일을 남겨 놓았고 그러면 다음 날 그에게서 장문의 답장이 와 있었다. 훤칠한 키에 건장한 체격을 가진 그는 소라보다 세 살이 많았다. 그녀처럼 고등학교 졸업 후 집안 사정상 대학에 갈 형편이 안 되어 곧바로 사회에 나왔다고 했다. 비슷한 상황을 공유한 그들은 서로 대화가 잘 통했다. 얘기하다 보니 서로의 사정도 잘 알게 됐다. 뒷골목을 전전하는 삶은 소라네 집이나 재훈의 집이나 매한가지였다. 대화를 나눈 지 며칠 안 되어 그들은 금세 친해졌다.

어느 날 퇴근 후 고깃집 근처 포장마차에서 그들은 잔치국수 한 그릇과 소주잔을 놓고 마주했다. 재훈은 소라의 손을 잡으면서 의미심장하게 말했다.

"우리, 밑바닥부터 다시 시작하자."

이미 밑바닥 생활을 하고 있는데 이보다 더 밑바닥이 어디 있을까 의아했으나 소라는 순한 양처럼 고개를 끄덕였다. 그녀가 의지할 사람은 정수가 아닌 이 사람이라고 판단했기 때문이다.

"뭘 어떻게 시작하자는 거야? 난 가진 게 아무것도 없는데."

그녀의 목소리는 비에 젖은 비둘기처럼 떨렸다.

"그런 건 걱정 하지 마. 오빠만 믿고 그냥 나와. 내가 다 알아서 할게. 너 언제까지 그 집에서 밑 빠진 독에 물 부을 거야?"

크리스마스를 하루 앞둔 새벽, 소라는 가방 하나를 메고 조용히 집을 나섰다. 그녀는 일단 일터 근처 PC방에서 식당이 문을 열 때까지 기다렸다. 지난번 월급날 이후 어제까지의 일당을 정산받기 위해서다. 그녀는 아침 해가 뜨자마자 공중전화의 수화기를 집어 들었다.

"오빠, 나 집 나왔어."

"지금 어디야?"

"식당 근처 PC방이야. 일한 돈 받아서 가려고."

"돈 받으면 PC방에 가만히 있어. 오전 근무만 하고 데리러 갈게."

식당이 문을 열자마자 소라는 가마솥 밥집과 고깃집에 차례로 들러 이제 일을 못 하게 됐다고, 급여를 정산해 달라고 했다. 정수는 아직 출근 전이었다. 정수에게 미안한 마음이 들었으나 소라는 이제 정수를 잊어야 한다고 생각했다. 지난번 월급 탄 후 며칠 지나지 않아 정산받은 일당이 얼마 되지는 않았다. 그래도 일주일은 버틸만한 돈은 되었다. 춘자 이모가 가장 서운해했다.

"아니, 왜 갑자기 그만둬?"

"그렇게 됐어요."

PC방에서 컵라면으로 아침 겸 점심을 때우고 있으니 '월성축산기계'라는 글씨가 새겨진 작업복 잠바를 입은 재훈이 문을 열고 들어왔다. 그는 끌고 온 흰색 세피아에 그녀를 밀어 넣고선 으스러질 듯 껴안았다.

"이제부터 넌 내가 책임질 거야. 오빠만 믿어."

그 순간 소라는 인생이 몽땅 해결된 줄로 믿었다. 그는 바다를 보러 가자고 했다.

"소라야, 우리 서해대교 보러 가자. 내일 토요일이니까 바람 쐬고 올라오자."

소라는 재훈과 함께 서해대교가 아니라 지구 끝까지라도 갈 수 있을 것만 같았다. 자동차가 시내를 빠져나가 서해안고속도로에 올라타는 순간 지긋지긋했던 집을 떠나왔다는 안도감으로 헤드레스트에 머리를 기대며 눈을 감았다. 재훈이 말했다.

"좀 자. 되게 편안해 보인다."

그녀는 실제로 편안했다. 태어나서 처음으로 가져 보는 안락한 느낌이었다. 실눈을 뜨고 창밖의 황량한 논밭을 바라보는데 그가 가만히 그녀 손을 잡았다. 고개를 돌려 둘의 눈이 마주쳐 웃는 순간 그녀는 세상의 모든 것을 다 가진 듯 마음이 풍만했다.

그들은 한 번도 안 쉬고 달려 한 시간 만에 서해대교에 도착했다. 2000년 11월에 완공된 서해대교는 갈매기가 날개를 활짝 편 형상이었고, 당시 기준으로 국내 최대의 규모다운 위용을 과시했다. 그는 갓길에 차를 세우더니 그녀를 차에서 끌어 내렸다. 그는 그녀를 끌어안은 채 진하게 입 맞추었다. 골초였던 그의 입에서는 담배 냄새가 역하게 났다. 지나가는 차들은 가끔 창문을 내리고 "오우!" 하는 소리를 냈다.

다시 차를 타고 달려 그들은 송악면의 한적한 바닷가에서 내렸다. 저 멀리 건너편으로 그들이 건너온 서해대교가 날개를 펼치고 있었다. 재훈은 그녀의 손을 끌어다 그의 두툼한 공장 잠바 주머니에 넣었다. 손에서 손으로 전해지는 체온을 느끼면서 그들은 한동안 해안을 거닐었다. 머리 위로 갈매기가 끼룩대며 날았다. 겨울 바다엔 해넘이가 일찍 시작되었다. 바다엔 낮게 깔린 구름 뒤로 해가 넘어가고 있었다. 그들은 바위 위에 걸터앉아 구름 사이로 붉은빛이 퍼져 이글거리는 하늘을 바라보았다.

"바다 보니까 어때? 좋아?"

그가 넌지시 물었다.

"응, 이대로 시간이 멈췄으면 좋겠어."

소라는 진심으로 그렇게 느끼고 있었다.

하늘엔 오렌지빛이 퍼져 나가고 희미해지는 태양은 바다 건너편의 산 너머로 조금씩 몸을 숨기고 있었다. 하늘에 퍼지던 주홍빛에 점점 보랏빛이 섞여 어두워질 무렵 그는 또다시 그녀를 껴안고 오래오래 입 맞추었다. 담배에 불을 붙이며 그가 말했다.

"오빠가 우리 소라 행복하게 해 줄게."

"난 지금도 행복해."

행복이 뭔지 모르겠지만, 그녀는 행복하다고 했다. 드라마에서처럼 그렇게 말해야 할 것 같아서다. 바닷가를 나와 그들은 당진 시내로 들어갔다.

시내의 한 밥집에서 상추에 싼 제육볶음을 입으로 가져가면서 그가 말했다.

"내 중고차 그저께 뽑은 건데 부모님이 몰라. 걸리면 죽어."

"왜?"

"그럼 넌 왜 니 부모한테 말도 안 하고 차를 뽑냐고 하지."

"그러게 왜 말도 안 하구 차를 뽑았어?"

"너 태워 줄려구."

소라는 마냥 신났다. 그런 재훈이 든든했다. 그녀가 물었다.

"오빠, 난 오늘 어디서 자?"

"일단 오늘은 여관에서 자. 내가 오전에 대출 신청했어. 지금 심사 중이야. 대출금 나오는 대로 우리 집 구할 거야. 너랑 나랑 같이 살 집."

소라의 눈빛은 별처럼 반짝거렸다. 둘만의 보금자리를 꾸릴 생각에 그녀의 마음은 풍선처럼 부풀었다.

크리스마스이브의 당진 시내는 거리를 메운 차들로 붐볐다. 차창 밖으로는 캐롤송 징글벨이 울려 퍼지고 있었다. 로터리에서 누군가 그의 차 앞으로 끼어들기를 시도하려던 찰나, 재훈이 창문을 내리며 갑자기 거칠고도 저속한 욕설을 내뱉었다.

"야, 이 씨발 새끼야! 아, 이 좆같은 새끼 운전 저따구로 하고 지랄이여!"

그의 험상궂은 표정에 소라는 섬뜩해졌다.

"오빠, 무서워. 욕 좀 안 하면 안 돼?"

"아이 씨발. 저 개뼉따구 같은 새끼가 사람 열받게 하잖아."

소라는 힘없이 고개를 수그렸다. 그가 슬며시 그녀 손을 잡았다.

"알았어. 안 할게. 미안해. 우리 밤바다 보러 가자. 크리스마슨데 파티해야지."

재훈은 다시 바닷가 방향으로 차를 몰았다. 한참 달리던 그가 바다로 들어가는 초입의 편의점 앞에서 차를 세웠다.

"잠깐 기다려. 장작 나무 사 올게"

"장작 나무? 그건 뭐 하게?"

"우리 소라 불구경시켜 주려구."

 송악면의 밤바다는 이따금 얕게 파도치는 소리가 귓가를 스칠 뿐 적막했다. 밤하늘을 흐르는 구름 사이로 이지러진 달이 가만히 얼굴을 들이밀었다. 검푸른 바닷물은 달의 힘에 이끌려 지구 반대편으로 밀려났다.
 재훈은 어디서 구했는지 '콩식용유'라고 쓰인 커다란 알루미늄 깡통을 트렁크에서 꺼냈다. 뒷좌석에서 종이 하나를 꺼낸 그는 종이를 막대기처럼 둘둘 말더니 막대기 끝에다 라이터로 불을 붙였다. 종이에 붙은 불은 곧 장작으로 옮겨 갔다. 장작에 불이 붙는가 싶더니 곧 거무스름한 연기가 피어올라 사방이 자욱해졌다. 바람이 센 것도 아닌데 이상하게 불이 잘 안 붙어 재훈은 여러 번 불붙이기를 시도했다. 소라는 목이 따끔거리고 매워 캘록거리기 시작했다.
"뭐야, 이거? 생장작이잖아! 어쩐지 무겁더니만."
 재훈이 신경을 곤두세우며 역정을 냈다.
"생장작이 뭐야?"
"장작이 바짝 말라야 잘 타는데 안 말라서 불이 붙질 않잖아. 젠장."
"오빠, 눈이 매워."

"겨울이라서 더 안 붙는 건가? 불쏘시개 할 만한 것도 없고 젠장."

해변엔 조그마한 나뭇가지 하나 떨어져 있지 않았다. 그래도 시간이 흐르니 장작은 점점 타기 시작했다. 나무에 조그맣게 붙었던 붉은 불씨가 파란 불꽃으로 바뀌었다. 그 상태로 타닥타닥 소리를 내면서 연기를 피워대더니 드디어 붉은 불꽃으로 바뀌었다. 조금 있으니 불꽃은 제법 활활 타올랐다.

"휴, 이제야 좀 타네."

재훈은 안도의 한숨을 내쉬었다. 장작불의 온기는 소라의 가슴속으로 파고들었다. 멀리 서해대교의 붉은 불빛이 바닷물에 은은하게 퍼져나갔다. 말없이 장작불과 바다를 바라보던 그가 갑자기 그녀를 힘껏 껴안았다. 깊고 진하게 입 맞추는데 그의 손이 그녀의 가슴으로 갔다. 장작불은 사방으로 시커먼 재를 날리면서 연기를 뿜어 댔다.

그날 이후 그녀는 살면서 알 수 없이 서글퍼질 때면 버릇처럼 재훈이 피우던 장작불을 떠올렸다. 잘 타지도 않고 매캐한 연기만 피우던 장작불.

그의 차는 어느 허름한 모텔 주차장에서 멈췄다. 소라는 그의 옆얼굴을 바라보았다.

"오빠, 오늘 집에 안 들어가도 돼?"

"응, 친구네 집에서 자고 온다고 했어. 내리자."

카운터에서 주인장 아줌마는 소라에게 신분증을 요구했다. 그녀는 만들어 놓고 한 번도 써 보지 않은 주민등록증을 내밀었다. 아줌마는 그녀의 얼굴과 신분증을 번갈아 봤고, 순간 그녀는 죄인이 된 기분이었다.

모텔방 문을 열고 들어선 순간 언젠가 친구 선미네 집에 놀러 갔을 때 선미네 집 안방에 있던 청소년 관람 불가 비디오 '강원도의 힘'을 꺼내 와 거실에서 둘이 봤던 게 생각났다. 한쪽 벽에 침대만 있을 뿐, 마치 70년대를 연상시키는 듯한 영화 속의 민박집과 다를 게 없었다. 열쇠로 모텔방 문을 능숙하게 열고 들어와 치약이며 칫솔 따위가 든 지퍼백을 테이블에 올려놓고선 리모컨을 집어 들고 침대에 나자빠지는 재훈을 보면서 소라는 그가 이런 곳에 처음 와 본 게 아닐지도 모른다고 생각했다.

소라는 호기심에 지퍼백을 열어 보았다. 빨간색의 얇은 종이상자 아랫부분에 2condoms/pack이라는 글씨가 씌어 있었다. 더욱 호기심이 생긴 그녀는 상자 안을 열었다. 은박의 포장지를 찢고 미끌미끌한 내용물을 꺼내니 모자같이 생긴 게 나왔다. 투명한 비닐의 끝을 잡고 쭉 늘려 보고 딱딱한 고무를 붙잡고 바람을 불어도 보았다. 비닐 속에 바람이 차서 바람이 빠지지 않도록 고무 끝을 움켜쥐었다. 고무 냄새가 역하게 나는 게 기분이 이상했다.

"뭐해?"

TV를 보던 재훈이 물었다.

"뭔지 궁금해서."

재훈의 품속에서 소라는 불을 끄고 싶었다. 부끄러웠기 때문이다. 하지만 재훈은 불을 끄지 못하게 했다.

"넌, 알몸일 때가 가장 아름다워."

육중한 몸집이 그녀를 내리눌렀다. 고통스러운 그녀는 눈을 감은 채 이를 악물고 버텼다. 그 순간 아프다고 말하면 안 될 것 같아서였다. 언제쯤 끝날까 기다리면서 그녀는 궁금했다. 이렇게 아프고도 이상한 행위를 사람들은 왜 하는 걸까, 왜 해야 하는 걸까. 도대체 언제쯤 끝나는 걸까. 그녀는 너무 아파서 눈물이 나오려고 했다. 드디어 동물과도 같은 헐떡임이 끝난 후 그가 빙그레 웃으며 말했다.

"너. 정말 처녀구나!"

반쯤 몸을 일으킨 소라는 깜짝 놀라 헉 소리를 내며 이불을 덮고 다시 누워 버렸다. 하얀 시트에 선명하게 묻은 붉은 빛을 보았기 때문이다. 그가 천장을 보면서 말했다.

"괜찮아."

소라는 아프다 못해 쓰라리기까지 해 통 잠을 이룰 수 없었다. 벽을 보고 누운 채 따가움을 참고 있는데 그가 뒤에서 그녀를 껴안으면서 말했다.

"우리, 이제 무슨 사이지?"

"응?"

"부부 사이. 너랑 나랑은 이제 부부야."

소라는 그때 처음 알았다. 남편과 아내의 관계가 이렇게도 아프고 쓰라린 절차를 거쳐서 된다는 걸. 그러면서 생각했다. 우리가 언제 연인이긴 했던가? 손님에서 연인으로, 연인에서 부부로 어찌어찌해서 인생이 초고속으로 흘러가는 게 슬프지만 어쩔 수 없다고 단념하며 그녀는 간신히 눈을 감았다. 그날 밤에 소라는 가위에 눌렸다. 앞뒤가 전혀 맞지 않는 개꿈을 꾸다 잠에서 깼는데 몸을 움직일 수 없었다. 눈을 뜨려 해도 떠지지 않았고 숨쉬기마저 힘들었다. 이상한 소리를 냈는지 그가 그녀를 흔들어 깨웠다.

"소라야, 왜 그래?"

간신히 눈을 뜨니 그녀의 이마에선 식은땀이 흘렀다.

"걱정하지 마. 오빠가 우리 소라 지켜 줄게."

그는 그녀의 등을 토닥였고 다시 잠들기까지 시간이 걸렸다. 그가 물었다.

"소라야, 우리 애기는 몇 명 낳을까?"

"애기?"

"응, 난 한 세 명은 낳았으면 좋겠는데."

"세 명? 내가 애 낳는 기계야?"

"옛날 사람들은 열 명도 스무 명도 낳았는데 뭘."

"세 명을 어떻게 키워?"

"오빠가 돈 많이 벌어 올게. 내 애기 세 명만 낳아 주라. 응?"

그녀는 골치가 아파서 눈을 감아 버렸다.

다음 날 아침 모텔을 빠져나온 그들은 삽교천으로 갔다. 갈매기 떼가 파아란 수면 위로 무리 지어 날고 있었다. 보도블록 위로 한 줌의 새우깡을 뿌리니 갈매기 떼가 날개를 푸드덕거리며 내려앉아 새우깡을 집어먹기 시작했다. 멀리 서해대교를 바라보면서 그들은 새우깡이 없어질 때까지 갈매기들을 먹여 주었다. 황량한 부둣가에 뜬 조그마한 고깃배들을 보면서 그들은 하염없이 해변을 거닐었다. 소라는 어젯밤 행위 때문인지 걸을 수 없을 만큼 다리가 아프고 그가 그녀를 훑고 간 자리가 쓰라렸다. 제방 둑을 향해 걷는데 매서운 바닷바람이 옷깃을 스치며 한 줄기 불안감이 소라의 가슴 속으로 파고

들었다. 그녀는 맥박이 빨라지는 걸 느끼면서 그에게 물었다.

"지금쯤 우리 집에선 난리가 났겠지?"

"뭘 그런 걸 신경 써."

삽교천에서 나온 그들은 차를 타고 어딘가로 돌아다녔다. 날이 추워 딱히 무얼 할 수 있는 게 없었기 때문이다. 한참을 달리다 한적한 논두렁에 그가 갑자기 차를 세우더니 의자를 젖혀 누우며 말했다.

"좀 쉬었다 가려고. 이따 점심 먹고 오후에 올라갈 거야. 어제 집에 안 들어가서 오늘은 들어가야 해. 오늘도 안 들어가면 할아부지가 노발대발할 거야."

"할아버지랑 같이 살아?"

"응, 오늘 마침 엄니 아부지가 크리스마스 기념으로 남원 친척 집에 가서 안 계셔. 내일 저녁 늦게나 올라오실 거야. 동생은 군대 가서 없고. 집에 할아부지만 계시는데 오늘 우리 집에 몰래 들어가서 자자. 할아부지한테 안 걸리면 되지."

"걸리면 어떻게?"

"우리 둘 다 죽는 거지. 그니까 안 걸려야지."

"아이, 좀 그런데."

"쓰읍, 마누라가 서방님이 하자는 대로 해야지!"

소라는 더 말할 수 없었다. 어젯밤 그에게 몸을 맡긴 후로 인생이 그에게 달렸다는 걸 본능적으로 직감했기 때문이다. 그녀는 문득 그의 집안 환경이 궁금해졌다.

"오빠네 부모님은 뭘 하셔?"

"아부지는 우리 회사 근처 도금공장 다니셔. 엄니는 한식부페 주방 보조 나가고."

"할아버진 어렸을 때부터 같이 살았어?"

"아니. 중학교 때 할머니가 고혈압으로 쓰러져 돌아가셨어. 할머니 돌아가시고 나서 남원에서 모셔 왔어. 할아부진 원래 직업이 해결산데 우리 집에 오면서 그만두셨지. 어른들 얘기론 싸움을 디게 잘하셨데. 일당백이었다고."

"해결사가 뭐야?"

"길 가다 보면 '못 받은 돈 받아 드립니다.' 현수막 붙은 거 있잖아. 돈 떼이고 못 받은 사람들 대신 받아다 주는 사람. 젊었을 땐 할아부지가 주먹질하다 빵에도 몇 번 다녀왔다는데. 중학교 때 할아부지가 누구랑 싸우다가 다쳐서 오른쪽 다리를 절으셔. 그러구 좀 있다가 할머니 돌아가셨지. 우리 집에 오신 이후론 일 안 하셔."

"동생은 군대 갔는데 오빤 군대 안 갔어?"

"난 부동시라고 짝눈이라 면제받았어. 신검받을 때 할아부지가 병무청에 높은 사람이랑 술 한잔 먹더니 얘기가 잘 됐다

더라. 할아부지 덕에 난 재수가 좋았지."

다시 시동을 켜고 재훈은 시내 방향으로 달리기 시작했다. 어젯밤 잠을 설쳐 피곤했던 소라는 잠시 선잠이 들었다. 운전하던 그가 갑자기 큰 소리로 역정을 냈다.

"아이 씨발, 쌩돈 나갔네."

"왜 그래?"

소라는 깜짝 놀라면서 눈을 떴다.

"방금 카메라 있었잖아."

속도위반 카메라를 지나친 그가 짜증스레 말했다.

시내로 들어온 그는 두부 전골집 앞에서 차를 세웠다. 그녀에게 뭐 먹고 싶으냐고 물어보는 일은 없었다. 국자로 그릇에 두부와 고기를 수북이 올려 국물과 함께 떠서 내밀 때 그녀는 그가 자상한 사람이라 생각했다. 한 번도 누군가 그녀의 그릇에 국을 떠 준 기억은 없었기 때문이다.

출발 전 주유소로 간 그는 오만 원어치 기름을 넣은 후 자동 세차장으로 차를 밀어 넣었다. 마치 세탁기 안으로 들어온 듯한 터널 속에서 차가 밖으로 빠져나올 때까지 그는 그녀를 껴안고 진하게 키스했다.

다시 서해대교를 건너는데 가랑눈이 흩날리기 시작했다. 옆 차선에서는 돼지를 한가득 싫은 트럭이 달리고 있었다.

저세상을 향해 달리는 돼지 코가 창살 밖으로 삐죽이 삐져 나온 것도, 돼지 코 위에 떨어져 녹아내리는 눈발도, 차 안에 울려 퍼지는 뱅크의 '가질 수 없는 너'도 소라에겐 모두 을씨년스럽기만 했다.

"월요일에 대출금 나올 거야. 대출금 나오는 대로 우리 집 구할 거니까 불편해도 쫌만 참아. 살림하면 십 원짜리 하나도 안 틀리고 가계부 써야 해!"

그는 상당히 고압적으로 말했고, 그녀는 알았다고 했다. 잠깐 선잠이 들었다 눈뜬 사이 어느덧 그들은 그의 직장이 있는 공단 지대에 접근하고 있었다. 전면 유리창 밖 공중엔 맨눈으로도 선명히 보일 만큼 뿌옇게 먼지 띠가 둘러쳐져 있었다.

뒷골목의 도로변에 아무렇게나 차를 세우고 그들은 시내의 이곳저곳을 돌아다녔다. 어둑어둑해질 때쯤 눈발은 더욱 굵어져 함박눈으로 바뀌어 쌓이기 시작했고, 바람은 더 세차게 불어 댔다. 소라는 잠바에 달린 모자를 썼다. 재훈의 머리가 눈으로 하얗게 덮일 때쯤이었다. 돈이 떨어져 가는지 그는 그녀 손을 잡고 김밥천국으로 들어갔다. 메뉴판을 보지도 않고 그가 말했다.

"우리 오늘은 스페셜로 먹자."

재훈은 스페셜 정식과 치즈 라볶이와 참치김밥을 시켰다.

정식에 나온 김밥을 라볶이 국물에 찍어 먹으면서 소라는 앞으로의 삶을 대충 짐작할 수 있었다. 분식을 먹고 나온 그가 꺼억 하고 트림하면서 말했다.

"아, 오늘 포식했네."

그들은 다시 차를 타고 어딘가로 돌아다녔다. 차 안에서 둘은 실랑이를 벌였다.

"오빠, 근데 정말 십 원도 안 틀리고 가계부를 써야 해?"

"그럼, 당연하지."

"어떻게 십 원도 안 틀리고 가계부를 쓸 수가 있어?"

"아이 씨. 십 원이라도 아껴야 부자 될 거 아냐? 싹퉁바가지없게 말대꾸할래?"

그는 갑자기 차를 거칠게 몰더니 황량한 들판 한가운데에 차를 세웠다. 그러더니 소리를 꽥 질렀다.

"내려!"

소라는 심장이 쪼그라들면서 방망이질하기 시작했다.

"안 들려? 내리라고!"

하는 수 없이 그녀가 문을 열고 내리니 그가 갑자기 창문을 내리고 무법 조폭 음악을 온 논밭이 쩌렁쩌렁 울리도록 크게 틀어 댔다. 그녀는 무시무시한 굉음이 견딜 수 없어 쪼그리고 앉아 손가락으로 귀를 막았다. 폭주족들이 틀고 다닐법한 광란의 질주를 연상시키는 음악으로 귀청이 찢어지고 심장은 터질 듯 쿵쾅거렸다. 그는 한참 후에야 볼륨을 줄이면서 소리쳤다.

"타!"

마치 죄인처럼 주눅 든 소라는 애원하듯 말했다.

"미안해! 내가 잘못했어! 다신 안 그럴게!"

그녀가 그에게 하는 말과 행동은 마치 그녀가 집에서 이유 없이 얻어터지면서 살려 달라고 빌던 때와 별반 다를 게 없었다. 그는 그녀의 얼굴을 쓰다듬었다.

"이제 안 그럴 거야?"

그녀는 고개를 끄덕였다. 하지만 맥박이 빨라진 걸 느낄 수 있었다.

공단에서 그리 멀지 않은 곳에 있는 F동 주택가는 그녀가 살던 C동 뒷골목과 비슷하게 우중충했다. 허름하고 어딘지 모르게 우수가 감도는 골목의 맞은편에서 허리가 꾸부정하게 굽은 할머니가 삶의 무게를 한가득 실은 수레를 끌며 걸어갔다. 전봇대 옆에 벽돌이 낡은 단독주택이 그의 집이었다. 집 앞에서 그가 말했다.

"여기 잠깐 있어. 할아부지 뭐 하시는지 보고 올게."

집에 들어갔다 나온 그는 그녀 손목을 잡아끌었다.

"들어가자. 할아부지 지금 방에 계셔."

그들은 007작전으로 그의 집에 숨어들었고 그녀는 신발을 벗어들고 방에 들어갔다. 건넌방에서 노인의 헛기침 소리와 TV 소리가 들렸다. 그가 나직이 말했다.

"내가 망보고 있을 테니 얼른 씻고 나와. 할아버지 나오시기 전에."

화장실 겸 욕실 바닥은 시멘트였고, 욕실엔 집 밖으로 나갈 수 있는 문이 있었다. 문밖에서 그는 망을 보고 있었다. 시멘트 바닥에 쭈그리고 앉아 바가지로 물을 퍼부으며 씻는 동안 소라는 가슴이 답답하고 숨이 막혔다. 낡은 집구석이며 한눈에 봐도 구닥다리 같은 세간살이들을 보니 앞으로의 삶이 녹록지 않을 것이 뻔히 보여서다. 그렇지만 여기까지 흘러들어온 이상 어쩔 수 없는 일이었다. 분명한 건 대한민국 어디를 가더라도, 어떤 집엘 가더라도 우리 집보단 나을 거란 점이었다. 최소한 무지막지하게 얻어터지는 일은 없을 테니까 말이다. 적어도 그렇게 믿고 싶었다. 그 무렵 소라는 아무 남자나 잡아서 결혼하고 싶을 만큼 절박한 심정이었다. 샤워를 마치고 조심스레 걸어서 방에 들어가니 그가 나지막이 성화를 냈다.

"어휴, 왜 이렇게 오래 씻었어? 할아부지 나오시면 어쩌려구."

그녀는 짜증이 났지만 참았다. 그는 씻으러 가지 않고 침대에 누워만 있었다.

"오빤 안 씻어?"

"니가 그렇게 오랫동안 씻고 나왔는데 내가 또 씻으러 들어가면 할아부지가 어떻게 생각하시겠어? 어휴."

그녀는 그의 핀잔을 들으면서 왜 이런 구사리를 먹어야 하는지 억울했지만, 잊어버리기로 했다. 건넌방에선 여전히 TV 소리가 들려왔다. 그가 말했다.

"내일 아침에 일찍 나가야 해. 할아부지 깨시기 전에. 노인네들 아침잠 없잖아."

"응. 알겠어."

"난 오늘 우리 엄니 아부지가 집 비워 준 게 왤케 고마운지 모르겠다."

그녀는 슬슬 그가 야속해지기 시작했다. 그깟 모텔비가 몇 푼이나 된다고 자신을 이렇게 불편하게 자게 만드는지 이해할 수 없지만 참기로 했다. 재훈은 그녀의 손을 그의 단단한 페니스에 갖다 대면서 말했다.

"애가. 하고 싶데."

"참아. 나 지금 하고 싶은 기분 아냐."

"알았어. 대신 우리 집 구하면 매일 해야 해!"

"집 구하면 오빠 집 나오려고?"

"너 임신하면 같이 살 수밖에 없지. 한 달 동안 매일 하면 금방 임신하겠지!"

소라는 눈을 감고 자는 척을 했지만 통 잠들 수 없었다. 그녀의 귀는 온통 건넌방에서 간간이 들려오는 헛기침 소리에 가 있었다. 그가 다시 아이 얘길 꺼냈다.

"소라야, 내 애기 세 명 낳아 줄 거지?"

"글쎄, 근데 애기 셋 키우려면 내가 일을 못하잖아. 둘이 벌어야 살지 혼자 벌어서 애 셋을 어떻게 키워?"

"그건 내가 알아서 할게. 넌 내 애기만 낳아줘. 사실 난 내 애를 셋이나 뗐다."

아무렇지도 않게 하는 말에 눈이 번쩍 뜨인 그녀는 멀뚱멀뚱 천장만 쳐다보았다.

"우리 집에 온 여자가 니가 처음은 아냐. 처음 이 집에 놀러 온 여자앤 고등학생이었어. 내가 고3일 때 걘 고1이었는데 몰래 내 방에 들어왔다가 할아부지한테 걸려서 뒤지게 혼났지. 걔가 임신했는데 결국엔 소문나서 학교 자퇴하더라. 지금 남대문시장인가 어디서 옷 장사한다고 들었어."

"두 번째는?"

"두 번짼 인천 남동공단 반도체 칩 공장 다니던 공순이 누난데 나이트에서 만났어. 고등학교 졸업하고 잠깐 만났는데 애 생기니까 알아서 지우더라."

"세 번째는?"

"세 번째는 어린이집 보조 교사 하던 누난데 애 생기니까 서울까지 가서 지우더라."

"참나. 파란만장하네."

그는 그녀의 뺨을 어루만지면서 말했다.

"소라야, 일 같은 거 안 해도 좋으니까 내 애기 세 명만 낳아 주라. 응?"

그는 다른 여자에게서 뗀 세 명의 아이를 그녀더러 낳으라 했다. 그녀는 그가 싸이코라 여기면서도 알았다고 했다. 거절하기에는 너무 멀리 와 있는 데다 돌아갈 길도 없다고 판단했기 때문이다.

다음 날 아침 눈뜨자마자 그들은 또다시 007작전을 펴서 집을 빠져나왔다. 숨쉬기조차 힘들 만큼 바람이 세차게 불어 댔다. 그가 물었다.

"일요일인데 뭐 하지? 비디오방 갈까?"

"아니, 우리 영화 보러 가자."

퇴폐 업소 같은 비디오방보다는 소라도 남들처럼 영화관에서 팝콘을 씹으며 영화를 보고 싶었다. 그들은 시내로 갔다. 가장 빨리 볼 수 있는 영화는 이병헌과 이영애가 나오는 '공동경비구역 JSA'였다. 소라는 눈치껏 자기 돈으로 영화표를 끊고 동시에 팝콘과 음료수도 샀다. 그는 만족한 듯 입가에 미소를 머금었다.

소라는 무미건조한 표정으로 스크린을 보면서 달짝지근한 캐러멜 팝콘을 씹었다. 이영애가 침대에 누운 이병헌에게 뭔가를 말하는 장면을 보면서 그녀는 정수와 비디오방에 갔던 날을 생각했다. 정수의 부드러운 터치와 입술의 촉감을 떠올리면서 그녀는 전율을 느꼈다. 이러지 말아야지 하면서도 정수에게 미안한 마음이 들었다.

영화의 끝부분에서 이병헌이 죄책감에 못 이겨 권총으로 자살하는 장면은 소라를 더욱 울적하게 만들었다. 말없이 정수를 떠나온 데 대한 죄책감도 더욱 커졌다.

영화를 보고 나온 그들은 가발을 바꿔 쓰면서 스티커사진을 찍으며 놀았다. 재훈이 소라에게 핑크색 뽀글이 가발을 씌워주면서 말했다.

"웃는 모습이 너무 예쁘다."

그들은 전철역 앞 포장마차에서 떡볶이와 순대, 튀김과 오뎅을 먹었다. 두 사람이 가장 재미있게 놀던 날이었다. 날이 어두워질 무렵 그가 말했다.

"오늘은 찜질방에서 자. 내일 아침 일찍 데리러 올게. 나 출근하기 전에 도서관에 데려다줄게. 도서관에서 책 읽고 있어. 내일은 대출금 나올 테니까 조금만 참아."

그는 그녀를 찜질방 앞에 내려놓고 사라졌다. 찜질방엔 코고는 남자들이 많아 그녀는 잠을 잘 수 없었다. 한쪽 구석엔 커플 두 명이 서로의 옷 속에 손을 넣고 몸을 더듬어 짜증이 났다. 이리저리 뒤척이는데 알 수 없는 불안감이 그녀를 엄습해 왔다. 자신이 선택한 삶이라기엔 억울하지만, 돌이킬 수도 없었다. 지금이라도 재훈의 울타리에서 벗어날까 생각했지만, 이미 버린 몸이라는 생각이 거세게 그녀를 눌렀다.

아침 일찍 재훈은 소라를 시립도서관 앞에 떨궈 주면서 말했다.

"퇴근하고 데리러 올게."

가볍게 입 맞추고 그는 사라졌다. 열람실에 꽂힌 무수히 많은 책을 본 순간 그녀는 다시금 대학에 가고 싶다는 마음이 불같이 일었다. 그녀는 대학에 가고 싶은 마음을 간신히 억누르며 신경숙의 '외딴방'을 꺼내 들었다. 흰 종이 위 검은 글자들을 쓸쓸히 읽어 내려가는데, 저녁에 데리러 온다던 그가 점심때도 안 되어 나타났다.

"조퇴하고 나왔어. 대출 신청한 회사에서 대출이 안 나온 데서 다른 회사에 다시 신청하러 가야 해."

순간 소라는 의아했다. 대출은 은행에서 하는 것 아닌가? 차에 타려는데 조수석에 그의 여러 달 치 급여 내역이 정리된 서류가 있었다. 언뜻 보기에 백만 원대 초반의 금액이 여러 개 적혀 있었다. 그 숫자들을 본 순간 저 돈으로 살림할 걸 생각한 그녀는 골치가 아파졌다. 차를 타고 삼십여 분을 달려 찾아간 곳은 오 층짜리 조그마한 벽돌 건물 앞이었고 건물 중간에 '\*\*캐피탈'이라고 큼지막하게 씌어 있었다.

"차에 좀 있어. 대출 신청하고 올게."

그는 서류를 챙겨 헐레벌떡 뛰어서 건물 안으로 사라졌다. 뒷모습에 매우 서글픈 그림자가 걸려 있었다. 기름값을 아끼기 위해 시동을 꺼버려 차 안은 매우 추웠다. 창밖으로 주황색 방한복을 입은 환경미화원이 집게로 쓰레기 집는 모습을 내다보는데 어젯밤부터 그녀를 엄습하던 불안감이 몇 배로 불어난 걸 느낄 수 있었다. 심장은 아주 크고 빠르게 뛰었고 그녀는 불안을 달랠 길이 없어 손톱만 물어뜯었다. 삼십여 분 후에 그는 건물 안에서 다소 굳은 얼굴로 걸어 나왔다.

"아이 씨발. 또 며칠 걸린다네."

"며칠이나?"

"한 삼사일? 근데 집이랑 직장에 전화를 돌린다네."

"왜?"

"뭐, 직장은 잘 다니는지 그런 거 물어보겠지. 회사는 괜찮은데 집에다 전화하는 건 좀 그런데."

"오빠, 근데 대출은 은행에서 하는 거 아냐? 왜 은행에서 돈을 안 빌리고 딴 데서 빌려?"

"넌 알 거 없어. 걱정마. 대출금 나올 테니까."

"그 대출금 못 갚으면 어떻게 되는 거야?"

소라는 걱정스런 얼굴로 물었다.

"아, 내가 일을 하는데 왜 못 갚아?"

그는 괜히 큰 소리를 내며 짜증을 냈다. 출발하려는데 차에 기름이 떨어져 근처의 주유소로 갔다. 돈이 없는지 그는 기름을 삼만 원어치만 넣었다. 운전하는 그를 보며 그녀가 조심스레 말했다.

"오빠, 나 취직할게."

"뭔 일 하게?"

"원래 하던 거 고깃집. 고깃집이 그나마 돈 많이 주잖아."

"일이 힘들잖아."

"괜찮아."

"아이, 참. 애 낳아서 키우기도 바쁜데 일을 왜 해."

그는 이상하게 아이에 대해 집착하고 있었다.

"지금 당장 애가 있는 것도 아니고. 애 생기기 전까지라도 일할게. 오빠 혼자 돈 벌기 힘들잖아."

"일단 대출금부터 받고 생각해 보자. 우리 날도 추운데 PC방 가자."

"응, 좋아. 근데 오빠, 나 목말라. 물 좀 사다 줘."

소라는 아까부터 갈증을 느끼고 있었다. 목마른데 차에 물이 없어 짜증이 나던 참이었다. 그는 조금 가다 편의점이 보이자 길가에 차를 세우고 내렸다. 편의점에 뛰어갔다 온 그는 검은 봉지 하나를 들고 나타났다. 소라는 검은 봉지를 반가운 마음으로 받아 들고 열어 보니 물은 없고 코카콜라와 포카리스웨트가 한 병씩 들어있었다.

"뭐야? 물 사 오라니까 왜 이걸 사와?"

목이 말랐던 그녀는 콜라와 포카리스웨트를 보니 더욱 갈증을 느껴 역정을 냈다. 그는 험상궂은 눈빛과 고압적인 목소리로 그녀에게 소리쳤다.

"너는 쌩돈 주고 쌩물 사 먹니?"

당황한 그녀는 어떤 말도 할 수 없이 몸이 굳어 버렸다. 하는 수 없이 포카리스웨트를 따서 마시는데 신기하게도 음료의 짠맛만 골라서 느껴졌다. 평소보다 훨씬 강하게 느껴진 포카리스웨트의 짠맛을 음미하고 있자니 갈증이 거세게 밀려왔다. 마치 사해(死海)의 물을 퍼다 마시는 것 같았다. 그리고 억울했다. 이제 갓 스무 살에 인생의 모든 게 결정돼 버렸다는 게. 더는 선택할 여지가 없어졌다는 게. 돌아갈 길도, 옆으로 샐 길도 없어져 버렸다는 게 미치도록 죽을 만큼 억울했다.

시내로 접어들수록 차가 점점 많아졌다. 그의 차 앞으로 검은색 그랜저가 끼어들려다 실패했다. 운전자가 여자인 걸 확인한 그는 창문을 내리며 거친 욕을 퍼부어댔다.

"야, 이 씨발련아. 운전 똑바로 안 해? 미친년이 집꾸석에서 밥이나 처하고 자빠졌을 것이지 차는 존나게 비싼 거 끌고 나와서 지랄이야! 어! 꺼져 버려 이 씨발련아!"

입에 착착 감기는 그의 찰진 욕설에 소라는 심장이 터질 것만 같았다.

"오빠, 욕 좀 안 하면 안 돼?"

"아 저 싸가지 없는 년이 내 앞에 껴들려고 하잖아!"

"그래도 욕하니까 너무 무서워."

"알았어. 안 할게. 미안해."

그는 그녀의 귓불을 어루만지며 말했다. PC방에 들어서자마자 그녀는 눈치껏 계산을 자신이 했다. 만 원짜리가 여러

장 있는 걸 본 그가 비아냥거렸다.

"돈은 디게 많네."

자리에 앉자마자 그는 마치 신들린 사람처럼 스타크래프트 게임에 몰두했다. 그녀는 그런 그가 문득 낯설게 느껴졌다. 한동안 게임에 열중하던 그가 말했다.

"너 오늘도 찜질방 가야겠다."

그렇게 소라는 그날 밤에도 찜질방엘 가고, 다음 날 아침에도 도서관에 갔다. 다음 날 밤에도, 다음 날 아침에도, 그다음 날 밤에도, 다음 날 아침에도, 또 그다음 날 밤에도, 다음 날 아침에도 그렇게 반복되었다. 그와 함께한 지 여드레째 되는 날, 그러니까 한 해가 저무는 날이었다. 그는 점심때도 안 돼 죽상이 된 얼굴로 나타났다. 차 안에서 그는 거의 울먹이듯이 말했다.

"소라야. 그만 집에 돌아가야겠다. 회사에서 나한테 대출 못 해준대. 내가 널 책임지지 못할 것 같아. 내가 이렇게 무능한 사람인 줄 몰랐어. 정말 죽고 싶다."

"……."

소라에게 그의 말은 청천벽력 같은 말이기도 하지만 한편으론 어느 정도 짐작하고 있던 일이기도 했다.

"집에 데려다줄게."

"아니야, 여기서 우리 집 멀지 않으니까 버스 타고 갈게. 버스 타고 천천히 갈래. 빨리 갈 필요 없잖아."

"알았어. 버스 타는 거 보고 갈게."

두 사람은 함께 버스를 기다렸다. 마침내 C동으로 향하는 버스가 왔고 차창 너머로 그가 손을 흔들었다. 그렇게 그들의 동거 아닌 동거는 칠박팔일 만에 끝났다.

소라는 집으로 가지 않았다. 집이 아닌 대학에 가고 싶었기 때문이다. 몇 정거장 안 가서 내린 그녀는 정류장 가판대에 놓인 벼룩시장 신문을 뒤졌다. 그리고 곧 숙식 제공 고깃집에 취업했다. 이제 갓 스무 살을 넘긴 그녀를 직원으로 고용하기 미덥지 않았던 여사장은 어머니와의 전화 통화를 원했다. 그녀는 알겠다고 하면서 밖으로 나왔다. 공중전화로 뛰어간 그녀는 평소 외우고 있던 춘자 이모의 전화번호를 눌렀다. 춘자 이모는 반갑게 전화를 받았다.

"아이고, 소라야! 잘 있었니?"

"춘자 이모! 부탁이 있어요. 저 여기 고깃집에 직원으로 취직해야 하는데요, 우리 엄마 대역 좀 해주세요. 사장님이 우리 엄마랑 통화를 원하시는데 우리 엄마랑 통화하면 전 죽음이에요! 아시잖아요!"

대강의 사정을 알고 있던 춘자 이모는 흔쾌히 소라의 부탁을 들어주었다.

"그래 알겠어, 소라야. 근데 하루 종일 고깃집에서 일하면 몸이 힘들어서 어떡해."

"그런 건 걱정 마시구요. 일단 제가 취업할 수 있게 도와주세요."

그렇게 해서 춘자 이모는 친엄마처럼 여사장과의 통화에 응해 주었다. 사장이 통화하는 옆에 소라가 붙어있는데 수화기 너머로 춘자 이모의 목소리가 들렸다.

"사장님, 거기 상호랑 동네 위치 좀 알려 주세요."

사장은 춘자 이모에게 식당 상호와 대략의 식당 위치를 알려 주었다. 무사히 취업에 성공한 소라는 고깃집에서 오전 열한시부터 밤 열 한시까지 하루 열두 시간 일했다. 그녀는 언제나처럼 팁을 주는 손님들에게 미소를 흘렸다.

소라는 밤늦게 퇴근해 식당에 딸린 골방에 들어오면 새벽녘까지 책을 보았다. 그녀는 업무시간 중간의 쉬는 시간에도 틈틈이 책을 읽었다.

소라가 고깃집에 취직한 지 일주일쯤 지났을 때였다. 숯불에 쇠막대기를 꽂은 채 테이블 쪽으로 걸어오던 그녀는 화들

짝 놀라 테이블 화로에 숯불을 내려놓기 무섭게 냅다 뛰었다. 식당 정면의 강화 유리 앞으로 그녀의 부모님 두 분이 걸어오고 있었고, 식당 안을 들여다보던 아버지와 정면으로 눈이 마주쳤기 때문이다. 딸과 눈이 마주친 아버지는 황급히 식당 안으로 뛰어 들어왔다. 소라는 부리나케 주방 밖으로 뛰어나갔으나 미처 골방 안으로 들어가기 전에 아버지에게 목덜미를 잡혀버렸다.

"소라야, 집에 가자."

아버지의 말에 소라는 눈물을 글썽였다. 갑작스런 돌발사태에 손님들은 불안해했다. 사장 부부는 놀란 손님들을 진정시키기 바빴다. 여사장이 어머니에게 물었다.

"아니, 내가 소라 어머니랑 통화했는데. 대체 이게 무슨 일이에요?"

"소라 엄마는 저예요. 통화한 아줌마는 제가 아니고 전에 애가 같이 일했던 식당 아줌마예요."

"그랬군요. 아이고."

소라는 춘자 이모에게 심히 배신감을 느꼈다. 아버지가 묵직한 어조로 말했다.

"집에 가서 공부해라. 내년엔 학교 보내 줄게."

"그래. 소라야. 공부해서 꼭 대학 가라. 너한테 이런 식당 일은 사실 안 어울려."

여사장은 일주일 치의 일당에 팁을 조금 더 얹어서 소라의 손에 쥐여 주며 말했다. 어머니는 처음으로 소라가 번 돈을 뺏어 가지 않고 가지라고 했다. 아버지가 끌고 온 자동차에 올라타니 사장 부부가 소라에게 손을 흔들었다. 집으로 가는 내내 창밖을 내다보는 소라의 눈가엔 눈물이 그렁그렁 맺혔다.

# 담배 연기

 소라가 갑자기 사라진 후 정수는 숯불에 얼굴을 그을리며 석 달을 기다렸다. 그녀가 없는 공간에서 석 달이나 숯불을 피우고 불판을 닦아도 그녀는 돌아오지 않았다. 종종 그녀를 보러 오던 체구가 큰 남자도 함께 모습을 보이지 않았다. 숯불에 불을 지피면서 정수는 부아를 넘어 분노가 치밀어 오르려 했다.

 '이 씨, 아부지가 아프지만 않았어도 내가 어떻게 했을 텐데…….'

 하루는 정수가 이제 막 불을 지핀 숯불 화로를 들고 홀을 걸어가는데 한 네 살쯤 된 어린아이가 달려와 숯불 화로에 몸을 부딪었다. 아이는 자지러지게 울었고 아이 엄마가 달려와 아이를 끌어안고 달래는데 다행히 다친 곳은 없었다. 소라를 생각하면서 한눈을 팔았던 정수는 그날 아이 엄마와 사장에게 호된 구사리를 들어야 했다.

  그는 고등학교 1학년 때 친구 정택이와 함께 호기심에 몇 번 피우다 용돈이 쪼들려 포기한 담배를 다시 입에 댔다. 소라가 없는 공간은 텅 빈 것만 같았고, 그는 그녀의 빈자리를 담배로 채웠다.

  정수 아버지의 병세는 차도를 보이지 않았다. 식구들은 점점 지쳐 갔다. 미용실에서 벌어오는 어머니의 월급도, 통증의학과 간호조무사인 누나의 월급도, 숯불을 피워 나르고 철 수세미로 불판을 닦아서 벌어오는 정수의 알바비도 거의 다 아버지의 치료비와 약값으로 들어갔다.

  집안의 우환과 소라의 부재를 담배 연기 하나로 달래던, 겨울도 끝물에 접어들던 어느 새벽, 가쁜 숨을 몰아쉬던 아버지는 결국 눈을 뜨지 못했다. 아무도 아버지의 임종을 지켜보지 못했다. 아버지의 장례는 조촐하고도 조용하게 치러졌다. 남편에게 숱하게 얻어맞고 살아온 어머니는 눈물 한 방울 보이지 않았다. 어머니가 울지 않아서인지 자식들도, 찾아온 조문객들도, 아무도 울지 않았다. 정수는 아버지의 죽음이 차라리 다행이라고까지 여겨졌다. 아버지가 돌아가시고 가족 부양의 책임을 진 정수는 군대를 면제받게 되었다.

담배 연기

아버지의 장례를 치르고 온 정수는 고깃집 일을 그만두었다. 더는 매캐한 연기를 마셔가며 일할 에너지가 없었기 때문이다. 고깃집을 나온 그는 세차장을 겸한 주유소 알바를 시작했다. 매일 콧구멍에서 시커먼 숯가루가 묻어나오지 않는 것만으로도 그는 살 듯했다.

아버지가 돌아가시고 한 달쯤 지났을 무렵이었다. 정수는 어머니가 이상해졌다는 걸 눈치챘다. 아버지가 돌아가신 지 얼마 되지도 않았는데 어머니의 옷매무새나 머리 모양새가 전과 눈에 띄게 달라진 데다 귀가 시간이 늦는 날이 많았다. 거기다 툭하면 핸드폰을 들여다보며 웃고 있었다. 정수가 일을 끝내고 친구들과 놀다가 저녁 늦게 들어와도 그보다도 더 늦게 어머니가 들어오는 날이 잦았다. 그 무렵 동네의 통증의학과 간호조무사인 누나는 같은 병원에서 일하는 도수치료사와 사귀느라 정신없었다.

첫 봄비가 내리던 날 밤이었다. 퇴근 후 친구들과 포차에서 소주 한잔을 걸친 정수는 빈집에 불을 켜고 들어왔다. 아버진 세상을 떠서 안 계시고, 엄마도 연애 중이고 누나도 연애 중인 집에서 나만 혼자라고 느낀 정수는 그날 밤 심한 외로움을 느꼈다.

주유소엔 정수처럼 학교를 휴학하고 일하는 동갑내기 윤희가 있었다. 고등학교 때부터 주유소에서 일했다는 윤희는 정수에게 꼬리를 치는 듯 마는 듯 밀당했다. 전문대학에서 뷰티케어과를 전공하는 그녀는 눈화장 색깔이 매일 바뀌었고 졸업하면 반영구 화장을 하고 싶다고 했다. 어느 날 그녀는 그에게 마스크팩을 사다 주며 말했다.

"이거 좀 써 봐. 대체 뭘 하고 다녔길래 얼굴이 그렇게 까매진 거야?"

"전에 숯불갈비 집에서 일했더니 이렇게 됐어."

어느 금요일 저녁, 주유소 사장은 직원들을 위해 족발과 피자, 맥주와 과일 등을 사다가 사무실 테이블에 차려 놓았다. 식구들끼리 소소하게 회식하는 자리에서 정수와 윤희는 교묘하게 눈빛을 교환했다. 일을 마치고 윤희가 정수에게 말했다.

"맥주론 부족하지 않나?"

"나도."

포차에서 소주를 마시기 시작한 두 사람은 취하기 시작했다. 정보산업고등학교를 나온 윤희는 열여덟 살 때부터 주유소에서 일했다고 했다. 정수가 물었다.

"여자가 주유소 일하기 힘들지 않아?"

"아니. 난 처음부터 주유소에서 일해서 괜찮아. 이게 적응돼서 편하고 좋아. 어디 갇혀 있지 않아도 되고 바깥바람 쐴 수 있는 게 어디야. 손님 없을 땐 쉴 수도 있고. 근데 정수야, 너 여자친구 사귀어 본 적 있어?"

"응, 있지."

"몇 명?"

"한 명. 넌?"

"음, 고딩 때 두 명, 대학 와서 한 명, 지금은 없어."

정수는 윤희가 자기한테 마음이 있는 건지 없는 건지 분간할 수 없었다. 둘은 대학 생활에 관해 이런저런 얘기를 나누다 보니 어느덧 소주 세 병을 비우고 있었다. 정수는 눈이 풀려 알딸딸해질수록 보이쉬하고 털털하게 생긴 윤희가 여자로 보이기 시작했다. 그보다도 그는 불 꺼진 집에 혼자 들어가기가 싫었다.

그날 저녁 그는 처음으로 여자와 모텔에 갔다. 먹자골목 뒤로 즐비하게 늘어선 유흥가와 모텔촌을 걷다 어느 순간 무작정 윤희를 끌고 모텔 계단에 올라섰다.

술기운이었지만 그는 모든 게 낯설고 어색했다. 카드키로 불을 켜고는 냉장고에서 음료수를 꺼내 먹는 윤희를 보면서 그는 알 수 없는 이질감을 느꼈다.

윤희를 품에 안고 입술을 깨물면서 정수는 소라를 떠올렸다.

침대 위에서 정수는 야동에서 본 대로 머릿속으로 생각하고 따라 하려 애써 봤지만 쉽진 않았다. 평소 서양 야동을 보면서 상상했던 것보다 좋지도 않았다. 막 좋다는 느낌보단 혼자 하는 게 차라리 낫겠다 싶으리만큼 어색했다. 여자의 벗은 몸을 봐도 생각보다 흥분이 잘 안돼 그는 소라를 떠올리면서 간신히 일을 끝냈다. 그리고 이만하면 성공적이라 느꼈다.

어느 정도 짐작은 한 일이지만, 숫총각인 정수는 윤희가 처녀가 아님을 확인하고선 억울했다. 그리고 허탈했다. 그는 창문을 열고 담배에 불을 붙였다. 담배 연기를 창밖으로 길게 내뿜으면서 그는 또다시 소라의 부드러운 입술을 떠올렸다.

모텔 계단을 내려오는데 맞은편에서 낯익은 얼굴 두 명이 히히덕거리며 걸어오고 있었다. 누나와 누나의 애인은 반대편의 보라색 불빛이 화려한 모텔 안으로 사라졌다. 정수가 얼빠진 얼굴로 멍하니 서 있으니 윤희가 물었다.

"뭐 해? 아는 사람들이야?"

"아 아니, 아니야. 가자."

정수는 윤희의 허리를 붙잡고 발길을 돌렸다.

주유소 내 자동 세차장에서 세차 보조를 주로 하는 정수와 주유 업무를 하는 윤희는 모텔 출입 후 제법 가까워지기 시작했다. 손님이 없을 때면 빈 휴게실에서 애정 행각을 하다 사장에게 걸리기 일쑤였다. 그럴 때마다 사장은 적당히들 좀 하라며 장난기 어린 눈빛으로 호통쳤다.

윤희는 일하면서도 핸드폰을 자주 들여다보았다. 휴게실에서 쉬고 있을 때 정수가 윤희의 핸드폰을 엿보기라도 하려 들면 윤희는 얼른 딴전을 피웠다. 정수는 늘 그게 불만이었다. 그렇다고 해서 윤희에게 굳이 따지려 들지도 않았다.

어느 날 정오 무렵, 아침부터 흐리던 하늘은 점점 더 짙어졌고 하늘은 금방이라도 비가 올 기세였다. 정수는 삭신이 쑤시고 온몸이 으슬으슬한 게 감기 기운이 도는 듯해 사장에게 조퇴를 요청했다. 사장은 날도 흐려 세차 손님도 없을 테니 이만 들어가 보라고 했다.

집 앞 내과에서 감기약을 처방받아 문을 열고 집에 들어선 그는 현관에서 못 보던 남자 구두를 발견했다. 그리고 집 안에서 이상한 소리가 들린다는 걸 감지했다. 정수는 신발을 벗지 못한 채 그대로 서 있었다. 이상한 소리는 안방에서 흘러나왔다. 자지러지는 어머니의 신음이 정수의 귓가를 어지럽혔고, 그는 혼란스러웠다. 아버지가 병환으로 오래도록 고통받던 바로 저 방에서 벌어지는 일을 그는 받아들이기 힘들어 가슴을 쥐어뜯었다. 잠시 후 남자의 말소리가 들렸다.

"좋았어?"

"응, 너어무 좋았어."

"나도. 여기서 할 때마다 스릴 있고 더 흥분된다."

"그래? 그럼 담에 또 오자."

"그래, 그러자."

"근데 자기야. 나 언제까지 이렇게 살아야 해?"

"에이, 또 그 소리."

"나 이렇게 사는 거 너무 힘들어. 자기 이혼하고 나오면 안 돼?"

"마누라가 이혼 안 해 준 데잖아."

"치, 나도 혼자 살기 힘든데."

"내가 우리 자기랑 자주 놀아 줄게."

"정말이지?"

"그럼. 내가 자길 얼마나 사랑하는데."

정수는 조용히 현관문을 열고 나왔다. 엘리베이터를 타고 내려와 밖으로 나오니 장대비가 쏟아지고 있었다. 그는 비를 맞으면서 편의점으로 뛰어갔다. 눈 앞을 가린 빗줄기 속으로 아버지의 얼굴이 잠깐 스치다 이내 사라졌다. 그는 편의점에서 투명한 비닐우산을 사서 펼쳐 들고 터벅터벅 걸었다. 아스팔트의 빗물이 가끔 그의 신발과 바짓가랑이에 튀어 올랐다. 그는 윤희와 드나들던 여관방에 홀로 들어가서 감기약을 먹고 누워 윤희에게 전화를 걸었다. 일을 마친 윤희가 아픈 정수를 위해 죽을 사 들고 들어왔다. 윤희는 정수를 품에 안고는 토닥거렸다. 처음으로 정수는 윤희가 따뜻한 여자란 걸 느꼈다.

정수는 어머니에게서 느낀 배신감을 윤희에게서 풀고 있었다. 그는 전보다 더 자주 윤희를 데리고 모텔을 찾았다. 교태에 절은 어머니의 목소리를 떠올리면 아랫도리에 힘이 들어갔다. 그때마다 그는 퇴근하는 윤희의 손목을 잡고 모텔방으로 향했다.

여름이 다가오던 날, 두 사람은 어느덧 모텔에서 준 적립 쿠폰 카드에 도장 열 개를 다 찍어 한 번을 공짜로 이용하게 됐다. 윤희의 몸 위에서 정수가 말했다.

"공짜로 하니까 더 흥분되는 거 같아."

"나도."

공짜 쿠폰까지 열 한 번을 채운 두 사람은 다시는 그 모텔을 이용할 수 없게 됐다. 윤희가 주유소를 그만두고 일방적으로 정수를 떠났기 때문이다. 아직 대학들이 여름방학 할 시즌도 안 됐는데 윤희가 말했다.

"이제 복학할 준비 하려고."

별다른 작별 인사도 남기지 않은 채 주유소를 그만둔 윤희는 정수의 전화도 받지 않고 잠수를 타 버렸다.

# 그의 소식

열 달가량의 수험 생활 끝에 소라는 무사히 수능 시험을 치르게 되었다. 수험 생활이라고 해야 집에서 참고서를 보고 문제집을 푸는 게 다였다. 그나마 그녀의 가출 소동 덕택에 평소 도맡다시피 했던 가사 노동이 절반 가까이 줄어들긴 했다. 툭하면 쥐어박던 어머니의 손찌검도 눈에 띄게 줄었다. 아버지에게 무슨 말을 들었는지 어머니는 가급적 손이 나가려 해도 참으려 노력하는 듯했다. 그렇다고 평소 버릇이 아예 없어진 건 아니었다. 그녀는 여전히 가끔 말도 안 되는 꼬투리를 잡혀 쥐어박혔다. 이를테면 세탁기의 버튼을 잘못 눌렀다거나, 부침개를 아주 조금 태웠는데 식구들 모두 암에 걸려 죽게 할 작정이냐고 다그친다거나 하는 이유 들이었다.

수능 시험이 끝나자마자 그녀는 다시금 일터로 나갔다. 등록금을 벌어야 했기 때문이다. 역시나 시급이 쎈 고깃집이었고. 언제나처럼 그녀는 팁을 주는 남자에게 눈꽃 같은 미소를 흘렸다.

돼지갈비 주문 테이블에 숯불을 집어넣는데 어디선가 안면이 있는 남자가 소라에게 말을 걸었다.

"저기, 혹시 전에 태백 화로구이에서 근무하던 분 아니세요?"

"네, 맞는데요."

말을 건 사람은 전에 재훈과 함께 소라에게 서로 팁을 주겠다고 옥신각신하던 그의 회사 동료였다.

"저, 잠깐 밖에 나가서 얘기 좀 해도 될까요? 전해드릴 말씀이 있어서요."

두 사람은 식당 밖 주차장으로 나갔다. 늦가을 바람이 차고도 스산하게 불었다.

"잘 지내셨어요?"

"네."

"여긴 언제 오셨어요?"

"얼마 안 됐어요. 전에 일 그만두고 대학 가려고 한동안 공부만 했어요. 얼마 전에 수능 시험 끝나서 다시 일하게 됐어요."

"아, 그러시군요. 정말 잘하셨네요. 좋은 결과 있으실 거예요. 소라씨는 이런 데서 일하는 거 정말 안 어울려요. 저, 혹시 최근에 재훈이랑 연락한 적 없으시죠?"

"네, 최근엔 한 번도 없었어요."

남자는 놀랄만한 소식을 전해 주었다.

"얼마 전에 재훈이가 회사에서 동료들과 좀 다퉜어요. 욱하는 성격에 동료를 폭행하는 바람에 지금 구치소에 들어가 있어요. 사실 이번이 처음은 아니에요. 먼젓번에도 그랬는데 집행유예 기간에 재범한 거라 이번엔 좀 오래 있을 것 같아요. 게다가 누구한테 돈을 빌리고 안 갚아서 사기죄로 재판이 계류 중이에요."

"……."

소라는 놀라서 할 말을 잃었다. 남자는 그녀에게 진심 어린 투로 한마디 덧붙였다.

"전 소라씨가 정말 잘 됐으면 좋겠어요. 꼭 좋은 분도 만나길 바라구요."

"감사합니다."


남자의 말을 전해 들은 소라는 착잡했다. 하지만 마음에 담아 두지 않으려 애썼다. 나와 상관없는 일이라 스스로 다독거리면서 그녀는 묵묵히 주어진 일만 했다.

원했던 학교는 아니지만 소라는 서울 외곽에 자리한 L대학 국문과에 합격했다. 합격 통지서를 받아 든 소라의 눈앞으로는 쟁반을 들고 뛰어다니고, 손님들 시중을 들던 날들이 주마등처럼 스쳐 지나갔다. 이제껏 고생했던 날들을 보상받는 기분이 든 그녀는 제일 먼저 정수가 떠올랐다. 정수에게 기쁜 소식을 전할까 생각했지만 이내 단념했다. 정수의 얼굴을 똑바로 볼 염치가 없어서다.

입학식 행사 전 캠퍼스 안에는 팝송이 울려 퍼지고 있었다. 그중 한 곡이 캐리 앤 론의 'I Owe You.'라는 노래였다. 음악을 들으면서 소라는 또 정수가 생각났다. 그녀는 정수에게 빚을 진 것만 같아 마음이 불편했다. 입학식을 하는 내내 그녀는 정수를 떠올렸다. 정수의 따뜻한 품과 손길, 그리고 정수의 골치 아픈 집안 환경이 교대로 떠올라 괴로웠다. 정수가 잘해 줬던 것보다 그의 골치 아픈 집안 환경이 그녀의 의식을 더욱 지배했던 건지 학교에 다니면서 그녀는 점차 정수를 잊어갔다.

대학에 입학한 지도 어느새 한 달이 훌쩍 넘었다. 캠퍼스를 장식하는 벚나무에서 하얗게 꽃눈이 날리고 있었다. 도서관 건물로 향하는 언덕길을 오르며 소라는 문득 재훈이 궁금해졌다. 그가 아직도 구치소에 있는지 나왔는지, 나왔다면 어쩌고 살아가는지 알고 싶으나 알 길이 없었다. 이 시점에 그게 왜 궁금한 건지 자신도 모를 일이었다. 동정일까도 생각해 보았다. 어느 정도 동정하는 마음이 없지는 않았다. 그녀는 언젠가 어둠 속에서 재훈이 했던 말을 떠올렸다.

"내 애를 낳으면 난 애들한테 정말 잘해 줄 거야. 셋 다 똑같이 잘해 줄 거야. 난 잘할 자신 있어. 우리 엄마처럼 내가 자기 안 닮고 아부지 닮았다고 허구한 날 욕하고 쥐어박진 않을 거야. 벌레 보듯 쳐다보지도 않을 테고 말야."

재훈의 부모님은 옛날부터 사이가 좋지 않았다. 도금공장에 다니는 아버지와 한식부페에 나가는 어머니는 오래전부터 쇼윈도 부부로 살았다. 물론 각자의 애인이 있는 걸 눈칫밥으로 재훈은 진즉부터 알고 있었다. 어머니는 남편을 쏙 빼닮은 큰아들을 홀대했고, 자신을 빼닮은 작은아들을 편애했다. 이건 소라네 집도 마찬가지였다. 소라 어머니 또한 남편을 닮은 딸을 홀대했고, 자신을 빼닮은 아들을 편애했다.

어느 날 갑자기 할아버지가 재훈의 집으로 오면서 그는 더욱 찬밥 덩어리가 됐다. 할아버지와 아버지와 큰아들 세 남자가 모두 같은 외모와 성향을 지녀서다. 어머니는 큰아들에게 자신의 모든 한풀이를 해댔다. 자신의 모든 사랑은 작은아들에게 쏟았다. 재훈은 점점 비뚤어져 갔다. 아버지는 언제나 애인에게 정신이 팔렸고, 또 그때그때 애인을 바꿨고, 집에는 형식적으로 들락거렸다. 재훈이 중학교 때부터 함께 살게 된 할아버지에게 어머니가 형식적이나마 도리를 하는 건 할아버지 앞으로 남겨진, 조상 대대로 물려받은 시골의 논과 밭이 있어서란 걸 재훈은 직관적으로 알고 있었다.

하굣길 전철 안에서 소라는 줄곧 재훈을 생각했다. 재훈이 입에 걸레 물고 살 듯 툭하면 욕설을 내뱉고 폭력적인 습성을 보여도 그를 이해하려 했던 건 바로 그 밤의 한마디 때문이었다. 지나간 시간에 if를 붙인다면, 그가 만약 대출받는 데 성공했다면 아마 지금쯤 그와 함께했을지도 모른다고 생각한 소라는 소름 끼치면서 팔에 닭살이 돋았다. 그러면서도 한편으론 그가 가엾고 불쌍했다.

금요일 저녁, 전철역은 어딘가로 총총히 걸음을 옮기는 사람들로 붐볐다. 전철에서 내린 소라는 황량하고 불안한 눈으로 주위를 둘러보았다. 주말을 맞이하는 사람들의 얼굴엔 한 주일의 피로를 풀기 위한 기대와 설렘이 묻어 있었다. 그녀가 집으로 가는 발걸음은 언제나 무거웠다. 버릇처럼 자신을 기다리고 있을 무거운 노동을 생각했다.

토요일 이른 아침부터 소라는 분주히 움직였다. 늦잠은커녕 새벽같이 일어나 밥을 짓고 아침상을 차렸다. 느지막이 부엌에 나온 어머니는 아침마다 현관 앞에 배달되는 일간 신문을 들여다보면서 딸이 차리는 아침상을 감독하기만 했다.

아침상을 물린 후 소라는 한동안 설거지통 앞을 떠나지 못했다. 설거지를 끝낸 후 그녀는 아버지와 남동생의 운동화를 손빨래하기 시작했다. 오염된 운동화를 칫솔로 문지르면서 그녀는 깊은 한숨을 내쉬었다. 언제까지 이렇게 살아야 하는지 막막하기만 했다. 자신이 가지 못한 대학에 딸이 다닌다는 이유로 어머니는 집안의 궂은일을 모두 딸에게 내맡겼다.

가족이 모두 외출한 집에서 그녀는 속을 파먹고 버려진 소라껍데기처럼 홀로 남겨졌다. 어머니는 외출 전 딸에게 얼마 전 건어물 시장에서 사 온 황태포 한 쾌가 든 봉지를 건네주었다. 돌아오기 전까지 스무 마리 전부를 국 끓이기 좋게 찢어 놓으라고 했다. 소라는 저녁때까지 가시투성이 황태포를 국 끓이기 좋을 만큼 부드럽고도 아주아주 잘게 찢어 놓았다. 황태포를 쥐어뜯다가 가시에 손이 찔려 피가 나기도 했다.

북어포를 뜯으면서 그녀는 또 재훈을 생각했다. 재훈이 지금쯤 어떻게 되었을지 못 견디게 궁금해졌다. 무슨 생각이 들었는지 북어포를 뜯던 그녀는 안방으로 가 수화기를 집어 들었다. 그리고 아직도 잊어버리지 않고 있던 재훈의 전화번호를 또박또박 눌렀다. 익숙한 컬러링이 울리다가 잠시 후 재훈의 목소리가 들렸다.

"여보세요."

순간 소라는 반가웠다. 그가 구치소에서 나왔다는 사실 만으로도 기뻤다.

"오빠! 나야."

"소라니? 잘 있었어?"

"응, 오빠는?"

"난 잘 지내. 성철이한테 소식 들었다. 수능 시험 봤다며?"

"응, 지금 대학에 다니고 있어."

"어디 학교 다니는데?"

"L대학 국문과 다녀."

"디게 좋은 학교도 다니네."

재훈은 축하하기커녕 자격지심으로 배배 꼬인 소리를 했다. 소라는 실망했다.

"보고 싶었다."

그는 진심인지 아닌지 분간할 수 없는 투로 말했다.

"구치소에서 언제 나왔어?"

"지난달에. 술 먹고 홧김에 누굴 좀 팼는데 그렇게 됐네. 아 쪽팔려."

"이제 그러고 살지 좀 마. 제발 부탁이야."

"알았어. 소라야. 보고 싶다. 우리 언제 볼까?"

그는 대낮인데도 한잔 걸친 듯 혀가 꼬여 있었다.

"만나려고 전화한 건 아냐. 그냥 오빠가 궁금해서 전화한 거야."

"아이 씨발 보고 싶다고! 보고 싶은데 좀 만나면 안 돼?"

"만나려고 전화한 거 아니라구. 제발 그 욕 좀 그만하면 안 돼? 그렇게 욕하는 거 도대체 누구한테 배운 거야? 부모님한테 배운 거야? 오빠네 부모님이 그렇게 가르쳤어?"

"너 지금 내 부모 욕했냐? 내가 니네 부모 욕하면 너 기분 좋냐? 지금 이거 니네 집 전화지? 너 집에 혼자 있냐? 저녁에 니네 집에 전화한다! 이따 존나게 혼나 봐라."

재훈은 전화를 뚝 끊어 버렸다. 소라는 그에게 전화한 걸 진심으로 후회했다.

토요일 저녁, 소라가 자기 방에 들어와 책상 앞에 앉은 건 저녁 설거지까지 마친 후 여덟 시 경이었다. 그녀는 쏟아지는 피로를 누른 채 책을 펼쳐 들었다. 과제물을 작성해야 하기 때문이었다. 아버지는 아직 퇴근 전이었고, 동생과 어머니는 안방에서 놀고 있었다. 그녀가 한참 과제물을 작성하고 있을 때였다.

 안방에서 갑자기 전화벨이 울렸다. 긴장한 소라는 바깥을 향해 촉각을 곤두세웠다. 집이 워낙 좁았기에 조금만 신경 쓰면 건넌방의 통화 소리를 그대로 들을 수 있었다. 전화를 받은 어머닌 한동안 아무 말 하지 않더니 '너 누구냐아!' 하는 소리만 연거푸 내질렀다. 소라네 집에 전화한 재훈은 그녀의 어머니에게 욕설을 퍼부었다.

 "야, 이 씨발련아! 딸년 좀 똑바로 키워! 어? 아니 딸년을 어떻게 키웠으면 집이나 겨나오고 지랄이야?"

 그가 술이 떡이 되어서 한 얘기는 대강 이런 내용이었다.

 전화를 끊는 기척이 들린 후 안방에서는 아무 소리도 들리지 않고 잠잠했다. 재훈의 전화를 받은 어머니는 충격으로 한동안 넋을 잃었다. 소라는 이부자리도 못 펴고 밤새 방안에서 바들바들 떨고 있었다. 이젠 끝이라고 생각했으나 그토록 원하던 대학에 다니고 있었기에 도망칠 수도 없는 소라는 밤새워 피만 말렸다.

 다음 날 아침 소라네 집에서는 한바탕의 쓰나미가 지나갔다. 그 사건 이후 소라는 대학 졸업 후 그 집을 다시 탈출하기 전까지 지금껏 겪었던 그 어떤 학대보다도 가장 가혹하게 학대당해야만 했다. 악에 악이 받친 어머니가 딸을 쥐어박으며 말했다.

"야 이 씨발련아. 니랑 사귀는 놈이 나한테 씨발련이라 했으면 니가 나한테 씨발련이라 한 거랑 똑같은 거잖아. 그놈이 내보고 딸년 좀 똑바로 키우란다."

소라는 전보다 더 일찍 일어나고 더 늦게 잠들면서 집안일을 했다. 어머니는 매사에 쥐잡듯이 딸을 못 잡아먹어서 안달이었고, 딸의 일거수일투족을 감시했다.

그녀는 고된 노동에 시달리면서도 새벽 늦게까지 책상 불을 밝혔다. 장학금을 타서 등록금을 벌어 와야 조금이라도 덜 얻어맞을 수 있었기 때문이다. 장학금으로 등록금을 벌어와도 방학만 되면 그녀는 돈을 벌러 나갔다. 운이 좋으면 학원 강사를 하기도 했고, 때론 대형 마트에서 일하기도 했다. 어머니는 월급 명세서까지 확인하면서 딸이 번 돈을 가져갔다. 그녀는 항상 빈털터리였다. 희망 없는 삶 속에서 그녀는 생각했다. 한계와 끝은 어딘지, 어디까지 버틸 수 있을지 생각해도 답은 나오지 않았다.

# 담요 같은 사람

새 직장에 다닌 지 얼마 안 되어 소라는 새로운 남자를 만났다. 경제 잡지를 구독하기 시작한 형원은 경기도 광주에 본점을 두고 성남 분당에 출장소 하나를 둔 소형 저축은행 대부계에서 과장으로 일하고 있었다.

정기 구독을 신청하던 형원은 소라의 청순하고 소녀 같은 목소리에 호기심이 생겼다. 마포구 아현동에 있는 잡지사 앞까지 찾아온 그는 결국 그녀를 만나는 데에 성공했다.

형원은 소라보다 열두 살이 많은 띠동갑이었다. 그녀를 처음 본 순간 몇 마디 말만 구슬리면 넘어오게 만들 수 있을 거라 확신한 그의 예상은 적중했다. 형원은 한 평 남짓한 방에 살던 그녀를 위로하며 고시원 방값을 대신 내줬다. 만날 때마다 맛있는 음식은 물론 입을 옷이며 화장품이며 필요한 물건을 사 주는 데 돈을 아끼지 않았다. 게다가 주기적으로 그녀의 계좌에 이삼십만 원씩 용돈까지 송금해 줬다. 그 돈은 지금껏 그녀가 한 번도 공으로는 받아 보지 못한 큰돈이었다. 고작 두세 달의 연애 기간에 이루어진, 짧지만 폭포수 같은 물질 공세는 그녀의 영혼을 사기에 충분했다.

형원은 주말마다 광주에서 청량리로 달려왔다. 때로는 평일 저녁에도 광역 버스를 타고 달려와 그녀에게 속삭였다

"잠깐이라도 널 만나지 않으면 못 살겠어. 네가 없으면 나는 죽은 것만 같아."

늦은 시각이면 고시원 앞에 데려다주고 떠나는 그의 뒷모습에서 그녀는 처음으로 누군가로부터 보호받는 기분이 들었다. 심지어 존재감을 느끼기까지 했다.

소라는 조금은 날카로워 보이면서도 전형적인 은행원의 냄새를 풍기는 남자가 아무 때고 달려가서 엎어질 수 있는 담요처럼 느껴졌다. 수도권 소재 대학에서 경제학을 전공한 데다 은행의 과장이라는 외적 조건으로 보아 평생 돈 걱정은 안 하고 살아도 될 듯했다. 자신의 처지에 더 이상 선택의 여지가 없을 거란 생각도 들었다.

사실 그녀는 은행원을 만나면서도 회장을 만날 때처럼 '이형원'이라는 사람 자체가 좋은 건지, 엎어져 부비댈 수 있는 담요가 필요한 건지 자신도 분간하지 못할 만큼 판단력이 없

었다. 아무러하건 밤마다 고시원방 천장에 떠오르던 회장의 잔영(殘影)은 사라졌다. 띠동갑인 새 애인과 그녀는 역시나 빛의 속도로 가까워졌다.

어느 날 느닷없이 그녀는 정 회장에게 전화해 대뜸 말했다.
"아저씨, 저 결혼해요."
"시방 그게 뭔 소리냐?"
"그렇게 됐어요."
"뭐 하는 놈이냐?"
"은행 다녀요."
"은행? 어디 은행?"
"KG 상호저축은행이요."
"KG 상호저축? 못 들어봤는데? 그거 어디 있는 은행이냐?"
"경기도 광주에 있어요."
"거긴 2금융권 아녀. 그런 데는 보통 은행이 아니여. 잘못해서 노름하고 속 썩이는 인간 만나면 어쩌려고 그래. 너 잘못 코 끼면 평생 고생헌다!"
"노름이요? 그런 사람 아니에요. 성실한 사람이에요."
"몇 살인데?"

"서른여덟이요."

"어이구 중늙은이네. 그 사람 결혼은 처음 하는 거냐?"

"네."

"먼 은행원이 그 나이 먹도록 혼자 사냐? 어디 성격 드럽고 이상한 놈 아니여?"

"아니에요. 좋은 사람이에요."

"니가 먼 남자 볼 줄 아냐? 너는 사람 볼 줄 몰라. 결혼은 인륜지대산데 그렇게 중요한 걸 왜 함부로 결정하냐? 그 결혼허지 말어. 지발 부탁이다, 잉?"

"싫어요. 할 거예요. 벌써 날짜도 잡혔어요."

"니네 부모님은 뭐라고 하시냐?"

"모르세요. 얼마 전에 집 나와서 연락 안 해요."

"아이구야. 고생길이 훤하다. 제발 너보다 시상 오래 산 사람 말 좀 들어라."

"걱정마세요. 잘 살게요."


인사동의 한 찻집에서 정미(유진의 개명 전 이름)는 소라에게 쏘아붙였다.

"니네 집이 힘들면 고시원 살면서 돈 모아서 자립할 생각을 해야지. 결혼해 버리면 어떡하니? 이렇게 성급하게. 좀 더 오래 만나 보고 괜찮은 사람인지 알아봐야지. 난 절대 반대야. 우리 둘째 언니가 너처럼 어려서 결혼 잘못했다 딸래미랑 도망쳐 나왔잖아. 우리 언니도 엄마가 반대하는 거 집 나가서 결혼했더니만 열여섯 살이나 많은 남자가 허구한 날 무시했다네. 도망이라도 가려면 니가 갈 데가 어딨냐면서 대놓고 비아냥거리고. 언니가 이혼해 달라고 싹싹 빌었더니 그 남자가 그래 좋다고, 해 준다고, 갈 테면 어디 한번 나가 보라면서 진짜로 도장을 찍어 줬어. 언니가 집 나와서 갈 데 없는 줄 알았나 봐. 버릇 고쳐 준다면서 도장 찍어 줬는데 기회는 이때다 하고 그 길로 내빼 버렸지. 그나마 애기가 딸이어서 언니가 데려왔지, 아들이었음 그 집에서 절대로 안 내줬을 거야. 지금 엄마한테 신세 지면서 취직하려고 전문대 다니는데 우리 언니가 이상한 사람 만나 얼마나 고생한 줄 아니? 경찰서 다니는 큰언니는 결혼할 때 상대방 신원 조회까지 할 거랬어. 실제로 신원 조회하면 성범죄자에다 사기꾼들이 많데. 신용불량자도 많구. 내가 이렇게 반대하는데도 결혼해 버리면 난 너랑 절교할 거야!"

이미 한번 실패해 어린 딸과 함께 친정에 돌아와 있는 언니를 보며 성급한 결혼이 얼마나 무모한 짓인지 알고 있던 정미는 친구의 결혼을 뜯어말렸다. 소라의 결혼을 말린 건 정미뿐

만이 아니었다. 학창 시절을 보냈던 이들 모두 한목소리로 반대했으나 그녀는 결혼을 강행했다. 몽돌해변에 쓸쓸하게 버려진 소라껍데기처럼 세상에 홀로 팽개쳐진 듯한 고시원살이는 독방에 수용된 죄수와 다를 바 없이 느껴졌기 때문이다. 어떤 집에 가더라도 지금 살고 있는 집보단 나을 걸로 생각했다. 어찌 됐건 갑작스런 결혼으로 소라는 원했던 대로 다시는 집으로 돌아가지 않을 수 있게 됐다.

가난한 소라에게 형원이 내건 조건은 아무것도 없이 그냥 들어와 살아도 된다는 거였다. 대신 몇 년 전 교통사고로 남편을 잃은 후 혼자가 된 시어머니와 함께 사는 조건이었다. 그녀는 선택의 여지가 없었다. 결혼이 현실 도피를 위한 차선책이라 할지라도 어쩔 수 없다고 생각했다.

정미 다음으로 친한 친구 은혜가 걱정스럽게 말했다.

"이제 대학 졸업한 니가 뭘 혼수를 해 가. 그렇게 나이 많은 사람 오히려 구제하는 거 아냐? 너한테 뭘 바라면 안 되지. 그리고 요즘 누가 시부모랑 같이 살아."

컨테이너로 만든 임시 성당 결혼식장에 정미는 나타나지도 않았을뿐더러 실제 친구와 절교해 몇 년간 소라의 전화도 받지 않고 잠수를 타 버렸다. 소라의 바뀐 전화번호를 어떻게 알았는지 동규는 결혼식 전날 그녀에게 장문의 문자를 보냈다.

 '니가 그렇게 빨리 떠날 줄은 몰랐다. 사실 난 아직 널 다 잊지는 못했다. 첫사랑을 우예 잊겠노. 헤어진 지 얼마나 됐다고 벌써 가뻬리노. 우찌 됐든지 잘 살아라. 힘든 일 있으면 야그해라. 내가 도울 수 있는 건 도울게. 난 언제든 니편이다.'

# 이지러진 달

 서귀포의 호텔 방에는 알맞게 익은 귤 한 상자가 놓여 있었다. 첫날 밤을 보내는 허니문 이용객을 위해 호텔 측이 준비한 선물이라고 했다. 첫날 밤이라 해서 특별히 설렐 건 없었다. 남녀 간의 은밀한 행위를 처음 하는 커플은 거의 없으니까 말이다. 루프탑수영장에서 밤바다를 바라보면서 두 사람은 여느 신랑 신부들처럼 사랑을 속삭이고 미래를 약속했다. 드디어 한 몸이 될 시간이 다가왔다.

 은은하게 퍼지는 붉은빛 조명 아래에서 소라는 그만 비명을 지르고 말았다. 형원은 소라의 하얀 젖가슴 위로 상자 속 귤을 집어다 하나씩 던지기 시작했다. 그는 귤이 바닥날 때까지 던지기를 멈추지 않았다. 그가 덮는 이불을 치워 버려 이불을 덮지도 못하고 맨살 위에 귤이 날아왔다. 그만하라 소리쳐도 소용없었다. 가슴 통증이 고통스러워 엎드리면 귤은 엉덩이

위로 떨어졌다. 몸에 맞은 귤은 이내 침대 밑으로 굴러떨어졌다. 방바닥엔 온통 이리저리 귤이 굴러다녔다.
아내가 고통스러워하는 모습에 그는 배실배실 웃고 있었다. 겁에 질린 소라는 도망치고 싶었으나 돌아갈 길이 없었다. 고시원 방에서 구출해 준다는 명목으로 형원은 결혼 전에 미리 그녀를 자기네 집에 들어와 살게 했다. 식을 올리기도 전에 혼인신고부터 한 건 물론이었다.

모아둔 돈은커녕 지참금 한 푼 없이 시작한 결혼 생활은 처음부터 녹록지 않았다. 은행원인 형원은 아내에게 경제권을 주지 않았다. 대신 생활비를 일주일에 딱 오만 원씩 주었다. 더 이상의 물질 공세는 없었다. 함께 사는 어머니의 생활비와 용돈은 따로 드렸으나 얼마를 드리는지 소라는 알지 못했다. 물어보면 내가 알아서 한다고 둘러댈 뿐, 오만 원이 적다고 하면 형원은 한심하다는 듯 쏘아붙였다.
"너도 돈 벌잖아. 나머진 니가 버는 돈으로 써. 결혼식 비용이랑 신혼여행 경비랑 다 내 돈 쓴 거 너도 알잖아. 지금 부지런히 아껴서 저축해야지. 돈 관리는 자기보다 은행 다니는 내가 잘하니까 나한테 맡겨."
"그래도 일주일에 오만 원은 너무 적어요."

"당신이 지금 그런 소리 할 때가 아니지. 이 집도 우리가 물려받을 테고, 당신이 해 온 건 솔직히 없잖아. 부지런히 돈 모아야 하는데 빈손으로 와서 생활비 타령하면 어떡해. 난 더 줄 돈 없어. 나머진 벌어서 보태서 살아."

형원의 입에서는 자주 '빈손으로'라는 말이 튀어나왔다. 소라의 귓가에선 이따금 '빈손으로'가 환청처럼 울렸다. 남편 말이 틀린 건 아니란 걸 그녀도 인정했다. 가족과 의절해서 맨몸으로 시집온 그녀는 평생 꼬리표를 달고 살아야 했다. 남편과 시댁 식구들은 한통속이 되어 그들이 마치 오갈 데 없는 불우이웃을 구제하기라도 한 듯 굴었다. 시모의 말끝마다 '너는 그냥 왔으니께' 하는 수식어가 따라붙었다. 동남아나 중국 등지에서 돈 주고 사 온 며느리와 별반 다를 게 없다고 느낄 때면 그녀는 깊게 한숨지었다. 유년과 학창 시절을 눈물로 보내던 집에서 호시탐탐 탈출할 기회를 노렸듯이 스스로 꾸린 가정에 정착하지 못하고 겉돌던 그녀는 또 다른 탈출을 엿보았다. 그러나 차마 시도하지는 못했다. 도망쳐서 돌아갈 데도 없을뿐더러 이제 스물여섯의 그녀가 이혼녀 딱지를 떼고 살아갈 자신도 없었기 때문이다.

그렇게 마음을 다잡지 못하던 날, 그녀에게 새로운 생명이 찾아왔다. 사실 제 발로 찾아왔다기보단 어느 정도 계획이 있기도 했다. 아이가 들어서면 겉돌던 마음이 안정될 것 같기도 했고, 그놈의 '너는 그냥 왔으니께' 소리 안 들으려면 무엇인가 해야 할 것 같은 불편함이 날마다 그녀의 가슴을 누르기도 했다. 아이라도 낳아 줘야 발붙이고 살 것 같은 죄스런 마음을 아직 잉태되지 않은 생명체가 눈치채기라도 한 듯 그렇게 다가온 생명은 그녀의 뱃속에서 꿈틀대고 있었다.

임신했다 해서 일주일에 오만 원씩 주는 생활비를 올려주진 않았다. 출산용품 준비금으로 오십만 원을 준 게 그나마 다행일 뿐, 언제나 그녀가 받는 생활비는 오만 원이었다. 그래도 형원은 아이 소식에 반가워하긴 했다. 늦게나마 아들이 자식을 얻어 다행이라며 시모는 동네 사람들에게 자랑하고 다녔다. 아이가 태어나면 남편도 시댁 식구들도 지금보단 나아질 거라고, 생활비도 지금보다 올려줄 거라고 기대하며 그녀는 희망을 잃지 않았다.

형원은 아침마다 배달되는 경제신문을 읽었다. 그가 아내를 통해 구독하게 된 경제 주간지도 꼼꼼히 들여다보았다. 처음에 소라는 남편이 은행을 다녀서라고 생각했다. 그러다 얼마 후 형원이 들여다보는 노트북에서 주식 전광판을 보았다. 그게 예전에 어머니가 들여다보던 화면과 같다는 걸 알 뿐 그녀는 그래프를 읽을 줄 몰랐다. 다만 때때로 어머니가 그걸로 돈을 잃기도 하고, 가정에 이래저래 피해를 주기도 했던 걸 정황상 알 뿐이었다. 형원은 아내가 들여다보는 노트북을 치우면서 말했다.

"내가 용돈 벌려고 소액으로 조금씩 하는 거야."

"남들도 첨엔 다 그래요. 근데 사람 욕심이 어디 맘대로 되나요?"

"아이. 이걸로 돈 벌어서 이 집 살 때도 내가 많이 보탰는데 왜 그래."

그녀가 보기에 남편과 어머닌 많은 점에서 닮아 있었다. 집안일은 돕지 않고 경제신문과 잡지를 보는 것도, 주식으로 돈을 번 얘긴 해도 잃은 얘긴 하지 않는 것도, 부부지간에 경제 상황을 공유하지 않는 것도, 이따금 조울증 환자처럼 기분이 좋다가도 불같이 화내거나 감정 통제를 하지 못하는 것도 상당히 비슷했다.

형원은 임신한 아내에게조차 가끔 이상하고 변태스런 행위를 요구했다. 첫날 밤의 귤 사건은 그나마 약소한 것이었다. 평소 동서양 것을 막론하고 동영상을 자주 보는 형원은 영상에서 나온 변태 행위를 따라 하길 원했다. 때로는 AV에서 사용하는 기구를 구해 와 들이밀기도 했다. 그는 소중한 시간을 기념으로 남겨야 한다면서 사진을 찍거나 영상으로 촬영하는 걸 좋아했다. 촬영이 끝나면 그는 카메라는 방 안에 두고 메모리만 빼서 갖고 다녔다. 그 메모리가 그녀는 이상하게 찜찜했으나 달리 어쩌지 못했다. 그는 주말이면 해 뜨기 전에 아내를 깨워 아파트 뒷산으로 데려가 산속에서 그 짓을 하기도 했다.

남편의 독특한 성적 취향에 그녀는 매 순간 굴욕스러웠고, 너무 말도 안 되는 걸 요구할 때는 비참한 심정이었다. 맨발로 뛰쳐나가고 싶기도 하고 때론 치욕스러움에 죽고 싶기도 했다. 싫다고 하면 '한 번만' 하며 졸라댔고, 그래도 거부하면 버럭 화를 내며 한 대 치기라도 하듯이 위협했다.

시어머니는 며느리가 임신했다 해서 면죄부를 주진 않았다. 소라는 아무리 입덧이 심해도 새벽에 일어나 어머니의 아침상을 차려 놓고 서울로 가는 광역 버스에 올랐다. 퇴근해서는 남편과 시모의 저녁상만 차리는 게 아니었다. 아파트 바로 옆 동엔 형원의 여동생 가족이 살고 있었다. 오랫동안 기간제 교원을 하다 얼마 전에 고등학교 정교사로 임용된 동생 정원은 가사를 좀처럼 돌보지 않았다. 기간제 교사를 하면서 임용고시를 준비했던 딸네 집의 가사는 애초부터 시모가 도맡았다. 한주에 두 번 가사도우미가 오는 날을 제외하곤 딸네 집의 가사를 끝낸 시모가 녹초가 되어 돌아오곤 했다. 어려서부터 집안일을 강요당하며 살아온 소라는 그런 모습이 낯설었다.

정원은 가족 식사를 날마다 친정집에서 해결했다. 평일 저녁은 물론이고 주말에는 친정에서 살다시피 했다. 초등학생인 남자아이 둘은 밤에도 자기네 집에 가지 않고 할머니와 함께 안방에서 자면서 온 집안을 소란스레 뛰어다녔다.

그녀는 날마다 칠 인분의 밥을 지었다. 식사를 준비할 때면 시모는 식탁 위에 놓인 달걀이며 채소류 등의 식재료를 가리키면서 큰소리했다.

"이거 다 내가 딸네 집에 가서 일해 주고 받은 돈으로 장 봐 온 거여!"

식사를 마친 시누이 부부는 수저를 놓기 무섭게 빠져나갔고, 칠 인분의 설거지는 언제나 소라의 몫이었다. 그녀가 여덟 살 때부터 해 온 가사 노동은 새로 시작한 삶에 그대로 이어져 몇 배로 불어나 있었다.

결혼한 지 얼마 안 됐을 무렵부터 정 회장은 가끔 소라에게 전화해 대뜸 물었다.

"잘 사냐?"

"네."

어느 주말 낮이었다. 격한 입덧을 겨우 가라앉히고 누워 있는데 전화벨이 울렸다. 전화를 받자마자 회장이 물었다.

"잘 사냐?"

"전화 잘못 걸렸습니다."

형원이 바로 옆에 누워 있었고, 소라는 아무렇지 않은 척 대답하며 끊었다. 전화를 끊고 그녀는 한참 동안 그의 목소리에서 전해진 여운을 느꼈다. 며칠 후 다시 그의 전화를 받았을 때 그녀는 배가 점점 불러오고 있다고 털어놓았다. 수화기 저편에서 가느다란 한숨이 들려왔다. 그의 어투엔 조그마한 체념이 섞여 있었다.

"이제 진짜 아줌마구나."

"……."

"몸조리 잘해라. 근데 보고 싶다."

'보고 싶다'란 말은 두 사람을 자석의 서로 다른 극처럼 끌어당겼다. 이번에도 그녀는 회장이란 사람이 좋은지, 사람의 따뜻한 품이 그리운지 분간하지 못했다.

낙엽이 흩날리는 늦가을 저녁, 오랜만에 만난 그녀를 회장은 애틋하게 바라보았다.

그의 너른 품과 손끝의 감촉에서 소라는 마치 고향에 온 듯한 푸근함을 느꼈다.

그날 처음으로 회장은 그녀를 논현동 사옥으로 데려갔다. 사람들이 모두 퇴근해 텅 빈 엔터테인먼트 회사에 들어선 그녀는 마치 드라마 속에 들어와 있는 기분이었다. 자체 스튜디오의 영상 장비들은 방송국의 그것과 다를 바 없어 보였다.

"어때? 와 보니까 좋지?"

"네. 좋아요."

그의 집무실에서 그는 벽에 걸린 조감도를 보여 주면서 새로 짓는 삼성동 사옥이 곧 준공될 거라고 했다. 너른 대지에 큰 건물, 울타리를 둘러싼 나무들이 들어선 조감도는 마치 대기업을 연상케 했다.

그는 집무실 형광등을 끄고 포인트 조명을 켰다. 불그스름한 빛이 천장에서도 소파 밑에서도 퍼져 나왔다. 소파에 나란히 앉아 특유의 그윽한 눈빛을 보내던 그는 그녀를 소파에 눕히려고 들었다. 임신 육 개월 차에 접어든 그녀는 비명을 지르며 그를 밀쳐냈다. 멋쩍은 표정을 짓던 회장이 말했다.

"넌 이제 내 정부(情夫)고 애인이야. 아이 낳기 전에 한 번 더 와라."

그는 두 사람의 관계를 결정짓는 말을 했다. 집으로 돌아오는 길에 그녀는 회장이 한 말을 되뇌었다. 그리고 혼란스러웠다. 정부는 뭐고 애인은 뭔지. 드문드문 별이 뜬 밤하늘엔 구름 사이로 이지러진 달이 그녀를 내려다보고 있었다.

# 뜻밖의 만남

 윤희가 떠나고 여름까지 주유소에서 일한 정수는 가을학기에 복학했다. 다시 학교에 다니기 시작한 정수는 도서관에 파묻혀 지내다시피 했다. 윤희도 잊어야 하고, 소라도 잊어야 하고, 골치 아픈 가정사도 생각지 않기 위해서 그는 도서관을 선택했다. 사랑은 다른 사랑으로 잊혀진다는 말이 있지만, 짧았던 윤희와의 만남이 소라를 잊게 해 주지는 못했다. 두 여자를 동시에 잊기 위해서라도 그는 도서관에 틀어박혔다.
 복학할 무렵 그는 그동안 해 온 아르바이트에 심신이 지쳐 있었다. 고깃집에서부터 주유소까지, 거기다 아버지의 병환을 지켜보고 장례까지 치르면서 스스로 생각해도 어린 나이에 인생의 너무 많은 것을 경험한 듯했다. 덤으로 두 여자와의 이별을 겪으면서 그는 새삼 인생이 허무하다고 느끼고 있었다.

이제 마흔넷밖에 안 된 정수 어머니는 미용실에 다니면서 멋을 부리기도 하고, 애인을 만나면서 그동안 잃어버리고 살았던 정체성을 찾기도 하는 듯했다. 하지만 그즈음 정수는 누구보다 어머니에게 가장 큰 배신감을 느끼고 있었다. 집안 사정이 어려워 학교까지 휴학해 가면서 힘든 일을 마다하지 않고 해 왔는데 한 번도 고맙다 말해 주지 않는 어머니가 야속했다. 또래 친구들이 알바해서 번 돈으로 등록금에 보탤 생각은 하지 않고 여행 다니는 걸 볼 때면 정수는 그들이 부러웠다. 물론 학비를 내 손으로 버는 게 옳은 일이라 해도 그걸 지극히 당연하게 여기는 집안 풍토가 싫었다.

정수는 이런저런 복잡한 상념을 책 속에 파묻었다. 그는 장학금을 타기 위해 학과 공부에 매달렸다. 고깃집의 매캐한 숯불 연기와 주유소의 기름 냄새에 신물 난 그는 장학금을 타서 등록금을 벌기로 결심했다.

그는 방학 때만 잠깐씩 노가다 현장에서 아르바이트하는 것을 제외하고는 도서관 밖을 나가지 않았다. 건축학을 공부하는 틈틈이 토익 시험을 준비하고 취업에 필요한 자격증 시험을 착실하게 준비했다. 그렇게 그의 청춘 시곗바늘은 도서관에서 돌았다. 결과는 나쁘지 않았다. 복학한 다음 학기부터 그는 한 번도 과 수석 자리를 놓치지 않았고, 학기마다 전액 장학금을 탔다. 그는 공부해서 번 돈이 고깃집과 주유소에서 번 돈보다 훨씬 값지게 느껴졌다.

건축공학과엔 여학생이 몇 명 안 되었다. 다섯 명 남짓한 여학생들은 숏커트머리에 여성성이라곤 찾아볼 수 없는 보이쉬한 모습을 하고 있었다. 그들은 주유소에서 함께 일하던, 날마다 눈화장 색상을 바꾸던 윤희와는 다르게 보이쉬했다. 여학생 중 일부는 강의가 끝날 때마다 도서관으로 직진하는 정수에게 오늘은 학교 앞 호프집인 아지트에 가자고 꼬득이기도 했다. 그럴 때마다 소라와 윤희가 생각난 정수는 고개를 내저었다. 마음에 드는 여학생이 없기는 여러 과의 학생들이 모이는 교양과목 시간에도 마찬가지였다. 플레어스커트에 긴 생머리를 늘어뜨린 국문과생도, 머리를 온통 보랏빛으로 물들인 연극영화과 학생을 만나도 정수의 마음에 닿는 여잔 없었다. 그의 마음속엔 오직 한때 잠깐 스쳐 간 소라와 윤희가 있을 뿐이었다.

정수가 대학에 다니는 동안 어머니는 애인이 여러 번 바뀌었다. 정수는 눈칫밥으로 그걸 알아차릴 수 있었다. 어머니는 마치 연애하기 위해 남편이 저세상으로 가 주길 기다리기라도 한 사람처럼 보였다. 어머니가 뭇 남성들에게 희롱당하고 농락당하는 것 같기도 했다. 남자들이 어머니를 쉽게 보는 게 억울하고 분했지만 그렇다고 차마 어머니에게 그걸 말할 수는 없었다. 말한다고 한들 외로움에 목마른 어머니가 정신을 차릴 듯해 보이지 않았기 때문이다. 남자한테 차여도 어머니에겐 금세 다른 남자가 생겼다. 정수는 그런 어머니가 역겨우면서도 한편으론 불쌍했다.

정수가 복학한 바로 그해 겨울에 그의 누나 정희는 사귀던 도수치료사한테 시집을 가 버렸다. 임신 석 달 차에 접어든 정희는 결혼식도 못 올리고 남자네 시댁으로 그냥 들어갔다. 가난한 집에서 딸에게 변변히 해 줄 수 있는 건 없었다. 정수는 간간이 어머니로부터 누나의 서러운 시집살이 얘기를 전해 들었다. 누나가 딱했으나 도와줄 방법은 없었다. 그저 누나의 선택으로 치부하고 관여하지 않으려 했다.

시간이 약이라고 소라와 윤희, 두 여자의 기억도 정수의 뇌리에서 점차 지워졌다. 어느새 그녀들을 생각지 않고도 하루를 보낼 수 있게 되었다. 캠퍼스 안에 쌍쌍으로 다니는 많은 커플을 보아도 외롭다는 생각이 들지 않을 만큼 무덤덤해지게 됐다.

대학 생활 내내 앞만 보고 달린 그는 학과에서 수석으로 졸업하는 영예를 안았다. 더불어 몇 달간의 인턴 기간을 거쳐

제법 튼실한 경영 구조를 갖춘 건설 회사에 현장 관리직으로 입사했다. 회사는 연봉도 직원 복지도 모두 나쁘지 않았다.

정수가 취업한 2004년도는 한국 사회의 정치 경제가 혼란스러웠다. 대통령 탄핵 소추안이 가결되어 두 달간 국무총리가 대통령직을 대신 수행했고, 2002년부터 이어진 카드대란은 전국에 수많은 신용불량자를 양산해 소비심리가 크게 위축되었다.

많은 수의 대학 졸업생들이 취업할 곳이 없어 공무원 시험을 준비하러 노량진 고시촌에 몰려들었다. 대학을 나와도 취업하지 못하는 청년 백수의 숫자가 최고치에 이른 불경기에 졸업과 동시에 취업한 그는 동창생들의 부러움을 한꺼번에 샀다.

영등포의 건설자재 생산 현장에서 근무하게 된 그는 아침 7시 반에 출근했다. 7시 50분부터 아침 체조가 시작되었기 때문이다. 체조가 끝나면 8시부터 조회 및 안전교육이 실시됐다. 그는 저녁 7시가 넘어서 퇴근했다. 건설사 특성상 빨간 날에도 제대로 쉬지 못했다. 그가 하는 일은 재고조사와 구매관리, 상품 입출고 관리를 비롯해 장비 유지 보수관리 등의 일이었으며, 주로 하도급 업자와 일용직 노동자들이 건설자재를 잘 만들 수 있도록 서포트하는 역할을 했다.

처음엔 빠른 출근과 늦은 퇴근이 버거웠지만, 그는 비교적 빠르게 회사에 적응했다. 불경기에 이만한 일자리도 없다고 생각했기 때문이다. 취업에 성공한 그는 콜센터에 다니던 소라가 그랬듯이 서울에서 안산까지 전철을 타고 출퇴근했다.

늦은 밤, 환승 정거장인 금정역에서 오이도행 전철을 기다리노라면 함께 고깃집에서 일하던 소라가 생각나 괴로웠다. 때론 함께 주유소에서 일하던 윤희가 떠오르기도 했다. 그에게 있어 윤희가 몸 정이었다면 소라는 마음 정이었다. 한 여자와는 몸을, 또 한 여자와는 마음을 주고받았지만, 두 여자를 모두 잃은 그는 자신이 없었다. 다시 누군가를 만날 자신이 없어진 그에게 두 여자는 일종의 트라우마가 돼 있었다.

2000년대 초반의 기업들은 토요일에 오전 근무를 했다. 업무량이 많아 토요일 오후 세 시가 넘어서 퇴근한 그는 일부러 집에서 한 정거장 전인 번화가에서 내렸다. 딱히 약속도 없지만 주말 저녁을 도심의 화려한 분위기에 취해 보고 싶어서였다. 도심의 한가운데는 주말을 즐기러 나온 사람들로 붐볐다. 쌍쌍의 남녀들은 팔짱을 끼거나 손을 잡고 걸으면서 키득거렸다. 4월 중순의 거리에 날린 송홧가루는 도로며 주차장에 세워 놓은 자동차들을 누렇게 더럽히고 있었다. 공기 중엔 송

황가루와 중국발 황사가 섞인 듯 정수는 목이 칼칼해지는 걸 느꼈다. 그는 의류 상점과 호프집과 노래방과 이런저런 가게들이 즐비한 일방통행 길을 따라 앞만 보면서 정처 없이 걸었다.

아무 생각도 목적도 없이 걷던 중에 정수는 구경거리 하나를 발견했다. 어느 점포에서 신장개업했는지 아주 요란하게 개업식을 하고 있었다. '놀부네 참숯불갈비'라는 간판이 붙은 가게 앞에서 여자 두 명이 허리와 엉덩이를 흔들면서 춤을 추고 있었다. 여자들 옆에는 머리부터 발끝까지 곰돌이 푸 인형탈을 쓴 사람이 행인들에게 전단지와 물티슈를 나눠 주면서 호객행위를 했다. 사람들은 전단지는 바닥에 내던져 버리고 물티슈만 가방에 넣고 가던 길을 걸었다. 아스팔트 바닥에는 사람들이 버린 전단이 누런 송홧가루와 함께 바람에 날리고 있었다.

봄이라 해도 아직은 아침저녁으로 바람이 차고 쌀쌀한데 두 여자는 거의 반라의 상태였다. 그들은 야동에서나 볼 법한 검은색 망사스타킹에다 미니스커트를 입었다. 겨우 젖가슴만 가릴 정도의 조끼를 입어 배는 맨살이 훤히 드러나 있었고, 배꼽에는 큐빅 피어싱이 박혀 반짝거렸다. 황금빛 브래지어 사이로는 양쪽으로 불룩 솟은 가슴살이 노출되었다. 정수는 순간 본능적으로 남자의 욕구가 솟아올랐다. 오랜만에 여자의 속살을 본 그는 언젠가 모텔방에서 함께 했던 윤희의 몸을 떠올렸다. 아 윤희.

그네들은 주위를 쩌렁쩌렁 울리는 음악에 맞추어 몸을 흔들었다. 둘이 교대로 마이크를 집어 들고 삐끼용 멘트를 날렸다. 지나가는 사람들은 모두 여자들의 몸매와 춤에 정신이 팔려 가던 걸음을 멈추고 구경했다. 식당은 고기를 파는 게 아니라 여자들의 몸매를 파는 듯했다. 정수는 그네들이 동물원의 원숭이가 된 듯해 안쓰러웠다. 왜 저러고 살까 하는 생각도 들었다. 그네들이 한심하기도 측은하기도 했다.

그런 생각을 하고 있는데 두 여자 중 하나가 아까부터 어디서 많이 본 여자인 듯해 좀 더 가까이 다가가 보았다. 속눈썹을 붙인 눈화장이 어디서 많이 본 듯 낯설지 않았다. 정수는 그 여자를 찬찬히 살펴보았다. 눈을 반쯤 게슴츠레하게 뜬 채 하늘을 올려다보고 춤추는 여자는 놀랍게도 윤희였다. 윤희를 알아본 정수는 그만 입이 딱 벌어졌다. 그는 속으로 '미친'이란 말이 절로 나왔다. 윤희는 마이크에 대고 '저렴한 가격, 너무나도 맛있는 육즙, 고민하거나 망설이지 마세요' 어쩌고 하면서 떠들었다. 그러다 바로 앞에서 자신을 쳐다보는 정수와 눈이 딱 마주쳤다. 윤희는 갑자기 하던 말을 멈추고 얼어 버렸다. 정수와 윤희는 그렇게 몇 년 만에 다시 만났다. 한참 홍보용 멘트를 날리던 윤희가 갑자기 말을 멈추니 주인장 남자가 뛰어나와 소리쳤다.

"이봐요, 아가씨! 일 안 하고 뭐 해요?"

사장의 꾸지람에 윤희는 다시금 홍보용 멘트를 떠들어대기 시작했다.

'너무나도 신선하고 너무나도 맛있는 소 왕갈비 한번 드셔보세요. 저렴한 가격에 친절한 서비스로 모시겠습니다.~'

정수가 보기에 윤희는 이 일을 한두 번 해본 듯하지 않았다. 당황했음에도 그녀는 홍보 멘트가 아주 술술 나왔다. 정수는 뭔가 머릿속이 복잡했다. 윤희가 한심하면서도 그녀가 불쌍했다. 그는 일단 고깃집에 들어갔다. 한 접시 팔아 줘야 할 것 같아서다. 그가 출입문으로 들어가는 모습을 윤희가 멘트를 날리면서 쳐다보았다. 창가 테이블에 앉은 그는 삼겹살에 소주를 시켰다. 그리고 주인장을 불렀다.

"저기 사장님, 저 밖에 여자들 일 언제 끝나요?"

"네, 개업식 행사라 여덟 시는 돼야 끝날 겁니다."

"오늘 하루만 하나요?"

"아니요. 저분들 어제부터 나왔어요. 어제, 오늘, 내일까지 사흘간 합니다. 저 혹시 아시는 분이신가요?"

"네. 사장님 저 여기 자주 올 테니까 저 왼쪽에 있는 여자분이랑 십 분만 얘기하게 해 주세요. 부탁합니다."

"예, 알겠습니다."

사장의 허락으로 윤희는 춤추던 걸 멈추고 얼마간 쉴 수 있게 되었다. 두 사람은 몇 년 만에 한 테이블에 마주 앉았다. 윤희가 긴 머리칼을 쓸어올리면서 말했다.

"아이. 참. 그냥 가도 되는데 뭐 하러 들어와. 혼자 술 마시면 외롭잖아."

"어떻게 된 거야? 학교는 졸업했어?"

"응. 그때 복학해서 다니다 졸업했지. 지금 반영구 뷰티샵에서 직원으로 일하는데. 이 바닥이 워낙에 보수가 짜서. 그래서 간간이 알바하구 있어."

"아. 그래. 넌 이 일이 좋으니?"

"그런 건 아니지만. 돈은 제법 쏠쏠하게 준단 말야."

정수는 안주도 안 먹고 깡술을 마셨다. 불판 위에서 타는 고기를 윤희가 뒤집었다.

"저기, 정수야. 나 일해야 하니까 긴 얘긴 지금 못 하구. 다음에 만나면 안 될까?"

"추운데 여덟 시까지 밖에서 춤춰야 하니?"

"응. 율동하면 추운 것도 몰라."

"나 너 일 끝날 때까지 여기 이러고 있을 거야."

윤희는 다시 밖으로 나갔다. 유리문 밖으로 윤희의 댄스 공연을 관람하면서 정수는 소주를 두 병이나 마셨다. 한때 몸을 섞었던 여자가 사람들 앞에서 반쯤 벗고 흔들어 대는 꼴을 보노라니 꼴사나웠다. 그 모습을 보고 있자니 그동안 취업 준비에 사회생활 하느라 애써 외면한 외로움이 한꺼번에 밀려오는 듯했다. 혼자 술을 마시다 정수는 간간이 밖으로 나가 담배를 피우고 들어왔다. 그는 일부러 윤희의 시선이 머무는 곳에서 담배를 피웠다. 윤희는 갑자기 나타나 애인이라도 되는 척하는 정수가 당황스러웠다. 하지만 내색하지는 않았다. 그녀에겐 뜻밖에 정수를 만난 것보다 오늘 하루의 일당이 더욱 중요했다.

일이 끝난 윤희는 청바지와 티셔츠로 갈아입고 가게 안에 들어왔다. 정수는 이제야 주유소에서 일하던 윤희의 모습을 찾아볼 수 있었다. 티셔츠가 짧아서 배꼽에 박힌 큐빅 피어싱이 반짝거리며 노출되었다. 윤희가 정수에게 다가갔다.

"정수야, 혼자 무슨 술을 이렇게 많이 마셔?"

"괜찮아, 끄떡없어. 너 배고프겠다."

"응, 나 밥 먹을 때까지 쫌만 기다려. 금방 밥 먹구 올게."

윤희는 함께 일한 동료들과 허겁지겁 저녁을 먹기 시작했다. 곰돌이 푸 인형탈을 썼던 사람은 대학생으로 보이는 젊은 남자였는데 그는 이마와 목덜미가 땀으로 흠뻑 젖어 있었다. 된장찌개에 밥을 비벼 먹는 도우미 세 명을 보면서 정수는 맥주 한 병을 더 비웠다. 식사가 끝나자 도우미들은 사장한테 하루치의 일당을 받았다. 사장은 누런 봉투를 건네면서 말했다.

"여러분들 오늘 아주 잘하셨어요! 내일이 마지막 날이니 오늘보다 더 힘차게 일해 주세요!"

"네, 알겠습니다!"

얼만진 몰라도 두둑한 일당을 받은 윤희의 얼굴에 발그레한 미소가 지어졌다. 가게 밖으로 나온 정수가 윤희에게 말했다.

"오랜만인데 맥주 한잔하자."

"안돼, 나 내일도 일해야 해. 그리고 너 술 너무 많이 마셨어. 이제 그만 마셔."

정수는 한숨을 쉬다 다시 말했다.

"그럼 조용한 데 가서 차라도 한잔하자."

두 사람은 카페에서 블랙티를 마주하고 앉았다. 그에게서 진하게 풍기는 술과 담배 냄새에 윤희는 뭐라 말할 수 없이 미묘한 감정을 느꼈다. 갑자기 그를 떠났던 게 미안해지기도 했다. 정수는 윤희의 눈꺼풀에 붙은 속눈썹이 마치 본인 눈꺼

풀에 붙기라도 한 듯 무겁게 느껴졌다. 정수는 명함을 꺼내 윤희에게 내밀었다.

"SD건설? 야! 정수야 너 성공했구나. 요즘 취업하기 힘들다는데."

윤희는 건설 회사에 다니는 정수를 호감 가는 눈빛으로 바라보았다.

"성공은 무슨. 봉급쟁이가. 근데 넌 어떻게 된 거야?"

"아까 말했잖아."

"그러니까 직장 다니는데 그걸로 부족해서 또 일을 한단 말이지?"

"음, 한 푼이라도 더 벌면 좋잖아. 이게 뭐 나쁜 일도 아니고."

윤희는 멋쩍게 말했다. 윤희의 말에 정수는 알 수 없는 부아가 치밀었다.

"그렇게까지 돈을 벌어야 하는 이유가 뭐냐?"

"실은, 지금 엄마가 소송 중이야."

윤희는 찻잔을 두 손으로 감싸며 다소 어두운 표정으로 말했다. 그녀는 처음으로 정수에게 집안 사정을 털어놓기 시작했다. 둘은 모텔방을 드나들면서 몸 정만 키웠지 한 번도 제대로 마음을 터놓고 가정사를 얘기한 적이 없었다.

"난 사실, 아빠가 없어. 있긴 한데. 유부남이었는데 최근에 이혼해서 혼자 산다나. 내가 사생아인 것 빼고 자세한 건 몰라. 알고 싶지도 않아. 나랑 상관없잖아. 아빠란 사람을 한 번도 본 적 없어. 엄마가 한 번도 얘길 안 했는데. 어려서 내가 엄마한테 난 왜 아빠가 없냐고 물으면. 내가 어렸을 때 아빠가 돌아가셨다고 했어. 근데 아빠가 어딘가 살아있다는 걸 최근에 알게 됐어. 얼마 전에 엄마가 그 남자 상대로 소송을 걸었거든. 나도 이젠 다 컸으니 얘기해 주는 거라고. 날 차마 지울 수가 없어서 낳았대. 난 차마 엄마한테 물어보진 못했지만 한번 물어보고 싶어. 그때 지우지 왜 낳았냐고. 안 낳았으면 이렇게 힘들게 살지 않아도 되지 않냐고……."

윤희는 붉게 충혈된 눈으로 울먹거렸다. 처음 보는 모습에 정수는 당황했다.

"아이, 그러게 내가 맥주 한잔하러 가자고 했잖아."

"내일 일하러 가야 한다고."

"하루 일당이 얼만데?"

"이십만 원."

"쎄긴 하네."

잠시 망설이던 정수가 물었다.

"남자친구는 있니?"

"지금은 없어. 넌?"

"나도 없어. 너랑 헤어지고 진짜 아무도 안 만났어. 오로지 공부만 했어."

"그랬구나."

"넌 나랑 헤어지고 몇 명이나 만났니?"

"음, 두 명? 대학 때 한 명. 졸업하고 한 명. 지금은 혼자야."

그 무렵 윤희는 이따금 나이트에서 만난 상대와 원나잇을 즐기며 일상의 무료함을 달래고 있었다. 뭔가 골똘히 생각하던 정수가 물었다.

"저기 윤희야, 그 일당 내가 줄 테니까 내일 일 안 나가면 안 되겠니?"

"나한테 돈을 준다고? 왜?"

윤희는 정수의 얼굴을 빤히 쳐다보았다.

"아니, 돈을 준다기 보단. 난 니가. 그런 일을 하는 게 싫어."

정수는 단호하게 말했다. 고개를 떨구고 뭔가를 생각하던 윤희가 말했다.

"내일까진 일하기로 돼 있어서 나와야 해. 약속은 지켜야 하잖아."

"그래 알았어. 근데 그 배꼽에 박힌 건 뭐니?"

정수가 다소 역정을 내며 물었다.

"이거? 왜 그래? 예쁘잖아."

"너한테 안 어울려. 좀 빼지 그래. 그렇게 배꼽 드러내 놓고 다니는 거 별루다."

윤희는 몇 년 만에 나타나서 이래라저래라하는 정수가 황당하면서도 싫진 않았다.

"안 그래도 한 지 일 년 넘어서 한번 교체하려던 참이었는데."

정수는 한숨을 쉬었다. 그러다 다시 물었다.

"그래서 어머닌 뭘 소송하시는 거야?"

"아부지란 사람이 내 양육비를 태어나서 지금껏 한 번도 안 줬어. 날 낳은 걸 알구 그 남자가 엄마랑 나랑 둘 다 투명 인간 취급했다네. 엄마는 진작에 소송하고 싶어두 그 남자 와이프한테 당할까 봐 못 했데. 상간녀 소송 그런 거 있잖아. 근데 최근에 그 남자가 이혼하고 혼자 사는 걸 알게 됐나 봐. 그래서 엄마가 지금까지 내 양육비 달라고 소송 걸었어. 엄마 친구 남편이 법무법인 사무장이래. 그분이 도와주고 계셔. 엄마가 이십 년 넘게 한 번도 못 받은 양육비 꼭 받아 낼 거랬어."

윤희는 금방이라도 눈물을 쏟을 듯이 울먹거렸다. 정수가 물었다.

"어머닌 무슨 일을 하셔?"

"지금 십 년째 동네에서 치킨집 운영하셔. 전엔 식당에서 일했구."

"그래서 니가 그렇게 고등학교 때부터 주유소 알바를 다녔구나."

윤희는 고개를 끄덕였다. 정수가 물었다.

"너 아직도 옛날 그 동네 사니?"

"음, 이사 안 갔어."

"집에 데려다줄게. 부탁인데. 도우미는 웬만하면 안 했으면 해. 너한테 안 어울려."

콜택시를 부른 정수는 윤희와 함께 뒷좌석에 앉았다. 택시 안에서 정수는 슬며시 윤희의 손을 잡았다. 전혀 어색하지 않았다. 그는 설레는 마음보다는 한때 이 여자가 내 것이었다는 생각이 더 강하게 들었다. 윤희도 거부하지 않고 정수에게 손을 맡긴 채 가만히 있었다. 정수는 조금 전부터 윤희를 동정하고 있었다. 사랑은 결코 동정이 아니라 해도 이 순간 그는 동정도 사랑이 될 수 있을 것 같았다.

그날 이후 둘은 다시금 모텔방을 드나들었다. 이번에도 적립 쿠폰에 도장을 찍기 시작했다. 모텔만 가는 게 아니라 노래방에도 가고 당구장에서 포켓볼을 치기도 했다. 주말에는 극장에서 영화를 보거나 카페에서 노닥거렸다. 때로는 전철을 타고 놀이동산에 다녀오기도 했다. 윤희는 정수와 데이트하는 시간이 기다려졌다.

윤희를 만나면서 정수는 그녀가 자주 남자를 바꿔서 만났던 게 어쩌면 부성 결핍이 초래한 애정 결핍증일지 모른다고 생각했다.

장대비가 유리창을 때리는 어느 저녁, 모텔방에서 정수는 그녀에게 속삭였다.

"나 있지. 너랑 두 번 헤어지기 싫어."

"나도 싫어."

"진심이야?"

"응, 진심이야."

윤희는 고개를 끄덕이면서 말했다.

"그럼 이제. 나 말고 다른 남자 만나기 없기야. 약속해."

"응, 안 만날게. 약속할게."

윤희는 정수에게 새끼손가락을 걸고 맹세했다. 정수와 만나면서 윤희는 주유소에서 일하던 때의 보이쉬하고 털털하던 모습은 점점 지워져 가고 대신 청순 드라마 주인공처럼 여성스러운 모습으로 바뀌고 있었다.

# 투명 인간

 소라는 몸이 점점 이상해지는 것을 느꼈다. 배가 불러오는데도 어쩐 일인지 체중이 늘지 않았고, 입덧할 기간이 지났는데도 입맛이 쓰면서 식욕을 잃었다. 가끔은 가만히 있는데도 식은땀이 나고 숨쉬기가 힘들었다. 때로는 가슴을 쥐어짜는 듯한 통증을 느끼기도 했다. 정기검진 때 동네 산부인과 의사에게 증상을 얘기하면 몸이 약해서 그렇다고만 했고, 그녀 또한 임신해서 그럴 거라고 믿었다.

 그렇게 칠 개월 차에 접어든 어느 날, 업무 중 화장실로 달려간 그녀는 결국 붉은 피를 토하고 말았다. 깜짝 놀란 의사는 서둘러 산모를 대학 병원에 인계했다.

 엑스레이를 찍고 이것저것 검사를 해서 나온 결과는 폐결핵이었다. 내과 전문의는 무거운 표정으로 말했다.

 "병원에 너무 늦게 오셨어요. 좀 더 빨리 오셨어야 했는데.

벌써 결핵균이 상당히 퍼진 것 같아요. 앞으로 하루도 거르지 말고 일 년간 약을 드셔야 합니다."

"약이요? 아이가 있는데 어떻게 약을 먹나요?"

"어쩔 수 없습니다. 지금 약 안 드시면 산모도 아이도 모두 죽습니다."

폐결핵 진단을 받고 집에 돌아오니 시어머니는 호주행 비행기표를 끊어 놓고는 짐을 꾸리고 있었다. 폐병 환자와 한집에 있을 순 없다며 사업하는 사위를 따라 이민 간 큰딸네 집에서 한동안 머물다 오겠다는 것이었다. 시모는 아들에게 큰 소리로 물었다.

"집안에 웬 병자가 들어오냐? 쟤 우리 집에 들어오기 전부터 병 걸렸던 거 아녀?"

"에이, 그렇진 않을걸요. 임신해서 면역력이 없어져서 그럴 거예요."

"그 병은 그렇게 금방 걸리는 게 아녀. 병균이 오랫동안 몸속에 들어앉아 있다가 나오는 겨. 아이고, 이게 무슨 꼴이냐. 형원아, 너 철저하게 방 따로 쓰고 병 옮기지 않게 잘혀라. 그릇이고 수저고 수건이고 다 따로 써야 한다!"

시모는 며느리에게 얼마나 아프냐고 물어보진 않았다. 대신 언제 문구점에 다녀왔는지 소라가 쓸 컵과 그릇과 수저 등에는 여자아이들이 갖고 노는 스티커가 붙여져 있었다. 스티커를 본 순간 그녀는 어쩐지 씁쓸해졌다. 소라가 집에 들어온 후 싱크대 앞엔 좀처럼 서는 일이 없던 시모는 반나절을 가스 불 앞에 서서 펄펄 끓는 물에다 식기류와 행주 등을 소독했다. 소식을 들은 정원의 가족은 그날부로 친정에 발길을 끊었다. 형원을 제외하고 누구도 그녀에게 얼마나 아프냐고 물어보지 않았다.

 소라는 아침에 눈 뜨자마자 빈속에 열두 개의 알약을 삼켰다. 약이 몸속으로 들어가는 순간 오장육부가 뒤집히는 듯했다. 그녀는 변기통을 붙들고 피를 토했다. 통증이 심할 땐 가슴을 쥐어뜯으며 방바닥을 구르기도 했다. 그녀는 서러웠다. 몸이 아파도 연락할 친정은커녕 함께 살던 시모마저 자신을 벌레 보듯 하며 외국으로 황급히 떠난 마당에 그녀는 또다시 가족이 남보다 못하다고 생각했다.

 법정 전염병에 걸린 그녀의 퇴사 절차는 빠르게 진행됐다. 원래는 출산 휴가만 쓰고 계속 다니려고 했으나 병 걸린 산모에게 회사는 은근히 사직을 종용했다. 근무한 지 일 년이 안 되어 퇴직금은 없었다. 마지막으로 근무한 달의 날 수만큼 일할 계산된 봉급을 받은 그녀는 처음으로 부엌 옆에 딸린 조그만 방에서 쉴 수 있게 됐다.

하루아침에 백수가 된 그녀는 남편에게 나지막이 말했다.

"집에서 놀 순 없으니 공무원 시험 준비하려구요."

"그래, 잘 생각했어. 당신은 머리가 좋아서 금방 붙을 거야."

아픈 아내가 공부하겠다니 남편은 의외로 반가워했다.

"공부하려면 돈이 드는데 비용은요?"

"공부한다는데 돈 줘야지. 일단 매달 백만 원씩 줄게. 그리고 모자라면 또 줄게."

남편에게서 매달 백만 원의 생활비를 얻어 낸 것만으로도 소라는 성취감을 느꼈다. 삼백이 넘는 급여를 어디다 쓰고 집에 백만 원 남짓 가져오는지 따위의 질문은 하지 않았다. 소라는 남편이 정확히 얼마를 버는지 알지 못했다. 형원은 아내에게 한 번도 본인의 경제 상황을 공유하지 않았다. 그녀는 공부할 기회를 얻은 것만으로도 기뻤다. 막달이 다가올수록 숨이 차는 데에다 가끔 약 기운으로 어지러웠지만 그녀는 어쩌면 이게 나한테 온 마지막 기회일지 모른다고 생각했다. 그녀는 몸에 병이 찾아와 준 게 고맙기까지 했다. 버젓이 대학 나와 콜센터에 잡지사를 전전하던 그녀로선 탈출구가 필요했다. 다시는 88만 원짜리 월급쟁이로 살지 않기로 그녀는 굳게 다짐했다.

시모가 외국으로 떠나고 남편과 단둘이 남겨진 집에서 처음으로 신혼 분위기가 날 법도 하지만 형원은 병을 핑계로 아내에게 눈길조차 주지 않았다. 어머니가 얼마나 신신당부하고 갔는지는 몰라도 그는 병이라도 옮을까 봐 집에선 아예 밥도 먹지 않았고 아내의 방엔 출입조차 하지 않았다. 소라는 싱크대 앞에 서지 않아도 되어 기뻤으나 남편으로부터 투명 인간 취급을 받는 건 서러웠다. 이 주일간의 격리 기간이 끝나도 형원은 아내와 말도 섞으려 하지 않았다. 소라는 그렇게 외로이 해산 날을 기다렸다.

형원은 어머니가 집에 있을 때는 비교적 제시간에 귀가하는 편이었으나 어머니가 외국으로 떠난 후엔 어찌 된 일인지 밤늦게 귀가하는 경우가 많아졌다. 술에 취해서 들어오는 날도 있고, 술을 전혀 먹지 않고 늦게 들어오기도 했다. 사실 전에도 가끔 술에 취하지도 않은 남편이 자정이 넘어 귀가하는 날이 있었으나 눈에 띌 정도까진 아니었다. 아내의 추궁에 형원은 심드렁하게 대꾸했다.

"아, 일 끝나고 직원들이랑 스크린골프 한 게임하고 왔어. 남자들 직장 생활에 골프는 필수야. 내가 만년 과장할 건 아니잖아."

그는 마치 자기가 은행장이라도 될 것같이 말했다. 형원의

자가용 트렁크엔 항상 캐디백과 보스턴백, 골프용품들이 실려 있었다. 소라는 아내에게 기껏 백만 원 주면서 비싼 취미 생활을 즐기는 남편이 내심 불만이었지만 내색하진 않았다.

배가 점점 불러와 숨쉬기도 힘든 어느 날 빨래하려고 세탁기 앞에 선 그녀는 남편의 잠바 주머니에서 카드 전표 한 장을 발견했다. 전표에 찍힌 금액은 무려 25만 원이었고, 그녀는 헉 소리가 저절로 나왔다. '다주리 마사지'. 이름만 봐도 불법 안마소 같은 느낌이 들었다. 순간 머리가 어지러워진 그녀가 이마를 짚고 간신히 서 있는데 뱃속에서 아이가 힘차게 발길질했다. 퇴근한 남편에게 그녀는 카드 전표를 내던졌다.

"나한테는 겨우 한 달에 백만 원 주면서 안마소에선 한 번에 25만 원을 쓰나요?"

"요즘 일 땜에 몸에 뭉친 데가 너무 많아서 한번 갔어. 건전하게 안마만 받고 온 거야. 진짜야. 미안해. 대신 내가 당신 병원비랑 산후조리원비랑 전부 다 낼게."

"병원비요? 그건 당연한 거 아니에요?"

형원은 자신의 아이 낳는데 드는 병원비와 조리원비를 본인이 내겠다며 생색냈다. 남편의 말에 기가 막힌 소라는 방문을 쾅 닫으며 자기 방으로 들어가 버렸다.

지병이 있는 소라에게 대학 병원에서는 처음부터 수술 날짜를 잡아주었다. 하지만 예정일보다 한 달이나 일찍 양수가 터졌고 당황한 소라는 스스로 119를 불렀다. 앰뷸런스는 갑자기 쏟아진 함박눈 사이를 헤치면서 요란하게 밤거리를 달렸다. 그 시각 형원은 광주 시내에서 거리가 꽤 있는 \*\*면의 허름한 농막 안에 있었다. 퇴근 후나 주말이면 형원은 자주 \*\*면으로 달려갔다. 그는 불법 노름판인 하우스방에서 화투로 하는 게임인 섯다에 빠져 전화벨 소리를 듣지 못했다. 병원에 도착한 그녀는 보호자 없이 홀로 수술실에 들어갔다.

소라는 아들을 낳았다. 한 달 일찍 나와 몸집이 작긴 하지만 비교적 양호한 상태로 태어난 아이는 엄마의 병으로 인해 인큐베이터에 들어갔다. 소라는 곧 회복실로 내려갔으나 형원은 그때까지도 나타나지 않았다. 6인실의 병실에서 보호자 없는 산모는 그녀 혼자였다. 그녀는 또다시 몽돌해변에 버려진 소라껍데기 신세란 생각으로 허무했다. 자정이 훌쩍 넘어 형원이 도착했을 때 그녀는 진통제에 취해 잠들어 있었다.

인큐베이터 안에 든 아기를 처음 본 순간 소라는 가슴이 울컥했다. 유리 상자 안에서 곤히 잠자고 있는 아기가 가여워 견딜 수 없었다. 간호사는 이것저것 검사했으나 아이는 전염되지 않았다고, 병균이 태반으로 침투하지는 않았다고 설명했다. 하지만 석 달간 분유에 약을 타서 먹여야 하고 한 달에 한 번씩 검사하러 와야 한다고 했다. 아이가 무사하다는 말에 형원은 다행이라는 말을 몇 번이나 반복했다.

직장에서 배우자 출산 휴가를 받은 형원은 며칠간 아내와 붙어있게 됐다. 소라는 전신 마취가 풀린지 얼마 안 돼 가래가 끓는 목소리로 남편에게 짜증을 냈다.

"어젠 도대체 뭘 하느라 그렇게 전화를 안 받은 거예요? 어떻게 나 혼자서 병원에 오게 하나요? 수술 끝나도 나타나지도 않고. 정말 너무하는 거 아니에요?"

"미안해. 퇴근하고 직원들하고 한 게임 하고 있었는데 전화 온 줄 몰랐네."

"허구한 날 스크린골프는 왜 그렇게 다녀요?"

"미안해. 어제 VIP 고객이 불러내서. 팀장이 가자는데 안 갈 수가 없었어."

그때 건너편 창가 쪽 침대에서 이제 열여덟 살 된 산모가 짜증스레 투덜거렸다.

"하늘 같은 남편한테 왜 저래. 난 남편도 없는데."

어제 딸을 낳은 산모의 침상에서 아침에 한바탕 소란이 있었다. 아침 일찍 찾아온 산모 아버지는 6인실 병실에서 딸과 아내에게 씩씩거리면서 큰소리했다.

"애 아빠 어딨어? 애 아빠 당장 오라고 해! 이노무새끼 나타나기만 해 봐라. 다리 몽뎅이를 분질러 버릴 테다. 나쁜놈새끼 애는 배 놓고 책임도 안 지고 내빼!"

미혼모와 그의 가족들을 보고 있자니 안 그래도 울적한 소라는 마음이 더욱 무거워졌다. 형원은 산모 옆의 보조 침상에서 종일 잠자면서 코를 골기까지 했다.

산후조리원에 들어간 소라는 아이를 보는 시간과 밥 먹는 시간을 제외하곤 조명이 어두운 방 안에서 수험서를 펼쳐 들었다. 수험 기간이 앞으로 일 년도 채 남지 않아 마음이 조급했기 때문이다. 조리원 원장은 눈이 상할 거라고 말렸으나 그녀는 아랑곳하지 않았다. 실제로 그녀는 출산 후 시력이 나빠졌다. 형원은 산후조리도 하지 못한 채 공부하는 아내를 굳이 말리지 않았을뿐더러 아내가 공부한다는 걸 핑계 삼아 조리원에 매일 들르지도 않았다.

형원이 작명소에 의뢰해 받아 온 아기 이름은 준호였다. 준호는 조리원에 있는 아이 중에서 가장 순했다. 다른 아기들이 하루에도 몇 번씩 우는 데 비해 준호는 하루에 한 번도 큰 소리로 울지 않았다. 원장이 소라에게 말했다.

"이렇게 순한 아이는 정말 처음 봐요. 어머니 복 받으셨어요. 다른 엄마들은 아기가 울면 엄마도 막 따라서 울고 그러는데 어머닌 그럴 일은 없을 것 같아요."

 준호는 순했다. 조리원에서 퇴원해서 집에 와서도 준호는 울거나 보채지 않았다. 젖병만 물려 주면 아이는 열심히 젖병을 빨다가 잠들었다. 소라는 준호가 잠들기 쉽게 클래식 음악을 낮게 틀어 놓고 옆에서 책을 봤다. 그녀는 순한 아이가 나온 게 그저 하늘이 도운 것이라 여겼다.

 형원은 육아와 수험 생활을 병행하는 아내를 딱히 돕지 않았다. 게다가 툭하면 늦게 들어오기 일쑤였다. 소라는 굳이 남편에게 따지려 들지도 않았다. 남편과 다투는 몇 분의 시간도 아까웠기 때문이다. 그즈음 그녀는 남편을 반쯤 포기한 채 살았다.

 호주 딸네 집에 갔던 시어머니는 백일이 지난 준호가 혼자 뒤집기를 할 때쯤 돌아왔다. 어머니가 돌아온 후 형원은 다시금 어머니 눈치를 보면서 귀가 시간에 신경을 썼다. 시어머니의 존재가 남편을 통제하는 데에 큰 역할을 한다는 걸 깨달은 소라는 시모에게 고마움을 느꼈다. 그러나 당신의 손자를 돌보는 것보단 딸의 집안일을 돕는 게 더욱 중요한 시모는 다시금 옆 동의 막내 집을 들락거렸다. 시모는 며느리가 수험 생활을 하든 말든 신경 쓰지 않았다. 며느리에게 다시금 딸네 식구 저녁상을 차리게 했고, 소라는 또다시 저녁마다 설거지

통 앞에 서게 됐다.

 준호는 여전히 울지 않았다. 어쩌다 이웃의 노인네들이 집에 놀러 오면 다들 순한 준호를 보고 감탄해 마지않았다.

 "아이가 어쩜 이리 순한데요? 이런 애라면 열 명이라도 키우겠어요."

 어느 날 시어머니는 걱정스런 투로 말했다.

 "애가 어쩜 이리 순하다니. 애 혹시 자폐아 그런 거 아니다니?"

 시어머니의 물음에 소라는 불쾌했다. 멀쩡한 애를 자폐로 몰아 부아가 치밀었다.

## 정수와 윤희

 윤희 어머니는 인지 청구 소송과 양육비 미지급 소송에서 승소하여 성인이 된 딸의 과거 양육비를 받아 내는 데 성공했다. 그러나 이십 년 동안 계산된 양육비의 액수는 터무니없었다. 한 달에 이십만 원씩 240개월로 계산되어 사천팔백만 원이었다. 옛날에 다니던 회사에서 구조조정 당한 후 최근에 운전면허학원 강사로 근무하다 퇴직한 피고의 재산 규모 및 경제 상황을 고려하여 결정된 금액이라고 했다. 변호사는 통상적으로 과거 양육비는 실제 양육하는데 소요된 비용보다 감액되는 게 일반적인 사례라고 했다. 말도 안 되는 돈이나마 떼 먹히지 않고 받은 게 천만다행인 셈이었다.
 오천만 원도 채 안 되는 액수에 윤희 어머니는 쓰러질 것 같았다. 이 돈을 받자고 일 년 가까이나 가슴 졸이며 피 말리면서 소송을 진행한 세월이 한스러웠다. 어머니는 뷰티샵에서 퇴근하고 들어온 딸에게 말했다.

"윤희야, 이 돈 네 돈이다. 니 아부지한테 받은 돈 줄 테니 이걸로 가게 차리는 데 보태라. 너도 빨리 개업해야지 언제까지 남의 밑에서 일할 거야."

"엄마, 고마워. 정말 고마워. 내가 장사 잘되면 그 돈 엄마 꼭 돌려줄게."

윤희의 눈에서 눈물이 뚝뚝 떨어졌다.

"근데 니 아부지가 너 한번 만나고 싶뎃다."

"나를? 왜?"

"글쎄, 한번은 봤으면 하더라."

"싫어, 안 만날 거야. 돈 받았으면 됐지. 여지껏 안 보고도 잘 살았는데 왜 만나야 하는데? 양육비를 평생 안 주다 이십 몇 년 만에 쥐꼬리만큼 주는 게 어딨어."

윤희는 친부의 만남 요청을 거절했다. 어차피 버림받았던 삶인데 지금에서 아는 척하고 싶지 않았다. 그보다 사실 그녀는 만날 용기가 없었다.

그 무렵 정수와 윤희는 정서적으로 꽤 가까워져 있었다. 그 배경엔 번듯한 직장에 다니는 정수를 놓치고 싶지 않은 윤희의 심리가 크게 작용했다.

정수의 잔소리에 마지막 개업 행사를 끝으로 윤희는 더 이상 도우미 알바를 나가지 않았다. 정수가 싫어하는 배꼽 피어싱도 빼 버렸다.

어머니에게 개업 자금을 받게 되었다는 말에 정수가 골똘히 생각하더니 말했다.

"윤희야, 그 돈은 네가 받을 돈이 아니야. 어머니가 지금껏 널 키우면서 쓰신 돈이잖아. 노후 자금도 없으실 텐데 네가 그 돈을 받는 건 아닌 것 같아. 개업 자금은 네 힘으로 하는 게 좋겠어."

"눈썹 시술하려면 오피스텔이라두 얻어야 하는데. 엄마한테 돈 안 받으면 난 무슨 돈으로 개업해. 맨날 남의 밑에서 비정규직으로 일하기 힘들어. 요즘 네가 도우미도 못 나가게 해서 그나마 쏠쏠하던 벌이도 줄었단 말야. 장사 잘되면 받은 돈 이상으로 돌려 드릴 거야."

"그럼 차라리 그 돈을 내가 빌려주면 안 될까? 그 돈은 어머니 돈이야. 말 그대로 양육비고 어머니가 널 키우는데 이미 그 돈 이상으로 많은 돈을 쓰셨어."

"그건 나도 알지. 근데 정말 네가 빌려줄 수 있어?"

"대신 다른 남자한테 한눈팔지 않는다고 약속해."

"고마워, 정수야. 정말이지 난 내 샵 차리는 게 꿈이었는데."

정수는 은행에서 오피스텔 전세자금으로 오천만 원을 빌려왔다. 둘은 시내 중심가에 복층 오피스텔 상가를 빌려서 뷰티샵 오픈을 준비했다. 더는 남의 샵을 전전하지 않고 내 사업장을 꾸리게 되었다는 생각에 윤희는 꿈에 부풀었다. 일 층에 시술 베드 두 개를 놓고 시술실로 쓰고 복층은 본인 침실로 사용하기로 한 윤희는 개업을 준비하면서 집에서 독립하게 되었다.

정수는 인터넷 쇼핑몰에서 직접 재료를 사다 셀프 인테리어를 하고 있었다. 뚝딱거리면서 천장에 조명을 다는데 윤희 어머니가 샌드위치에 음료수를 사 들고 들어왔다. 딸이 뜻밖에 괜찮은 남자를 만난 듯해 궁금하던 찰나에 들른 것이었다.

"엄마, 왔어?"

"그래, 윤희야. 뭐 도와줄 것 없니? 청년, 여기 간식 좀 먹고 해요."

"안녕하세요. 처음 뵙겠습니다."

"아유, 청년 인상이 아주 좋으네."

정수가 마음에 들었는지 윤희 어머니 얼굴에 화색이 돌았다. 셋은 처음 만난 자리 같지 않게 화기애애했다. 어머니가 돌아간 후에 윤희가 물었다.

"우리 엄마 어때?"

"어머니 정말 미인이시다."

"예쁘면 뭐 해. 맨날 닭이나 튀기고 힘하게 사는데. 요즘엔 장사도 잘 안돼. 동네에 통닭집이 어디 한둘이어야지."

"그래, 어머니도 이제 좀 편하게 사셔야 할 텐데."

"내가 장사 잘되면 엄마 도와드려야지."

"그래, 대박 날 거야."

그때였다. 복숭아 에이드를 마시던 윤희가 갑자기 헛구역질하기 시작했다.

"윤희야, 왜 그래?"

윤희는 짚이는 게 있었다. 그녀가 임신 6주 차라는 걸 확인하기까진 오랜 시간이 걸리지 않았다. 뜻밖에 복층 오피스텔은 뷰티샵을 겸한 그들의 신혼집이 돼 버렸다.

갑자기 임신한 윤희는 입맛에 맞춰 남자를 바꾸던 모습은 어디로 사라지고 점점 철이 들어가고 있었다. 그녀는 입덧으로 몸이 힘든데도 개업 준비를 게을리하지 않았다. 아이 태어나기 전에 손님 한 명이라도 더 받아야 한다며 개업을 서둘렀다.

정수 어머니는 식을 올리기도 전에 아이부터 배고 들어온 며느리를 보고 말했다.

"아이고, 아들이고 딸이고 요즘 것들은 어찌 다 그 모양이냐. 나도 모르겠다. 니들끼리 알아서 잘 살아라."

어머니는 딸도 임신해서 갑자기 시집가 버렸는데 며느리마저 결혼 전에 아이를 배서 들어오니 요즘 그게 유행인가보다 치부해 버렸다. 그때까지도 어머니는 미용실에 다니면서 이 남자 저 남자를 만났고, 아들의 독립은 잘된 일이라고까지 생각했다.

"윤희야, 샵 오픈하기 전에 우리 결혼식부터 해야 하지 않을까?"

정수는 윤희의 배가 불러오기 전에 결혼식을 하고 싶었다.

"아니. 지금 그런 데다 돈 쓸 정신 없어. 나중에 몸 풀고 돈 좀 벌어서 하자. 응?"

미혼모로 힘들게 자신을 키워 온 어머니를 보면서 학습된 윤희는 돈 계산이 빨랐다.

# 친구의 뒷모습

 이듬해 가을, 첫돌을 훌쩍 넘긴 준호는 이제 막 걸음마를 시작해 기저귀만 차고서 뒤뚱거리며 집 안을 걸어 다녔다. 소라는 바늘구멍을 뚫고 공무원 시험에 합격하여 집에서 그리 멀지 않은 주민센터에서 근무하게 됐다. 병원에서는 그녀의 폐가 깨끗해져서 정상적인 생활이 가능하다고 했다. 평생 직업을 얻은 데다 병마와 싸워서 이긴 그녀는 아주 긴 터널을 빠져나온 듯 세상이 밝아 보였다.

 소라는 비교적 빠르게 직장 생활에 적응했다. 근무한 지 얼마 지나지 않아 그녀는 민원 처리 업무에 제법 익숙해지게 됐다. 국문과를 다니면서 때때로 시를 쓰고 작문하던 모습은 어디로 사라지고 그녀는 평범한 공무원의 모습으로 자리 잡고 있었다.

 주민등록 관련 민원 창구에서 근무하면서 소라는 새로운 사실을 알게 됐다. 여자는 결혼만 하면 친정집에서 집 나간 딸의 행방을 찾지 못할 줄 알았는데 그게 아니었다. 한국 사회의 법률 제도상 아들이건 딸이건 부모와 자식 간 인연을 끊을 수 있는 법은 없었다. 부모라면 주민등록초본만 조회하면 얼마든지 집 나간 자녀의 행방을 알 수 있었다. 주민등록법을 제대로 알고 나서야 소라는 정신이 들었다. 집을 나와 결혼해서 아이를 낳고 살아도 친정에서 거주지를 알 수 있다고 생각하자 소름이 돋았다. 언제라도 가정 폭력의 가해자들이 찾아올 것 같아 불안해지기까지 했다.

어느 늦가을 오후, 한 여성이 민원 창구를 방문했다. 삼십 대 초반의 여성은 어쩐 일인지 주변인을 대상으로 '주소 열람 제한'을 요청했다. 제한 대상자는 혈육을 나눈 부모와 형제 전부였다. 가족 간에 주소 열람 제한을 신청하는 여성은 무엇 때문인지 불안한 눈빛으로 떨고 있었다. 여성은 자필로 작성한 법정 신청서 외에 정신과 전문의의 진단서와 상담사가 확인해 준 가정 폭력 상담사실 확인서도 함께 제출했다.

해당 업무를 한 번도 처리해 본 적 없는 소라는 선배들에게 물어물어 업무를 처리하면서 새삼스레 숙연해졌다. 가정 폭력으로 부모 형제의 인연을 끊으려는 민원인에게 그녀는 동병상련을 느꼈다.

소라가 한참 직장에 적응할 무렵, 시모는 집안에서도 자주 잃어버린 물건을 찾으러 돌아다닐 만큼 기억력이 쇠퇴해지고 있었다. 때론 손에 동전 지갑을 들고 있으면서도 동전 지갑이 어딨는지 방 안을 두리번거릴 정도로 정신이 없었다. 그러다 어느 날엔 집안일을 봐주러 다니던 딸네 집의 동호수까지 잊어버리기도 했다.

소라는 아이 키우며 직장 다니는 일도 힘에 부치는데 치매 어머니 병수발까지 하게 될까 봐 덜컥 겁이 났다. 형원은 의외로 치매 노모가 집에 계시는 걸 반대했다.

"노인네 정신 오락가락하면 요양원 가셔야지. 우리가 어떻게 모셔."

소라는 남편이 기특하고 고마웠다. 그 무렵 정원은 자주 학교 폭력을 일삼는 학급의 문제아를 뒤치다꺼리하느라 스트레스가 극에 달해 있었다. 정신적으로 예민해진 정원은 전과 달라진 엄마에게 짜증을 냈다.

"엄마, 지민이랑 재민이 옷을 이렇게 섞어 놓으면 어떡해! 빨래하고 세제 뚜껑도 안 닫아 놓고 엄마 요즘 진짜 왜 그래!"

"아니, 늙은 애미가 그럴 수도 있지 가시내야. 맘에 안 들면 아줌마한테 다 맡기지 뭣 하러 나한테 도와달라고 허냐?"

시집간 딸을 그림자처럼 쫓아다니며 손주들을 키우고 딸과 사위가 사회생활 하는데 불편하지 않도록 궂은일을 도맡아 왔는데 조그만 실수에 역정 내는 딸이 원망스럽고 서럽기까지 한 시모는 TV에서 흘러나오는 전국노래자랑을 들으면서도 한숨 쉬었다.

교직 생활이 힘들어 하루에도 몇 번씩 그만두고 싶은 생각이 드는 데다 엄마와의 갈등으로 삐그덕거리던 찰나, 이천의 반도체 회사에 다니던 정원의 남편이 중국 상해로 3년간 파견 근무를 나가게 되었다. 남편의 상해 발령 소식에 정원은 얼씨구나 하며 해외 동반 휴직계를 냈다. 정원의 가족은 곧 상해로 떠나게 됐다. 출국 전에 시모는 조미김에 미역, 잘 말린 건어물 등을 바리바리 사다가 캐리어에 눌러 담았다.

"아이고, 당분간 니 뒤치다꺼리 안허구 살아도 돼서 얼마나 좋은지 모르겠다. 딸 가진 애미들은 설거지통에 치여 죽는다고 허구한 날 손에 물 마를 날이 없더니만."

"그렇게 힘들었으면 말을 하지 엄마."

딸이 떠난 후 시모는 그동안 잘 못 나가던 경로당에도 다니고 주말엔 준호와 TV를 보며 놀기도 했다. 손아래 시누이가 떠나니 소라도 한결 편해졌다.

찬 바람이 불면서 시모의 기억력은 점점 더 나빠져 갔다.

급기야 연말을 앞둔 어느 날, 경로당에 나갔던 시모가 제집의 동호수를 잊어버려 아파트 단지를 헤매는 일까지 생겼다. 소라네 부부는 부랴부랴 어머니를 모시고 대학 병원으로 갔다.

"노인성 알츠하이머가 벌써 많이 진행된 상태입니다. 좀 더 빨리 오셔서 예방약이라도 복용하셨으면 좋았을 텐데요. 집 안에 혼자 계시는 게 위험할 수도 있어요. 가족분들이 잘 돌봐 주세요."

전문의는 MRI 사진을 보여 주며 무거운 어조로 말했다. 형원은 별다른 고민 없이 요양병원을 알아보았다. 그는 해외에 있는 누나와 동생에게 엄마 상태가 안 좋아져서 입원시킬 거라고 했고, 요양원비는 삼 형제가 나눠 내자고도 했다.

요양원에 가기 전날 밤, 소라는 시어머니의 이부자리를 정돈했다. 형원은 잠자리에 누운 어머니의 손을 잡았다. 어머니가 이 집에서 보내는 마지막 밤이 될지도 모르기 때문이었다. 시어머니는 자신이 내일이면 요양원에 들어간다는 걸 알고 있었다. 쟁반에 물병과 컵을 받쳐 들고 들어오던 소라는 시모가 아들에게 하는 소리를 들었다.

"쓸데없는 데 한눈팔지 말고 부지런히 벌어 먹고살아라. 머시냐 그 마작 같은 데 손댈 생각일랑 말고 니들 둘이 부지런히 벌어 먹고살아야 헌다."

소라는 시모의 중얼거리는 소리를 제대로 알아듣지 못했다. 마작인지 마장인지가 뭔지도 몰랐고 그저 아들에게 부지런히 살라고 당부하는 뜻인 줄로만 알았다.

 광주 외곽에 있는 요양병원에 마치 고려장을 하듯 어머니를 맡기고 돌아온 형원의 표정은 초연하기까지 했다. 어머니도 떠나고 옆에 살던 시누이도 떠나고 없어 소라네 집엔 세 식구만 남았다.

 다시금 고요해진 집에서 소라는 다른 신혼부부들처럼 셋만의 오붓한 시간을 기대하기도 했다. 그러나 어머니가 집에 안 계시니 다시금 남편의 귀가 시간이 늦는 날이 부쩍 늘었다. 소라는 여느 부부들처럼 준호를 데리고 주말이면 나들이를 가고 싶었다. 하지만 남편은 주말마다 늦잠도 안 자고 아침밥을 뜨자마자 휑하니 사라져 버렸다. 아침에 나간 남편은 늦은 저녁 퀭한 눈으로 들어와 곯아떨어졌다. 준호는 아빠 얼굴을 보는 일이 드물었다. 어쩌다 아빠를 마주해도 준호는 엄마 뒤에 숨어버리기 일쑤였다. 소라는 어느 날 작심하고 남편에게 물었다.

 "당신 요즘 이상해요. 늦는 날도 많고 주말마다 어딜 그렇게 다니는 거예요?"

 "아, 주중엔 일하느라 그렇고, 주말엔 친구들이랑 스크린

게임 나가는 거야. 나도 좀 놀아야지. 사람이 어떻게 일만 하고 사냐? 그동안 놀러도 못 나가고 어머니 눈치 보고 사느라 힘들었는데."

"무슨 스크린 골프장에 하루 종일 나가 놀아요? 우리 준호랑도 놀아 줘야지요. 준호에겐 한 번밖에 없는 유년 시절이에요. 그리고 당신 혼자서만 노나요? 나는요? 나야말로 어머니 병원 가시기 전이나 지금이나 온종일 일만 하고 사는 거 안 보이나요? 전에는 당신 어머니랑 동생네 가족들 수발드느라 힘들었고, 지금은 날마다 우리 준호 혼자 돌보고 있어요. 독박 육아를 언제까지 해야 하나요?"

"아니, 자기 새끼 자기가 키우는데 독박 육아라니? 당연한 거지. 하여간 여편네들이 피해의식만 쩔어가지구선."

"왜 나만 애를 봐야 하나요? 나도 직장 다니느라 힘든데, 우리 아인데 같이 돌봐야 하지 않겠어요?"

"아, 이 여편네가 오늘따라 아침부터 왜 승질머리 없게 지랄이야 지랄은? 빈손으로 와서 이만큼 공부시켜서 먹고살게 해줬으면 된 거 아냐? 사람이 고마운 건 모르고."

고압적인 태도에 소라는 그만 입을 다물었고, 순간 심한 모욕감을 느꼈다. 그래도 시모가 한집에 살 땐 큰소리 한번 내보지 않은 남편이었지만, 시모가 안 계신 집에서 남편의 본래

성질이 유감없이 드러났다. 그녀는 무서웠다. 그나마 한집에 살던 어머니가 아들의 방패막이 구실을 했다는 걸 깨달은 그녀는 가슴이 먹먹해지는 걸 느꼈다. 한 번 더 대들었다간 얻어맞기라도 할 것 같아 그녀는 두 번 다시 남편의 행적을 묻지 않았다. 그녀는 한집에 사는 남편의 존재에 대해 그리 많은 의미를 부여하지 않기로 했다. 그저 잠자고 밥 먹으러 들어오는 한 마리의 가축 정도로 생각하기로 했다. 계절이 바뀌고 해가 바뀌어도 달라지는 건 없었다. 그렇게 그녀는 소라껍데기 안에 갇혀 버린 듯 빠져나갈 길 없는 어둠 속에서 이십 대 말의 청춘을 허비하고 있었다.

겨울이 지나고 봄이 왔다. 아파트 화단에 벚나무의 한 종류인 신양앵두꽃이 활짝 핀 어느 날, 소라는 동규의 소식을 들었다. 시인으로 활동하던 동규가 어느 문학상에 당선되어 소설가가 되었고, 어느 여류 시인과 곧 결혼한다는 소식이었다. 이상하게도 소라는 가슴 한구석이 시렸다. 그녀는 동규에게 짧게나마 메시지를 보냈다.

'오빠, 정말 축하해요. 행복하고 건필하세요.'

동규는 곧 미나에게 답문을 보냈다.

'고맙다. 늦었지만 공무원 임용을 축하한다. 일도 좋지만

늦기 전에 글쓰기 바란다.'

 절교한 정미에게서 연락이 온 건 앵두나무에 앵두가 열리고 여름을 알리는 수국이 포도송이처럼 탐스럽게 필 때쯤이었다. 친구의 성급한 결혼을 한사코 말리면서 절교까지 했던 정미는 어느새 백일이 지난 딸을 두고 있었다. 정미만큼은 이상한 사람 안 만나고 반듯한 사람 만나 평범한 결혼 생활을 할 것으로 생각했다. 하지만 정미는 몇 년 만에 연락한 친구에게 느닷없이 정수기 임대를 부탁했다.
 "소라야, 미안해. 오랜만에 연락해서 염치없는 것 아는데 나 정수기 하나만 해주라. 내가 관리하는 지역이 분당 정자동인데 코디만 해선 돈이 안 돼서 실적을 쌓아야 해. 정수기나 비데 하나 놓는 건 우리 구역 아니라도 상관없어. 부탁해."
 정미는 정수기 코디 일을 하면서 동시에 영업도 같이하고 있었다. 소라는 놀라움을 금치 못했다. 이제 백일 지난 딸을 어디다 맡기고 산후조리도 안 된 몸으로 험한 일을 한단 말인지 친구가 안쓰러웠다. 소라네 집엔 원래 정수기가 없었다. 노인들이 사는 집들이 대개 그렇듯 시모는 애초에 정수기를 놓지 않고 일일이 물을 끓여 먹었고, 시모가 안 계신 후에도 마찬가지였다. 남편에게 한 달에 백만 원씩 받는 생활비로 정수기를 놓는 게 쉬운 일은 아니었다. 하지만 이제 백일 지난 딸의 분유값이라도 벌어야 한다는 친구의 부탁을 거절할 수는 없었다. 소라는 정수기와 비데가 세트로 한 달에 오만 원인 상품을 주문했다. 며칠 후 담당 코디가 그녀의 집을 방문해서 설치해 주었다.

정미는 토요일 오후 늦게까지 가정집과 병원과 약국 등지를 돌며 렌탈 제품을 점검하고 필터를 교체했다. 정미가 일이 끝나는 시간에 맞춰 소라는 준호를 데리고 분당 정자동으로 갔다. 성남시로 가는 고속도로 위에서 소라는 뭐라 말할 수 없이 기분이 묘했다. 푸른색 유니폼을 입고 머리를 단정히 묶은 정미가 빨간 프라이드에서 내리는 걸 본 순간 소라는 저도 모르게 울컥했다. 정미는 준호의 머리를 쓰다듬으며 말했다.

"아이고, 준호야 많이 컸네. 이모가 우리 준호 까까 사 줄게."

베이커리 카페에서 음료와 빵을 시켜 놓고 소라가 물었다.

"정미야, 애기는?"

"지금 잠깐 남편이 놀고 있어서 하루 네 시간만 어린이집에 맡기고 나머진 남편이 데려와서 돌보고 있어."

"놀고 있다구?"

"응. 컴퓨터학원에서 캐드도 가르치고 ITQ도 가르치는데 얼마 전에 원장이랑 싸우더니 그만뒀어. 전에도 그러더니 벌써 두 번 째야. 한 학원에서 6개월을 못 넘기네."

"너 일은 언제부터 시작한 거니?"

"이제 두 달째야. 애 낳고 한 달만 쉬고 바로 일하러 나왔어. 분유값에 기저귀값에 다 돈인데 집에만 있을 순 없어서. 첨엔 힘들었는데 이제 적응돼서 괜찮아."

"벌이는 좀 되니?"

"일한 지 얼마 안 돼서 난 진짜 분유랑 기저귀값 벌어. 모자라는 건 가끔 시댁에서 도와줘. 그나마 시댁은 괜찮게 살거든. 지금 끌고 댕기는 프라이드도 내가 일 나간다니까 시댁에서 하나 해 준 거야. 돈이 없어서 우리 희경이 백일잔치도 못 해줬어."

소라는 뭐라고 위로해야 할지 몰랐다. 준호는 아이스티에 꽂은 빨대를 입으로 훅훅 불면서 음료에 거품을 일으키고 있었다. 정미가 말했다.

"그래도 넌 정말 잘됐다. 공부해서 좋은 직장도 다니구. 난 당장에 생활비 벌어야 해서 공부 같은 건 엄두도 못 내. 자격증 하나 따기도 힘들어."

소라도 할 말은 많았다. 하지만 준호가 듣는 데서 남편 얘길 할 순 없었다. 아이가 어리다고 해도 아이 듣는 데서 아빠

욕을 하는 건 아니라 생각했기 때문이다.

"정미야, 담엔 우리 둘이 만나자."

"그래, 소주 한잔해야 하는데. 애 아빠가 애를 봐주긴 해도 서툴러서 내가 불안해. 애가 너무 어리잖아. 소라야, 내가 정수기 일땜에 블로그를 운영하는데. 시간 날 때 하트도 눌러주고 내 블로그에 답글도 좀 달아주면 안 될까? 자꾸 부탁만 해서 미안해."

"그래, 알았어."

정미는 국문과에 다니면서 한때 시와 수필을 쓰던 재능을 정수기 판매를 위한 블로그를 운영하거나 남의 블로그에다 광고성 글을 게시하는 데에 쓰고 있었다.

배가 고팠는지 정미는 빵과 음료를 허겁지겁 먹어 치웠다. 헤어지는 길에 정미는 준호의 손에 만 원짜리 한 장을 쥐여주면서 말했다.

"준호야, 이모랑 담에 또 보자."

"야, 애한테 무슨 만 원씩이나 줘!"

저녁 어스름 속으로 사라져가는 친구의 뒷모습에 소라는 마음 한구석이 허전했다.

## 의무 방어전

반영구 화장사 자격증을 가진 윤희는 손재주가 좋았다. 눈썹에서부터 아이라인이며 헤어라인, 입술 색조까지 못 하는 게 없었다. 그녀의 손길을 받은 고객들은 돌아가서 블로그나 맘카페에 입소문을 내기 시작했다. 뷰티샵은 가만히 있어도 저절로 홍보될 정도였다. 윤희는 배가 점점 불러오는데도 개의치 않고 손님을 받았다. 100% 예약제로 운영되는 뷰티샵은 하루 중 쉬는 시간이 거의 없을 정도로 손님이 찼다. 손님이 없는 시간이면 그녀는 틈틈이 블로그를 운영하면서 광고 글을 올렸다. 그녀는 하루 24시간이 부족할 정도로 줄기차게 일했다. 블로그 덕분인지 입소문을 타고 손님이 점점 늘었다. 고등학교 때부터 주유소에서 일해 온 윤희는 결혼식에 대한 로망보다는 내 아이만큼은 가난하게 살게 하지 않겠다는 집념이 더욱 컸다.

대형 프렌차이즈에 밀려 치킨집 운영에 어려움을 겪던 윤희 어머니는 딸이 산달에 가까워질 때쯤 가게 문을 닫았다. 손주나 키우면서 딸의 사업을 돕기 위해서였다.

윤희는 예쁜 딸을 낳았다. 아침마다 딸을 엄마 집에 데려다 놓고 다시 오피스텔로 가서 일하는 윤희는 결혼식을 할 생각도 하지 않고 영업에만 올인했다.

장사가 그럭저럭 잘되는 윤희는 엄마에게 딸을 돌보는 수고비를 아쉽지 않게 드릴 수 있게 됐다. 얼떨결에 아빠가 된 정수는 갑자기 철이 들어 사업에 매진하는 아내의 모습에 놀라고 있었다. 모성의 본능이란 게 무서운 거란 생각도 들었다.

건설 회사에 다니는 정수는 집에서 멀리 떨어진 타지에서 근무하는 경우가 잦았다. 경기도 외곽의 연천, 파주는 물론 충청도나 전라도 등지의 지방에서 근무하기도 했다. 건설 회사 특성상 여기저기 떠돌아다닐 거라는 건 미리 각오했으나 막상 가정을 갖고 아빠가 되어보니 매번 멀리 출장 다니는 게 쉽지 않았다.

그즈음 정수는 직장에서 극심한 스트레스에 시달리는 중이었다. 사원에서 대리로 승진한 그를 새로 바뀐 직속상관인 과장은 허구한 날 말도 안 되는 시비를 걸어 쪼아대곤 했다. 그는 과도한 업무량에 시달리면서 우울증까지 앓고 있었다.

정수는 무엇보다 아직 어린 딸아이를 장모 손에 맡겨 놓고 자주 만나지 못하는 게 제일 아쉬웠다. 아내는 아내대로 장사 하느라 바빠서 밤에만 겨우 아이를 데리고 잘 뿐 채린이는 늘 할머니 손에서 자랐다.

현장 관리직이라 해도 공사 현장은 언제나 노가다 판이었 다. 하루 업무가 끝나면 남자들은 곧바로 숙소에 들어가기도 했으나 힘든 노동의 회포를 풀기 위해 주변의 유흥업소를 들 락거리기도 했다. 지방에서는 티켓다방에 출입하기도 했다. 그러느라 돈도 잘 못 모았다. 정수라고 예외는 아니었다.

경기도 고양과 파주의 경계 지점에서는 2000년대 초반부 터 대규모 아파트 단지가 활발하게 조성되고 있었다. 입사 초 부터 정수는 주로 파주에서 근무하는 날이 많았다. 건설 현장 에서 연풍리에 있는 대추벌(속칭 용주골)까진 그리 멀지 않았다. 일과가 끝나면 관리직들은 물론 하청 업체 소속 노동자들까 지 심심찮게 용주골을 찾곤 했다.

연풍리 포차에서 한잔 걸친 정수는 동료들 틈에 섞여 집창 촌 골목으로 진입했다. 정수가 용주골에 처음 간 날이었다. 핑크빛 조명이 비치는 유리벽 안에서 여성들은 저마다의 애 처로운 눈빛으로 동정을 호소했다. 요염하기도, 서글프기도 한 여자들의 눈동자에서 정수는 살려달라는, 살고 싶다는 고요한 외침을 들었다. 그러면서도 그의 몸속에선 남성 고유의 본능이 스멀스멀 기어올랐다. 어느 틈에 그는 아랫도리가 빳빳해지면서 힘이 들어가는 걸 느꼈다.

 같이 온 동료 둘은 어느새 마음에 드는 여자를 골라잡고는 팔짱을 끼고 방 안으로 들어갔다. 아직 여자를 고르지 못한 정수가 유리벽 앞을 서성이는데, 높다란 가보시 힐을 신고는 핫팬츠에 왕뽕 브라만 착용한 긴 머리 여자와 눈이 마주쳤다. 놀랍게도 여자는 대학 3학년 때 교양과목인 경제학 수업을 함께 듣던 사회학과 학생 미라였다. 방학도 아닌데 학기 도중 갑자기 사라진 여학생을 두고 경제학 시간에 몇몇 학생들이 수군거렸을 뿐 그다지 존재감 있는 학생은 아니었다.

 정수가 미라를 유난히 잘 기억하는 건 언젠가 도서관 복사기 앞에서 그녀에게 복사 카드를 빌려준 적이 있어서였다. 노란 염색약이 빠져 탈색되다시피 한 머리를 쓸어올리면서 복사기 앞에 있던 미라에게 다가온 건 정수였다. 자료를 복사하다 말고 잔액이 떨어진 카드에 실망한 그녀에게 정수는 본인의 카드를 내밀었다. 그가 베푼 호의에 미라는 정수에게 호감을 느꼈으나 그뿐이었다. 그저 고맙다고 인사하는 것밖에 할 수 있는 게 없었다. 가난한 그녀는 정수에게 따뜻한 자판기 커피 한잔조차 뽑아 주지 못했다. 그런 일이 있고 얼마 안 되어 갑자기 미라가 사라졌다. 그 후로 캠퍼스에서 미라를 다시 본 학생은 없었다.

정수는 술김에 잘못 봤나 하고 눈을 비비고 다시 한번 봤지만 영락없는 미라였다. 그는 한동안 눈을 동그랗게 뜨고는 유리벽 안의 미라를 우리 안에 갇힌 동물 바라보듯 구경했다. 놀란 건 미라도 마찬가지였다. 조금 전까지 아랫도리에 들어가던 힘이 한순간 풀려 버린 정수는 그대로 유리벽 안으로 걸어 들어갔다. 미라를 만나보고 싶어서다. 상대가 정수가 된 미라는 당황했으나 이내 평정심을 찾고는 정수에게 아는 척했다.

"정수야, 안녕!"

정수는 아무 말 하지 않고 그녀의 손목을 잡고 방으로 들어갔다. 야시꾸리한 냄새가 나는 방 안을 한번 둘러본 정수는 방바닥에 양반다리를 하고 앉았다.

"걱정 마. 난 하진 않을 거야. 그래도 돈은 줄게."

"안 하는데. 돈을 준다구?"

미라의 목소리는 조심스레 떨리고 있었다. 그녀는 핫팬츠에 뽕브라만 하고 앉기가 민망한지 서랍에서 카디건을 꺼내 어깨에 걸쳤다.

"내가 너 일할 시간을 뺏었잖아. 이 시간만이라도 널 쉬게 해 줄게."

"고마워. 이렇게 친절한 사람을 만나다니. 옛날에도 도와주더니만."

"근데, 어쩌다가."

정수가 조심스럽게 말을 꺼냈다. 옆방에서 감탕질 소리가 지저분하게 들려왔다.

"그게, 다 돈이지 뭐. 돈이 필요했어. 그게 다야. 그것 말고 뭐가 있겠어."

미라는 허공을 바라보며 인생 다 산 사람 같은 표정으로 말했다.

"돈이 필요하면 다른 일을 할 수도 있잖아."

"어떻게 알바하면서 대학은 다니고 있었는데. 취업이 금방 되지도 않을 것 같구. 너도 알잖아. 사회학과 취업 잘 안되는 거. 허구한 날 집에서 폭력에 시달리는 것도 어디 하루 이틀 이어야지. 더는 견디기 힘들어서 나왔는데. 첨엔 룸살롱으로 갔었어. 근데 맨날 술 먹는 게 너무 힘들었어. 난 술을 잘 못 먹는단 말야. 그러던 중에 아는 언니가 여길 소개해 줬어. 그래도 여긴 강제로 술 안 먹어도 되구. 만취한 손님은 안 받아도 되구. 숙식 제공도 되구······."

그녀의 말을 듣던 정수는 한숨을 내쉬었다. 미라가 다시 말했다.

"첨엔 조금만 있다 나갈 생각이었어. 한 2년 정도 고생해서 자리 잡히면 나가려고 했는데. 그게. 어쩌다 보니까 지금껏 있게 됐어. 나가서 뭘 할지 자신도 없구."

정수는 문득 고깃집에서 일하던 소라가 생각났다. 대학 진학도 못 하고 고깃집에서 젊음을 저당 잡혀 있던 소라가 못내 사무치게 그리워졌다. 그는 지갑에서 칠만 원을 꺼내 미라에게 내밀었다. 숏타임은 이십 분에 칠만 원이었기 때문이다.

"더 주고 싶은데. 나도 어린아이를 키우는 상황이라 더 주지 못해서 미안해."

"아니야, 일도 안 하고 돈을 받다니. 이런 경우는 정말이지 처음이야."

그가 내미는 돈을 그녀가 떨리는 손으로 받았다. 정수가 무겁게 말했다.

"난 네가 여기서 빨리 나왔으면 좋겠어. 제발 부탁이야. 그래도 대학물 먹었는데 이건 좀 아니지 않아? 밖에 나가면 어떻게든 할 일이 있겠지."

용주골에서 돌아온 정수는 한동안 충격에서 벗어나지 못했다. 그때 그 시절 왜 미라에게 좀 더 관심 가져주지 못했는지 조금은 후회도 되었다. 하지만 그는 곧 미라를 잊고 바쁜 삶에 젖어 들었다.

더는 용주골을 찾을 용기가 없어진 그는 가끔 건설 현장에서 그리 멀지 않은 방석집을 드나들게 되었다. 한때 미군들을 상대했던, 드문드문 폐가가 된 집들도 있었으나 노가다꾼들을 위해선지 오갈 데 없는 떠돌이 노총각들을 위해선지 아직도 방석집은 시골 동네 뒷골목 구석구석에 남아 있었다.

정수는 '물망초'란 간판을 단 집의 과부 누나를 좋아했다. 이제 마흔에서 한 살 빠진다는 누나는 남편을 일찍 여읜 청상이라고 했다. 동료들이 정수의 옆구리를 찌르며 말했다. '야, 가짜 과부야.'

그러거나 말거나 정수는 그 누나랑 말이 잘 통했다. 가끔은 방 안에서 은밀한 행위도 했다. 그가 느끼기엔 집에서 와이프랑 할 때와 과부 누나랑 할 때가 별반 다르지 않았다. 사실 나이나 몸매로 봐선 과부 누나보단 집에 있는 와이프가 훨씬 나았다. 윤희가 누나보다 어리고 얼굴도 예쁘고 잘 빠진 건 사실이었다. 하지만 여자 백 명이랑 해도 백 명 맛이 다 다르다는 말을 정수는 누나를 만나면서 이해하게 됐다.

현장 일이 끝나고 주말에 집으로 돌아가면 정수는 윤희와 의무 방어전을 펼쳤다. 의무 방어전을 펼치면서 그는 속으로 동해물과 백두산이로 시작하는 애국가 일 절을 천천히 불렀다. 좁은 오피스텔 복층 한쪽엔 딸아이가 자고 있었기 때문에 연애할 때 모텔방에서와 같은 무드를 내긴 힘들었다.

아내와 아이와 함께 주말을 보낸 정수는 월요일 새벽이면 현장으로 떠나기 바빴다. 월요일 아침엔 조금만 지체하면 고속도로 정체가 시작되기에 그는 해뜨기 전에 집을 나섰다. 고속도로를 운전하면서 그는 골똘히 생각해 보았다. 언제까지 이렇게 살아야 하는지, 평생 이렇게 살다 죽어야 하는지. 그에겐 자기만의 삶이 없었다. 그냥 낮에는 일하고 집에 와선 쓰러져 자기 바빴다. 바쁜 와중에 아내를 위해 의무 방어전은 꼭 했다. 굳이 상대가 요구하진 않지만 그게 부부지간의 도리라 생각해서다.

건설 현장에서 회식은 너무 많았다. 이상하게 집 밖에서 술을 먹으면 여자 생각이 더욱 간절했다. 남자들은 내 여자가 자신의 아이를 낳는 순간부터 여자로 보이지 않는다고 정수도 예외는 아니었다. 딸을 낳은 후 정수도 마찬가지였다. 화장사인 윤희가 아무리 피부를 가꾸고 메이크업해도 아내가 그저 아이 엄마로만 보일 뿐이었다. 정수는 삶의 의미를 찾지 못하고 있었다. 무엇보다 매일 저녁 딸아이 채린이 얼굴을 보지 못하고 잠들어야 하는 게 가장 싫었다.

의무 방어전

　청소년기부터 남자친구를 사귀고 개업식 행사장에서 반라의 상태로 율동하던 윤희가 본래의 성질을 완전히 벗어 버리긴 힘들었다. 이제 막 개업한 식당 앞에 갑자기 나타난 정수는 윤희가 아니라 어떤 여자가 보기에도 조건이 괜찮은 남자였다. 윤희는 정수를 놓치기 싫었다. 자기 인생에 어디 가서 정수 같은 남자를 만나지 못할 거란 건 본인이 가장 잘 알고 있었다. 갑작스러운 정수의 출현에 별로 튕기지 않고 들러붙은 건 고도로 계산된 정서가 깔려 있었다. 정수와의 결혼에 성공한 그녀는 그걸로 충분했다. 그와의 어떤 로맨스를 꿈꾸진 않았다. 그녀는 그저 정수의 배경을 좋아했다.

　출장 나갔다 돌아온 남편이 자신에게 의무 방어전을 펼친다는 걸 남자 경험이 많은 윤희가 모를 리 없었다. 여자의 직감은 매우 정확했다. 그는 더는 모텔방에서 만나던 정수가 아니었다. 윤희는 정수의 정육점 기계와도 같은 동작이 언제쯤 끝날까 하며 기다렸다. 기다리는 동안 그녀는 전에 사귀던 남자친구들을 떠올렸다. 얘는 이랬고, 쟤는 저랬고, 걔는 그랬고. 그러다 보면 쓱쓱 움직이던 정육점 기계는 멈췄다. 기계는 멈추자마자 코를 골며 곯아떨어졌다.

　윤희는 남편과의 동물적인 행위가 지겨웠지만, 내색하지 않았다. 대신 남편이 집에 없는 틈을 이용해 그녀는 간간이 전에 만나던 남자친구를 만났다. 수입 자동차 딜러도 만나고 바텐더도 만났다. 그 친구들이 그녀의 샵에서 눈썹 시술을 받기도 했다. 그들은 남자건 여자건 할 것 없이 뷰티샵에 지인을 보내 주기도 했다. 덕분에 그녀는 매출을 쏠쏠하게 올렸다.

만나는 남자들은 말 그대로 엔조이였다. 엔조이 상대들은 그야말로 쿨했다. 끈적하게 집착하지도 않았고, 모텔 출입 외에 다른 데이트를 원하지도 않았다.

# 색소폰 교습소

　**면 농막에서 시작된 노름판은 단속을 피해 이 지역 저 지역으로 경기도 외곽을 돌며 옮겨 다녔다. 노름판은 거의 365일 열렸다. 채소농장 옆의 농막에서도 열리고 초록색 차광막이 꼼꼼히 덮인 비닐하우스 안에서도 열렸다. 때로는 보드 게임방에서도 열리고 심지어 상가주택 건물 살림집에서도 열렸다. 형원은 주말마다 집을 비웠다. 가끔은 외박하고 다음날에 들어오기도 했다. 술을 즐기지 않던 형원의 주량은 점점 늘어갔다. 주량이 느니 하루 몇 개비씩 피우던 담배도 덩달아 늘어 하루에 한 갑씩 피워 댔다. 그즈음 형원은 뭔가 불안해 보였다.

　토요일 아침 양평으로 라운딩을 간다며 나간 그는 술에 취해 대리운전으로 일요일 늦은 오후에 들어오기도 했다. 그에게선 술과 담배가 섞인 냄새가 역하게 났다.

"양평에서 여기까지 대리비가 대체 얼마에요? 술 안 먹고 올 순 없어요?"

"아, 미안해. 라운딩 끝나고 사람들이랑 한잔했어."

혀 꼬부라진 소리로 중얼거린 형원은 씻지도 않고 곯아떨어졌다. 라운딩 나갔다 온 사람이면 빨랫감이 많이 나와야 하는데 그렇지도 않았다. 소라는 남편이 무슨 꿍꿍이를 하고 다니는지 모르지만 이상했다. 그것보다도 비누 냄새나는 이부자리를 술 냄새로 절여 놓는 게 혐오스러워 견딜 수 없었다. 어느 날 소라가 역정을 내며 말했다.

"당신, 작은방으로 좀 가 주세요. 원래 쓰던 방 있잖아요. 안방에서는 준호랑 자야 해요. 준호가 아직 어린데 이부자리에 술 냄새가 배서 못 견디겠어요."

형원은 순순히 작은방으로 건너가 주었다. 소라는 건넌방에 접이식 매트와 선풍기를 넣어 주었다. 심심하지 말라고 32인치 TV를 사다 테이블 위에 얹어 놓고, 노트북 쓰기 편하게 컴퓨터 책상과 의자도 사다 놓았다. 남편의 방이 어느 정도 정돈된 걸 보니 그녀는 후련했다. 뭘 하고 다니건 간에 나한테 피해 안 주고 이 방에서 죽을 때까지 살아 주기를 기도했다. 남편을 건넌방으로 보낸 후 그녀는 한결 삶이 편해졌다. 가끔 깊은 밤이면 요구하던 그의 이상한 성적 수발을 들지 않아도 되었고, 무엇보다 쩌렁쩌렁 방 안을 울리던 코 고는 소리를 듣지 않아도 되는 게 가장 좋았다.

가랑비가 촉촉하게 내리는 어느 토요일 아침이었다. 그날따라 형원은 차를 주차장에 놔둔 채 우산을 쓰고 나갔다. 베란다에서 빨래를 널던 소라가 아파트 화단 앞으로 걸어가는 남편을 보았다. 소라는 빨래를 내버려 두고 거실로 뛰어 들어왔다.

"준호야, 엄마 잠깐 나갔다 올게. 테레비 보고 있어."

소라는 급히 우산을 쓰고 나가 조용히 형원의 뒤를 밟았다. 서둘러 쫓아가니 금방 따라잡을 만한 거리에 이르게 되었다. 그녀는 그가 눈치채지 못하게 먼발치에서 미행했다. 그는 아파트 단지를 나가 큰길에서 건널목을 건너더니 건너편의 주택가로 들어섰다. 다세대 주택이 밀집된 동네였고, 이런 곳에 스크린골프장이 있을 듯해 보이지 않았다. 조금 전까지 내리던 가랑비의 빗줄기는 점점 굵어져 굳은비로 바뀌고 있었다. 비가 와서 골목길은 아침인데도 어둠침침했다. 고르지 않은 아스팔트 군데군데 빗물이 고였다. 담벼락에 기대 놓은 오토바이는 비를 맞고 있었다. 형원은 주택가 사이로 골목 몇 개를 더 돌았다. 소라는 전봇대 뒤로 몸을 숨겨가며 그의 뒤를 쫓았다.

아직 문 열지 않은 포장 배달 전용 족발집 앞에서 형원은 걸음을 멈췄다. 곧이어 반대편 골목길에서 남자 하나가 우산을 쓰고 걸어왔다. 놀랍게도 그는 남편과 같은 은행 대부계에서 근무하는 박 차장이었다. 박 차장과 형원은 교묘하게 눈빛을 교환하더니 함께 상가주택 안으로 들어갔다. 족발집 위층엔 불이 켜져 있었다.

전봇대 뒤에 숨어있던 그녀는 반대편 골목 끝에 있는 부동산 사무실로 들어갔다.

"사장님, 혹시 저 족발집 건물 이층 불 켜진 데 뭐 하는 집인지 아세요?"

"아유, 저 집은 가끔 담배 연기에 소음으로 동네 사람들이 민원 넣어도 소용없어요. 한밤중에도 불 켜 놓고 떠들고. 누가 뒤를 봐주는지 시끄럽다고 경찰이 출동해도 그때뿐이에요. 노름을 하는지 고스톱을 치는지 알 수가 있어야죠. 화투 치다가도 경찰 올 때 싹 감추면 그만이니 잡아갈 길이 없죠."

중년의 여자 공인중개사는 지겹다는 듯 눈살을 찌푸리며 말했다. 소라는 결혼 전 회장이 했던 말이 생각나 소름 끼쳤다.

'그거 2금융권 아녀. 거긴 말이 은행이지 보통 은행이 아니여. 그런 데는 허구한 날 노름허고 속 썩이는 인간들 천지여. 너 잘못 코 끼면 인생 꼬여서 평생 고생헌다!'

삶이 빠져나가기 힘든 미로에 갇혔다고 생각될 때면 소라는 가끔 회장을 만났다. 주기적으로 회장은 소라에게 연락해 어찌 지내는지, 남편은 속 안 썩이는지, 직장 생활은 괜찮은지를 물었다. 회장의 질문에 그녀가 일일이 대답하진 않았다. 아무리 속이 터질 것 같아도 늘 괜찮아요, 잘 지내요, 하는 말만 할 뿐이었다. 그러다 가슴속에 걷잡을 수 없는 회오리바람이라도 일면 그녀는 회장에게 달려갔다.

바람이 찬 겨울날이었다. 회장은 논현동의 어느 색소폰 교습소에 그녀를 데려갔다. 반주기를 켜놓고 색소폰을 집어 든 그는 이미자의 동백 아가씨와 비 내리는 고모령을 연주했다. 이어서 조용필의 돌아와요 부산항에도 연주했다.

소라는 색소폰을 부는 그를 동경의 눈빛으로 바라보면서 감상에 젖었다. 그러면서 조금은 후회했다. 왜 나는 저 사람의 세컨드로 살지 못했을까. 그때 저 사람의 말을 들었더라면 지금보단 행복했을까. 그런 생각을 하면서 그녀는 한 침대에 누운 남편이 지구 반대편보다 멀게 느껴지던 수많은 밤들을 떠올렸다.

색소폰 연주를 끝낸 회장은 그녀를 새로 지은 삼성동 사옥으로 데려갔다. 신사옥은 조감도에서 봤던 것보다 훨씬 근사했다. 지난번 논현동 사옥보다 두 배 이상 큰 건물에 들어선 소라는 휘둥그레진 눈으로 사내를 둘러보았다. 그야말로 드라마에서나 볼 법한 회사였다. 회장의 집무실은 맨 꼭대기인 십 층에 있었다. 건물 한 층이 회장의 집무실이었다. 통유리창 바깥으론 강남의 화려한 야경이 펼쳐져 있었다.

집무실엔 드라마에서나 볼 수 있을 듯한 중역용 테이블과 가구는 물론 헬스장에나 있을 법한 운동 기구까지 있었다. 집무실 한쪽에는 휴식을 위한 방과 샤워실이 따로 마련되어 있었다. 그야말로 회사 안에 만들어 놓은 집인 셈이었다.

집무실에 딸린 방은 아늑하고 고요했다. 회장은 어느 때보다 강렬하게 그녀를 끌어안았다. 한바탕의 격랑이 두 사람의 가슴을 휩쓸고 간 후 그가 조용히 속삭였다.

"자기야, 내 애기 하나만 낳아 주라."

"애기요? 어떻게 키워요?"

"남편 혈액형이 뭐냐?"

"A형이요."

"나도 A형인데? 애 하나 낳아서 그 집에서 키워!"

"네? 그걸 어떻게."

"둘 사이에 애가 있으면 평생 끈이 연결 돼!"

방안엔 얼마간의 침묵이 흘렀다. 그가 다시 말했다.

"자기 남편이랑 요즘 그거 해?"

"아니요. 잘 안 해요."

그녀는 실제로 그렇기도 하지만 애인에 대한 예의상 그렇게 말했다.

"남편이 하자고 덤벼들 텐데?"

"요새 하도 코 골아서 건넌방으로 보내 버렸어요."

"그래, 잘했다. 섹스는 나하고만 해야 한다!"

그와 헤어져 돌아가는 길에 그녀의 귓가엔 환청처럼 그가 했던 말들이 윙윙거렸다.

눈이 펑펑 내리는 주말, 호주에 사는 큰 시누이 재원으로부터 전화가 걸려 왔다.

"형님, 잘 지내셨어요?"

"응, 올케. 별일 없지? 준호는 잘 크구?"

"네, 그럼요."

"저기, 올케. 엄마 요양원비를 첨엔 나랑 동생들이랑 잘 나눠서 냈는데. 언제부턴가 형원이가 돈을 안 내더라구."

소라는 황당했다. 당황한 그녀는 순간 반사적으로 말했다.

"저는 그 돈 못 냅니다. 첨엔 준호 아빠한테서 생활비를 일주일에 오만 원씩 받다 준호 갖고부턴 여지껏 백만 원씩 받고 살아요. 준호 어린이집 원비며 소소하게 들어가는 돈은 제가 벌어서 살구요. 게다가 요즘 노름판에 쫓아다니는지 주말엔 집에 붙어있질 않아요."

돈과 아들을 지키기 위해 본능적으로 튀어나온 말이었다. 재원은 동생이 어떤 사람인지 대강 알고 있었다.

"어휴. 그놈의 버릇 여전하구나."

"전에도 그랬었나요?"

"젊어서 주식 하다 몇천을 까먹어서 그 빚 내가 대신 갚아 준 적도 있어. 엄마한테 한번 혼나구 정신 차린 줄 알았는데."

"지금도 주식은 하는데 돈을 버는지 잃는지 전 알 수가 없어요. 한 번도 준호 아빠 통장을 본 적이 없어요. 누님. 준호 아빠 좀 말려 주시면 안 될까요? 제 말은 들으려 하질 않아요."

"걘 어려서도 내 말은 듣지 않았어. 걔는 아부지 닮아서 이상하게 여자들 무시하는 버릇이 있었거든. 그나마 시장통에서 엄마 고생한 건 알아서 엄마 눈치는 보고 산 게 천만다행이었는데. 내가 자네한테 요양원비를 내라고 한 소리는 아냐. 돈은 내가 낼 테니 그냥 알고만 있어. 내가 조만간 동생 한번 타일러 볼게. 걔가 은행 들어가더니 돈 넣고 돈 먹는 거만 배워서 큰일이야. 거기서 나오면 딱히 할 것도 없고, 큰일이네.

저기, 동생. 계좌번호 하나만 문자로 찍어 줘. 내가 고모가 돼서 준호 선물도 제대로 못 사 주고 살아서 미안해서 그래."

재원이 보내 준 돈은 자그마치 백만 원이었다. 시누이가 보내 준 돈에 소라는 가슴이 먹먹해졌다. 재원은 그렇게라도 해서 동생 가정의 울타리가 허물어지지 않길 바라는 눈치였다. 재원이 보내 준 돈 때문인지는 몰라도 소라네 집은 한동안 잠잠했다. 재원이 동생에게 뭐라고 했는지 형원도 잠깐은 정신 차린 듯 전보다 주말 외출이 뜸해졌다.

이 시기를 이용해 소라는 남편을 구슬려 온전한 사람으로 만들어 보려고 노력했다. 어찌 되건 내 남편이고, 내 아이의 아빠기 때문에 그래야 한다고 생각했다.

세 식구는 능동 어린이대공원으로 나들이를 갔다. 준호가 태어난 후 처음 있는 일이었다. 기다란 코를 치켜올리는 코끼리도 보고 동굴 앞을 어슬렁거리는 사자도 본 준호는 소리 내어 웃으면서 동물들에게 손 흔들었다. 이제 네 살 된 준호는 동물원의 풍경을 신기한 듯 바라봤다. 아빠 손을 잡은 준호는 행복해 보였다.

주위를 둘러보니 아이의 유모차를 끌고 나온 많은 부부와 가족들이 있었다. 소라는 우리 식구도 이렇듯 평범하게 살 수 있다는 생각에 한 가닥 희망을 품었다.

늦은 오후 세 식구는 마술쇼 공연을 관람했다. 마술사가 휘두르는 보자기에서 날개를 푸드덕거리며 나타난 앵무새에 준호는 손뼉을 치면서 환호했다. 마술쇼가 끝난 후 다음 순서는 곡예사의 줄타기 공연이었다. 조선족으로 보이는 중년의 여성 곡예사는 불안불안하면서도 능숙하게 줄을 놀리고 있었다. 불안해 보이는 모습조차 관객들의 스릴감을 끌어내기 위한 연출인 듯했다. 한 손엔 부채를 펼쳐 들고 다른 한 손으론 한쪽 발을 붙잡고 한 발로 줄 위에 서 있는 여자의 눈빛은 의연하면서도 초연했다. 하지만 소라는 어딘지 모르게 여자의 몸놀림이 성기게나마 울타리를 치고 사는 우리 가족, 그리고 그 울타리를 떠받치고 있는 자신과 닮은 듯한 생각이 들어 씁쓸했다.

줄타기 공연이 끝나고 다음 공연 전까지 잠시 쉬는 시간에 곡예사는 노란 바구니에 월드콘을 담아 관객들을 일일이 돌면서 아이스크림을 팔기 시작했다. 소라는 월드콘 세 개를 샀다. 연변 억양으로 "고맙습니다." 하고 지나가는 여자의 뒷모습에서 소라는 삶의 어두운 그림자를 보았다. 아이스크림 맛이 전혀 달게 느껴지지 않았다.

# 개명(改名)

주민센터 화단의 목련 나무는 꽃망울을 틔우면서 봄을 알리고 있었다. 겨우내 벌거벗었던 동네 야산은 파릇파릇 돋아난 여린 잎으로 덮여 봄 물결을 일으켰다.

목련꽃이 활짝 핀 어느 오후, 기쁜 소식을 들은 소라는 가슴이 뭉클했다. 얼마 전 '김미나(金美娜)'라는 필명으로 공모전에 응모한 단편 소설이 당선됐다는 소식이었다. 그녀는 이제 막 알에서 부화한 아기새처럼 겨드랑이가 간지러우면서도 지나간 세월이 주마등처럼 스쳐 지나갔다. 그녀는 언젠가 더 늦기 전에 글을 쓰라고 한 동규의 문자 메시지가 떠올랐다.

소라는 궁금했다. 시인과 결혼한 동규는 지금 어찌 살고 있는지, 함께 시집을 읽고 서로의 작품을 합평하던 문학도들은 지금 어디서 무얼 하며 살아가는지, 그네들에게 아직도 예전과 같은 문학적 감수성이 남아 있는지 문득 궁금해졌다.

시상식에 함께 와 준 사람은 형원이 아니라 정수기 유니폼을 입은 정미였다. 정미는 토요일 오전 근무만 마치고 부랴부랴 안국동 시상식 장소까지 꽃다발을 사 들고 달려왔다. 그 시각 소라는 남편이 어디서 뭘 하는지 알 길이 없었다. 잠깐 정신 차린 듯해 보였던 형원은 어느새 원점으로 돌아가 있었다.

시상식을 마치고 돌아가는 길에 동규에게서 메시지가 날아왔다.

'소식 들었다. 축하한다. 건필하길 바란다.'

'고마워요.'라는 짧은 답문을 보내면서 그녀는 그와 함께했던 지난날의 추억을 떠올렸다. 필명으로 등단한 지 보름도 안 되어 졸업한 국문과의 동창들은 물론 선후배들에게까지 소문이 퍼졌다. 분명히 '김미나'라는 필명을 사용하고, 등단한 잡지에도 '김미나'라고 쓰여 있건만 사람들은 그녀를 '김소라'라고 불렀다.

더는 소라껍데기로 살기 싫은 그녀는 당장 법원으로 달려가 개명(改名)을 신청했다. 소라가 이름을 바꾸니 정미도 덩달아 개명했다. 정미라는 이름이 촌스럽다고 느끼던 그녀는 이참에 팔자를 바꿔볼 요량으로 넉넉할 유(瑜) 자에 떨칠 진(振) 자를 쓰는 '유진'으로 이름을 바꿨다. 정미는 돈 걱정 안 하고

## 개명(改名)

살아보고픈 소망을 이름 두 글자에 고스란히 담았다. 소라에서 미나로, 정미에서 유진으로 개명한 두 여자는 한동안 기분 때문인지 표정이 밝았다. 그녀들 말고도 동창들 사이에선 개명하는 친구가 하나둘씩 있던 터였다. 사실 미나가 개명한 데는 팔자를 바꿀 요량이 있었던 건 아니다. 그녀가 이름을 '미나'로 바꾼 건 어느 여류작가의 단편 소설 제목인 '해동여관의 미나'에서 따온 이름이다. 작품 속 주인공인 '미나'는 여관 앞에 버려진 혼혈아다. 작품의 결말도 너무나 불행한 암시를 주면서 끝난다. 이렇듯 불행한 여자 이름으로 개명한 데에는 그녀가 소설 속 주인공에 자신의 삶을 투영했고, 동일시해서다. 버려진 자식인 데에는 소설 속 인물이나 자신이나 같은 처지라고 생각했기 때문이다.

어찌 되었건 이름을 바꾼 미나는 다시 태어난 기분이었다. 퇴근길에 지나치는 아파트 화단에선 붉은 장미가 조심스레 꽃망울을 터뜨리고 있었다.

삼복더위가 기승을 부리던 날, 미나는 준호를 데리고 성남 태평동에 있는 유진이네 집으로 갔다. 오르막이 상당히 가팔라 운전하기가 힘들었다. 준호가 세 살 때 정자동에서 만난 후로 가끔 전화 통화도 하고, 카페에서 만나기도 했으나 집으로 놀러 가긴 처음이었다. 주말마다 집을 나가 버리는 미나의 남편과 달리 허구한 날 방구석에서 빙글빙글 도는 남편 때문에 유진은 좀처럼 주말에 혼자 있지 못했다. 남편이 집안일로 본가에 다니러 간 틈에 겨우 두 여자는 그동안 못다 한 대화를 나누게 됐다.

토요일까지 일하고 일요일 하루 쉬는 유진의 얼굴엔 피곤함이 그득하게 묻어났다. 이제 세 살인 희경이는 처음 보는 미나에게 귀엽게 애교를 부리기도 하고 준호에게 장난을 걸기도 했다. 유진은 삶은 닭가슴살을 찢어 초계탕을 만들고 있었다.

"힘들게 이런 건 뭐하러 하니? 시켜 먹으면 되지."

"그래도 네가 처음 우리 집에 놀러 오는데 집밥을 해줘야지."

"남편 없을 때 좀 쉬어야지 쉬지도 못하고."

"괜찮아. 너 해 주는 밥이랑 능구렁이 해주는 밥이랑 같냐?"

좁은 빌라엔 조그마한 방 세 개가 있었다. 안쪽의 큰 방과 부엌 옆 옷방을 둘러본 미나는 현관 앞의 닫힌 방문 앞에 섰다. 호기심에 방문을 여니 방안에선 특유의 남성 호르몬 냄새가 새어 나왔다. 방 안엔 바닥에 펼쳐진 매트 위로 남자 옷

개명(改名)

들이 너저분히 흩어져 있었고, 창문 아래 테이블엔 조그마한 TV가 놓여 있었다. 방 한구석엔 컴퓨터 책상과 의자가 있고, 책상 위엔 컴퓨터와 모니터가 있었다. 준호 아빠네 방과 너무나 흡사해서 미나는 웃음이 나왔다. 그녀의 뒤에서 커다란 고함이 들렸다.

"그 방문 열지 마. 홀애비 냄새 나와. 빨리 닫어!"

"남편 방이구나."

"그 방 건넌방 아저씨네 방이야."

"아, 건넌방 아저씨."

"응, 우리 집 그 인간 꼴 보기 싫어서 내가 진즉에 건넌방으로 보내 버렸어."

유진의 말을 듣고 있으니 미나는 맥주가 생각났다.

"유진아, 캔맥주 있니?"

"응, 냉장고에 있어. 한잔하고 천천히 놀다 가."

준호와 은경이는 작은방에서 노느라 정신없었다. 형제 없이 혼자 크는 아이의 쓸쓸함을 엿본 듯해 미나는 마음이 쓰였다.

캔맥주를 마시면서 유진이 다소 굳은 얼굴로 말했다.

"미나야, 나 이제 정수기 그만두고 카드 하려고."

"카드?"

"응, 그동안 정수기 하면서 아줌마들한테 욕을 하도 많이 얻어먹어서. 여편네들이 그깟 정수기 하나 하면서 뭔 말들이 그렇게 많냐. 더러워서 못 해 먹겠다. 신용카드가 정수기보다 일도 편하고 돈도 더 되는데. 카드 안 쓰고 사는 사람 없잖아. 다음 주에 카드사로 옮길 건데. 네가 제일 먼저 나 카드 하나 해 주면 안 될까?"

"그럼, 당근이지. 근데 영업하는 게 힘들지 않겠어?"

"정수기보다야 낫겠지. 여름에 덥고 겨울에 추운데 무거운 가방 들고 돌아다니는 것보다 편하겠지 뭘. 겨울에 그 추운데 돌아다니다 들어와도 저 인간은 뜨끈뜨끈한 아랫목에 누워서 뒹굴더라. 나도 이제 좀 편한 일 하고 싶어."

대학 시절 캠퍼스를 거닐며 시를 쓰고 합평회 시간 다른 사람의 시를 비평해 주던 친구의 모습은 사라지고 없었다. 미나의 결혼을 뜯어말릴 때만 해도 유진은 여덟 번째로 사귀던 남자친구를 차낸 직후였다. 결혼 생각은 눈곱만큼도 없고 입맛에 맞춰 남자를 바꾸던 모습은 어디로 가 버리고 친구는 억척스레 하루를 살아 내는 아줌마로 변해 있었다. 미나가 물었다.

"나는 그렇다 치고 넌 어쩌다 그렇게 빨리 결혼하게 된 거야?"

개명(改名)

"글쎄 말야. 사람 팔자 꼬이는 거 순간이네."

유진은 알코올 중독자 아버지로부터 극악무도한 폭력을 당하고 살았다. 딸만 셋을 낳은 어머니는 아들을 낳으면 남편의 술주정과 폭력을 잠재울 수 있으리라 생각했으나 남편의 손찌검은 막내아들이 태어난 후에도 계속되었다. 술만 마시면 아버지는 그야말로 짐승으로 변했다. 그는 연탄집게를 휘둘러 여자들을 찔러 댔고, 집에서는 밤마다 여자들의 울음소리가 끊이지 않았다. 급기야 이웃 주민의 신고로 출동한 경찰의 도움으로 겨우 어머니는 남편과 이혼하는 데 성공했다. 부모님이 이혼한 후로 유진은 한 번도 아버지를 만나거나 연락한 적이 없었다. 그녀는 엄마가 이혼하기만 하면 사는 게 편해질 것으로 생각했으나 그렇지만은 않았다.

이혼하면서 받은 재산 분할금과 위자료로 빚지지 않고 곰탕집을 차린 어머니는 식당을 운영해 돈을 벌면서도 딸들에게 돈을 요구했다. 어린 나이에 결혼했다 딸과 함께 돌아온 둘째 언니는 불쌍해선지 내버려 뒀으나 큰딸과 막내는 시시때때로 들볶았다.

어려서부터 아버지에게 숱하게 얻어맞은 큰딸은 아버지를 포함한 세상의 모든 남자로부터 얻어맞지 않기 위해, 그러니까 자기 몸을 지키기 위한 호신용으로 경찰대학에 진학했다. 경찰대학을 나와 경찰서에서 근무하는 큰딸은 월급의 절반을 집으로 가져왔다. 큰딸이 번 돈의 상당 부분은 남동생의 학비로 쓰였다. 대개의 딸부잣집이 그러하듯 유진의 집 또한 모든 일이 막내아들을 중심으로 돌아갔다. 대학 다니는 사 년 내내 유진은 쉬운 일 궂은일 가리지 않고 아르바이트했다. 자신이 번 돈으로 학비를 내고도 남동생의 용돈까지 주었다. 유진은 아르바이트 장소를 바꿀 때마다 남자친구를 바꿨다. 한번 만난 남자는 반년 이상 사귀는 법이 없었다. 그녀는 캠퍼스가 아닌 다른 곳에서 남자를 만나면서 친구에게 훈수를 두곤 했다.

"이 남자 저 남자 많이 만나 봐야 사람 보는 눈이 생기는 거야."

곰탕집에서 나오는 돈은 대개 어머니 자신을 위해 쓰였다. 그녀는 이제껏 남편에게 맞고 살아온 세월을 보상받기라도 하려는 듯 자신을 치장하고 가꾸었다.

이제 갓 국문과를 졸업하고 취업을 준비하는 셋째 딸 유진을 어머니는 날마다 언제 취업하냐고, 가시내를 대학까지 보내 줬으면 싸게싸게 취직해야 할 것 아니냐며 볶아 댔다. 가끔 어머니는 곰탕집을 주방 아줌마와 딸들에게 맡기고 어딘

## 개명(改名)

가로 나가 놀다 저녁 늦게야 들어오곤 했다. 그러나 어머니는 늘 당당했다.

"나도 이제 좀 놀아야지 어떻게 맨날 일만 하고 사냐?"

유진은 어머니의 심정이 이해 안 되는 건 아니었다. 할머니가 운영하던 소머리국밥집을 물려받은 아버지는 삶아서 식힌 소머리만 썰어 놓고는 이른 저녁부터 술을 퍼마시기 일쑤였다. 핏물 제거와 삶은 소머리 써는 것을 뺀 나머지 대부분의 식당 일은 늘 어머니 몫이었다. 국밥 팔면서 딸 셋에 아들 하나 키우는 게 쉽지 않아 일꾼도 한 명밖에 안 쓰고 식당 일을 한 어머니는 밤이면 취한 남편에게 또 두들겨 맞았다.

유진이 기억하기에 부모님은 주로 돈 얘길 하다 싸움으로 번지는 경우가 많았다. 형편이 그리 어렵진 않았으나 원하는 만큼 쓰지 못하는 것에 대한 한이 어머니에겐 늘 있었다. 어머니는 아버지가 쓰는 술값을 무척이나 아까워했다. 손님에게 팔 술을 냉장고에서 꺼내 가는 게 못마땅한 어머니는 남편에게 늘 잔소리했다.

"아니, 팔아야 할 술을 맨날 그렇게 먹어 치우나요?"

"아, 시방 내가 먹으면 얼마나 먹는다고 그래?"

유진은 어머니가 고생하고 산 건 이해하지만 돈이 아예 없는 사람도 아니고 버젓이 자기 식당 운영하면서 매일 취직 문제로 딸을 볶아 대는 게 싫었다. 취직한다고 해도 큰언니처럼 번 돈의 상당 부분을 뜯겨야 하는 것도 싫었다.

취업을 준비하던 유진은 자격증을 따기 위해 컴퓨터학원에 수강 신청했다. 그녀가 대학에 다니면서 여덟 번이나 남자를 바꾼 건 대학이라는 울타리가 있어서 가능했던 거였다. 빨리 취업하라고 홀어머니에게 들볶이는 상황에서 그녀는 판단력을 잃었다.

컴퓨터학원을 드나든 지 한 달도 안 되어 유진은 ITQ를 가르치는 강사와 연인 관계로 발전했다. 그녀보다 다섯 살이 많은 강사는 식당 일을 돕느라 뜨거운 곰탕 그릇을 나르는 그녀를 가엾게 여겼다. 이제 곰탕 그릇 그만 나르고 자기와 결혼하자는 얘기를 들었을 때 유진은 '취집'이란 말을 떠올렸다. 아버지가 강북에 상가주택 건물 두 채를 보유하고 있어 다달이 임대료가 나오는 데다 형제가 여동생밖에 없으니 아버지 건물을 물려받을 수 있다는 말에 그녀가 넘어갔던 것이다.

사실상 취업이 잘 안되는 국문과에는 남학생보다 여학생이 월등히 많았다. 여학생들 사이에서는 농담 삼아 '취직 못 하면 취집하면 되지. 남자 하나 잘 건지면 웬만한 데 취직하는 것보다 낫지 뭘 그래.' 하는 말이 있었다. 어머니의 성화에 질린 유진은 학원 강사와 그야말로 급하게 결혼해 버렸다. 미나처럼 빈손으로 시집간 그녀는 결혼식도 못 올리고 그냥 살았다.

# 삶의 의미

해가 바뀌어도 정수는 삶의 의미를 찾지 못했다. 자신이 돈 버는 기계 그 이상도 이하도 아닌 듯했다. 둘이 같이 벌어서 금방 부자 되는 것도 좋지만 이렇게 살아서 뭐 하나 싶은 생각이 자꾸만 들었다. 현장에서 거래처와 전화 통화를 백통도 넘게 하는 날이면 입에서 단내가 나기도 했다. 어느 날 밤, 그는 작심하고 아내에게 말했다.

"자기야, 나 너무 힘들어서 더는 못 해 먹겠어. 우리 과장 놈 땜에 어쩔 땐 정말이지 죽고 싶어. 자기야, 나 좀 살려 주면 안 될까? 진짜 회사 가기 싫어 죽겠어. 회사 갈 생각만 하면 숨이 잘 안 쉬어져. 맨날 집 밖에 나가서 일하는 것도 지치고. 언제까지 이렇게 살아야 하는지도 모르겠고. 내가 말은 안 해서 그렇지. 성격 드러운 인간들이 얼마나 많은지 몰라. 맨날 드러운 인간들 뒤치다꺼리하기 정말 힘들어."

"자기 많이 힘들었구나. 그렇게 스트레스받아서 어떻게 살아."

정수는 반대할 걸 각오하고 얘기했는데 윤희는 의외로 따뜻하게 대했다.

"내가 현장 일 다니면서 생각해 봤는데. 직장 다니면서 평생 스트레스받느니 늦기 전에 내 사업 하는 게 낫겠다 싶어서."

"사업? 뭔 사업하게?"

"덤프트럭이랑 굴삭기랑 지게차랑 자격증 몇 개 따서 중장비 일 해 보려고. 어차피 거기나 저기나 노가다 판인 건 똑같은데 머리 써서 욕먹느니 이제 몸으로 때우는 일을 할래. 그동안 회사 다니면서 쌓아 놓은 인맥이 있으니 열심히 하면 어렵지는 않을 거야. 잘만 하면 회사 다니는 것보다 몇 배로 더 벌 수 있을 텐데."

"자기 하고 싶은 대로 해. 자기가 나 샵 차릴 때도 도와줬잖아. 맨날 그렇게 스트레스받느니 지금이라도 하고 싶은 일 찾아봐야지. 나도 내 사업 하니까 마음 편하고 좋은데."

"퇴직금 받으면 아파트 하나 구해 줄게. 이제 이런 오피스텔 생활 그만하고 싶어. 너무 좁기도 하지만 이젠 일터랑 집이랑 분리해서 살고 싶어."

"사실 나도 좀 그랬어. 손님이 점점 많아지는데 이제 어디 상가라도 얻어서 나가고 싶어. 상가 보증금은 내가 그동안 모아둔 돈으로 해결할게."

주말부부 같은 생활에 지쳐 있던 윤희도 남편의 제안에 흔쾌히 수락했다. 안 그래도 집과 일터가 한 공간에 있어 남들처럼 아기자기한 가정을 꾸리지 못하던 게 못내 아쉽던 터에 아파트를 구해 준다는 말에 그녀는 반가워했다. 자유분방한 성격을 가진 그녀 자신이 남의 밑에 얽매이는 걸 싫어했기에 윤희는 남편을 이해했다.

다니던 회사에서 나온 정수는 석 달 만에 화물종사자 자격증에다 굴삭기와 지게차 자격증까지 한 번에 취득했다. 굵직한 자격증 세 개를 손에 쥔 그는 남 부럽지 않게 든든했다. 이걸로 내 사업을 하던 남의 밑에서 일하던 굶어 죽진 않을 듯했다.

정수는 혼자 사는 장모를 생각해 아내의 친정 옆에다 세 식구가 함께 살 아파트를 구했다. 고생 끝에 생긴 보금자리에 윤희는 얼굴이 활짝 폈다. 이것저것 살림을 장만하고 아기자기하게 집을 꾸미느라 한동안 그녀는 들떠 있었다. 집안을 정돈하는 것과 동시에 그녀는 목 좋은 번화가에 상가를 얻어 사업장을 꾸렸다. 단골손님들은 확장된 사업장에 공기 정화 화분을 보내면서 축하했다. 가족과 아침저녁으로 얼굴 보며 살게 되니 정수는 이제야 제대로 된 가정을 꾸린 듯해 뿌듯했다.

그 무렵 시집간 지 일 년 만에 이혼하고 나와서 한동안 혼자 살던 정수 누나 정희는 좋은 사람을 만나 새 가정을 꾸렸다. 도수치료사한테 시집갔던 정희는 겨우 일 년 남짓 살다 남편과 헤어졌다. 언젠가 어두운 골목길에서 정희와 함께 여관방으로 들어가던 도수치료사는 평소엔 멀쩡한데 술만 먹으면 개가 되는 사람이었다. 정희는 아버지와 똑같은 사람을 만난 것이었다. 남편의 술주정에 시달리던 정희는 돌쟁이 딸을 업고 야밤에 친정집으로 도망쳐 왔다. 친정엄마에게 돌쟁이 딸을 맡긴 정희는 동네에 새로 개업한 내과에서 간호조무사로 일했다.

매형 될 사람을 만나본 정수는 그의 서글서글한 인상이 좋아 마음이 놓였다. 한 번 실패한 사람은 사람 보는 눈이 생긴다고 이번에는 제대로 된 사윗감을 얻은 듯하여 정수 어머니도 흡족해했다.

새 출발을 한 정희는 남편과 함께 경기도 D시 어느 시골 동네에다 집을 짓고는 고깃집을 차렸다. 심장병으로 돌아가신 지 얼마 안 된 시아버지가 남긴 대로변 땅 한 부지에 정희네 부부는 터를 닦고 이 층짜리 건물을 올렸다. 일 층에다 고깃집을 하고 이 층에 살림집을 꾸리기 위해서였다. 누나네 집 짓는 일을 건설사 다니다 나온 정수가 이래저래 도와주었다.

정수는 누나네 식당에서 그리 멀지 않은 나대지에 컨테이너를 가져다 놓고 사업장을 꾸렸다. 집에서 다니기도 멀지 않을뿐더러 매형과 친하게 지낼 수도 있어 이리저리 도움이 될 듯해서였다. 그는 15톤짜리 덤프트럭을 중고로 구매해 사업자를 냈다. 성격이 시원시원했던 그는 운영이 나쁘지 않았다. 정수와 윤희 부부는 직장 생활보단 자기 사업이 체질이었다.

이제 막 사업을 시작한 처남을 위해 매형 승호는 처남이 한번에 덤프트럭 세 대를 굴릴 수 있도록 자금을 융통해 주었다. 트럭 한 대 굴리는 것과 세 대를 굴리는 것은 엄청난 차이가 있었다. 트럭 한 대로 시작하는 자영업자와 시작부터 다른 셈이었다.

# 빗속에서

준호가 여섯 살이던 해 여름, 한 계급 승진한 미나는 민원팀에서 허가지원팀으로 부서를 옮겼다. 아들이 여섯 살이 될 동안 과장이었던 형원은 차장이 돼 있었다. 차장이 되어서도 그는 여전히 아내에게 매달 백만 원씩 생활비를 주었다. 미나는 건넌방에 사는 남편과 다투기 싫어 굳이 생활비 올려 달라는 말을 하지 않았다.

한탕주의 성향이 농후한 형원은 자꾸만 주식과 노름에 손을 대더니 점점 빠져들어 헤어 나오지 못했다. 가족 모임 때 미나는 우연히 알게 됐다. 교통사고로 돌아가신 시아버지가 사실은 마작판에 나갔다가 돌아오는 중 차에 치여 즉사했다는 것을. 지금 살고 있는 아파트도 사망보험금으로 마련했다는 것을. 일전에 형원이 말했던, 주식으로 집 사는 데 보탰다는 돈은 조금 남아 있던 대출금을 그가 갚아 줬다는 걸 말했다.

형원은 매번 물어볼 때마다 주식으로 번 돈만 얘기했고, 잃은 돈은 말하지 않았다.

전부터 남편과 각방살이 한 미나는 남편과 꼭 해야 할 말이 있으면 집에서 얼굴을 맞대고 하기보단 밖에서 핸드폰을 들고 카카오톡으로 대화하는 경우가 훨씬 많았다. 그건 유진이네 집도 마찬가지였다.

인사 발령으로 한창 정신없이 일하던 오후였다. 미나는 어린이집 원장으로부터 걸려 온 전화를 받았다. 원장은 저녁에 잠시 면담하자는 얘기를 했다. 한 번도 그런 일이 없었는데 무슨 일인지, 준호가 무슨 사고를 쳤는지 일하는 내내 걱정되었다.

미나를 만난 원장은 심각한 얼굴로 말했다. 준호를 데리고 큰 병원에 가서 검사를 한 번 해보란 것이었다.

"어머니, 준호가 지금 여섯 살인데 또래에 비해 발달이 좀 느린 것 같아요. 다른 건 괜찮은데 친구들과 어울리질 못하고 늘 혼자 있어요. 말도 별로 없구, 놀이시간에 표정 변화도 별로 없어요. 혹시 모르니까 검사를 한번 해 보시는 게 어떨까요? 개인이 예약하면 늦으니까 어린이집에서 직접 병원으로 연계해 드릴게요."

원장의 말을 들은 순간 미나는 언젠가 시어머니가 준호더러 자폐아 아니냐고 했던 말이 떠올라 가슴이 철렁 내려앉았다. 병원 예약이 잡힌 일 주일간 그녀는 남편에게 말도 못 하고 불안에 떨기만 했다.

정신건강의학과 전문의는 미나에게 희한한 말을 했다. '아스퍼거 증후군' 그게 준호의 병명이라고 했다. 의사가 뭔가 자세하게 설명하는데 미나는 알아들을 수 없었다. 한 가지 분명한 건 앞으로 준호가 정상인들과 섞여 살아가기 쉽지 않을 거란 거였다. 의사는 특수치료가 필요할 거라고도 했다.

"그럴 리가요. 이렇게 멀쩡하게 생긴 애가 그럴 리가 없어요."

미나는 정색하면서 받아들이기 힘들다는 의사를 내비쳤다.

"그나마 이 아이는 빨리 발견되어 정말 다행이에요. 대개 이런 아이들은 겉모습으론 일반인들과 구별이 쉽지 않아요. 청소년기나 혹은 성인기가 되어서 발견되는 경우도 상당히 많거든요. 그땐 이미 손쓰기엔 너무 늦게 되죠. 준호는 지금부터 치료나 훈련을 꾸준히 받는다면 정상적인 사회생활이 가능할 수도 있습니다."

미나는 정말이지 받아들이기 힘들었다. 의사의 말을 거부하고 싶었다. 멀쩡히 생긴 아이가 아스퍼거 뭐라니 말도 안 된다고, 의사가 돌팔이라고 생각했다.

그날따라 일찍 들어온 형원이 저녁밥을 요구했다. 이제껏 쌓였던 불만이 한꺼번에 폭발한 미나는 남편에게 방방 뛰며 대들었다.

"준호가 아스퍼거 증후군이래잖아요! 아픈 아들을 위해 아빠가 밥을 좀 해 주시지요? 겨우 백만 원 가져오면서 어디서 밥 타령이에요! 차장씩이나 돼 가지구 돈을 다 얻다 처바르고 쥐꼬리만큼 가져오면서 밥을 내놓으라는 거예요?"

"아스퍼 뭐라고? 그게 뭐야?"

아내의 큰소리에 남편은 짐짓 주눅 든 목소리로 물었다. 미나는 남편 앞으로 준호의 의무기록 사본을 내던지며 말했다.

"애가 이 지경이 되도록 허구한 날 밖으로만 나돌고 가장으로서 한 게 뭔가요?"

미나는 이글거리는 눈빛으로 쏘아붙였다. 종이를 훑어보던 형원은 오히려 적반하장의 태도로 나왔다.

"아스퍼거 증후군. 그러니까 자폐스펙트럼의 일종이잖아. 어쩐지 어려서부터 애가 울지도 않고 좀 이상하다 했더라니. 아니, 근데 이게 왜 내 책임이야? 내가 사회생활 하느라 밖에 좀 돌아다닌 거랑 우리 애가 모자란 거랑 무슨 상관이라도 있다는 거야? 당신이 애를 모자라게 낳은 것 아냐. 임신 중에 폐병 걸려서 약 먹었잖아. 게다가 준호도 석 달이나 분유에 약 타서 먹였잖아. 그래서 애가 저렇게 된 것 아냐. 당신 병 땜에 그런 걸 왜 나한테 뒤집어씌우는 거야?"

"뭐라구요?"

미나는 순간 할 말을 잃었다. 엄마 아빠가 싸우는 틈에서 주눅 든 준호는 고개를 수그리고 장난감 기차만 어루만졌다. 그날 밤 미나의 품에서 준호가 속삭였다.

"엄마, 난 아빠보다 엄마가 좋아."

"왜?"

"아빤 무섭고 엄만 나한테 잘해 주잖아."

"자자."

미나는 준호의 등을 토닥였다.

다음날 사무실에서 미나는 남편에게 카카오톡 메시지를 보냈다.

'준호 특수치료 시작해야 합니다. 서둘러야 해요. 발달센터에 보내야 하니 생활비를 올려주던가 치료비를 보내 주세요.'

남편에게서 곧 답장이 왔다.

'당신이 잘못 낳은 애를 왜 나보고 치료비를 내라는 거야?

난 못 내.'

 남편의 답장에 미나는 기가 막혔다. 형원은 아이가 아픈 이유를 모두 아내의 책임으로 몰아가고 있었다. 미나는 억울했다. 아이가 부족한 것도, 남편이 모두 자기에게 책임을 뒤집어씌우는 것도, 모든 걸 혼자 감당해야 하는 것도 그녀는 억울했다.

 토요일 아침이었다. 장마철이라 비가 억수같이 쏟아지는데 형원이 우산을 펴 들고 집을 나섰다. 그 무렵 그는 점점 더 노름판에 미쳐 가고 있었다. 돈을 잃는지 따는지 미나는 알 수 없었고, 그저 초조할 뿐이었다.

 그녀는 조용히 일어나서 남편의 뒤를 밟았다. 그는 전에 가던 주택가로 발걸음을 향하고 있었다. 골목길을 돌고 돌아 그녀는 남편을 불렀다. 우산을 쓴 남편이 흠칫 놀라면서 뒤를 돌아보았다.

 "아니, 당신이 웬일이야?"

 "나랑 얘기 좀 해요."

 "이 길바닥에서 무슨 얘길 해?"

 "당신 노름판에 가는 것 다 알아요."

 "그래서? 당신이 나한테 뭐 돈 빌려준 것 있어? 나 당신한테 한 푼 빌린 돈 없어."

"그런 얘길 하는 게 아니잖아요. 우리 준호 치료비 어쩔 셈이에요? 정말 한 푼도 안 내놓을 셈이에요?"

"아니, 당신이 병신같이 낳은 애를 날더러 어쩌란 말야? 애는 병신같이 낳아 놓고 돈은 나보고 달라면 어떡하냐고?"

"뭐라구요? 벼 병신이라뇨? 당신 아들이에요!"

"애를 똑바로 낳아야지. 병신같은 애 낳아 놓고 치료비 달라고 하냐 이 애팬네야!"

미나는 갑자기 눈물이 쏟아졌다. 장우산을 받쳐 든 그녀는 그대로 길바닥에 쓰러질 것만 같았다. 정신을 차리려 해도 차릴 수가 없었다. 우는 아내를 길바닥에 버려두고 남편은 제 갈 길을 가 버렸다. 미나는 그렇게 빗속에서 한참을 서 있었다.

# 거리의 풍경

 미나는 주말마다 강남에 있는 발달센터에 준호를 데리고 다녔다. 일찍 치료를 시작하면 준호를 정상인으로 만들 수 있을 거란 희망을 놓지 않았다. 준호와 오래 얘기를 나누던 상담사는 미술 치료와 심리 치료를 병행하는 게 좋을 거라 했다. 준호가 선천적으로 가진 부족함도 있겠지만, 그보다 환경에 의해 위축된 심리 상태가 보인다고 했다. 미나는 이런저런 이유로 어린 준호에게 좋은 환경을 만들어 주지 못한 게 미안했다.

 대학 병원 검사지가 있긴 하지만 그것과 별도로 센터에서는 치료를 시작하기 전에 아이와 엄마를 대상으로 간단한 검사를 했다. 부모 심리 검사지를 받아 든 미나는 피식 웃음이 나왔다. 대학 시절 교양과목으로 심리학 수업을 들은 그녀는 그 분야에 관심이 있어 심리학과 전공과목을 청강까지 하기도 했었다. 그녀는 어떻게 답해야 정상적인 검사 결과가 나올지 대략 알았다.

  그 무렵 미나는 직장에서 극심한 스트레스 상황에 놓여 있었다. 승진하면서 옮긴 허가지원팀의 팀장은 형원과 동갑내기 남자였다. 그는 겉과 속이 다른 성격은 물론 얼굴에서 풍기는 느낌마저 형원과 너무나 비슷했다. 그는 날마다 무슨 무슨 사유로 꼬투리 잡아 그녀를 볶아대지 못해서 안달이었다. 게다가 공직과 작가 생활을 겸하는 미나를 비꼬아 대며 질투하기까지 했다. 그는 부서 일과 전혀 상관없는 사적인 업무를 지시하기도 했고, 툭하면 퇴근 시간 이후에 메시지를 날려 미나를 괴롭히기 일쑤였다.

  직장에선 상관에게 시달리고, 집에선 노름 중독 남편에게 시달린 미나의 정신 상태가 온전할 리는 없었다. 하지만 그녀는 아이 치료하는데 엄마의 불안한 심리 상태까지 내비치고 싶지 않았다. 정확히 말하면 검사비나 치료비가 많이 나올까 걱정돼서기도 했다. 미나는 상담센터에서 수익을 내는 구조를 알고 있었다. 검사 결과가 나쁠수록 뜯어 갈 돈도 많은 법이었다.

  "지금 어머니 정서가 비교적 차분해서 아이를 돌보기에 매우 안정된 상태입니다. 이 그래프를 보세요. 이렇게 평행선으로 나온 경우는 처음 봤어요. 보통의 경우엔 그래프가 이렇게 위아래로 움직이거든요."

상담사는 미나와 준호의 검사 그래프를 보여 주었다. 미나의 그래프는 거의 직선이었고, 준호의 그래프는 한눈에 보아도 감정 기복이 심해 보였다.

준호가 치료받는 동안 미나는 대기실에서 노트북을 펴고 글을 쓰기 시작했다. 그녀는 마음속에 있는 돌덩이들을 노트북 화면에 토해 냈다. 등단 후 틈나는 대로 꾸준히 글을 써 온 그녀는 어느새 여러 지면에 발표한 글의 개수가 늘어 가던 참이었다.

가을이 깊어 가는 어느 날이었다. 신사동 가로수길 은행나무가 온통 노랗게 물들어 거리의 풍경을 그리고 있었다. 준호 치료가 끝나는 시간에 맞추어 유진이 발달센터 앞으로 찾아왔다. 넷은 오랜만에 함께 점심을 먹었다.

정수기 코디를 그만두고 신용카드 영업사원을 하던 유진은 미나에게 다음 달부터 프리랜서로 보험설계사 일을 겸하게 됐다고 했다.

"미나야, 매번 부탁만 해서 미안한데. 나 다음 달부터 보험 일도 하게 됐어. 희경이 커 가는데 카드만 할 순 없잖아. 미나야, 너 승진도 했겠다. 보험 하나만 해주라. 종합보험 괜찮은 거 있어. 너도 준호 커 가는데 노후 준비는 해야잖아."

"그렇구나. 나도 전에 텔레마케터 해 봐서 알지만. 보험이 여간 힘든 게 아니더라. 사람들한테 욕도 무진장 얻어먹었고. 난 내가 그 일을 하면서도 정작 내 보험은 못 들어 놨어. 그땐 그럴 여유도 없었고. 네가 한다면 이참에 나도 하나 해 놔야지. 근데 너 이것저것 하면 정말 힘들겠다. 무엇보다 몸이 축나서 어떡하니."

"뭐든 해 봐야지. 가릴 처지도 안 되고. 그래도 잘만 하면 보험이 큰돈을 만질 수 있다잖아. 미나야, 나 이번 주말부터 집 근처 교회에 나가려구."

"교회? 너 무종교잖아."

"응, 내가 정수기 할 때부터 느낀 건데. 이런 걸 하려면 교회 다녀야겠더라. 교회에 가야 사람들을 만나고, 아줌마들이랑 어울려야 카드건 보험이건 뭘 할 거 아냐."

대학 시절 미나와 유진은 종교에 관한 얘기를 나눈 적이 있었다. 어슴푸레 종교적 관념을 가진 미나와 달리 아무것도 믿지 않던 유진은 자기 자신이 곧 종교라고 했다.

"나는 내 자신이 신이고 종교야. 세상천지에 나를 믿어야지 누굴 믿냐?"

그랬던 친구가 교회에 나가겠다고 했다. 미나는 생활비 한 푼이라도 더 벌기 위해 애쓰는 친구가 대단하게 느껴졌다.

"교회까지 나가려면 일요일에도 못 쉬겠구나."

"내 팔자에 쉬긴. 일하면서 틈틈이 보험 관련 자격증도 따려구. 손해사정사 공부도 하고 자격증 큰 거 한두 개 따 놓으면 일할 때 큰 도움이 된데. 큰손 고객 몇 명만 물어도 제법 돈이 된다잖아. 나도 제발 돈 걱정 안 하고 살아봤으면 좋겠다."

"어휴, 나도 해 봤지만 아이 키우면서 공부하는 게 보통 일이 아니더라. 쓰러지지 않게 네 몸 네가 챙겨야 해. 아무도 돌봐 주지 않아."

컴퓨터학원 강사인 유진의 남편은 처음 얼마 간은 적은 돈이나마 벌어왔다. 하지만 역마살이 있는지 그는 한 학원에 오래 머물지 못하고 자주 이 학원 저 학원으로 옮겨 다녔다. 때론 학원 원장을 상대로 소송을 걸기도 했다. 그런 일이 자주 있었다. 삶이 뜻대로 풀리지 않아서 쌓인 화를 그는 그렇게 소송을 걸어 풀어 댔지만 한 번도 이긴 적은 없었다. 그러다 결국 마지막으로 다니던 학원에서 잘려 갈 곳 없는 몸이 됐다. 유진이 한숨을 쉬며 남편 얘기를 했다.

"희경아빤 요즘 어디 나가지도 않구 게임 앱 개발한다고 방구석에 틀어박혀 있어."

"캐드랑 ITQ 가르친다고 하지 않았어? 전산과 나와서 무슨 게임 앱이야?"

"내 말이. 인생 한 방이라고, 잘 되면 대박이라고 허구한 날 방구석에서 게임이나 하고 앉았어. 집구석에 있으면 애나 봐 줄 것이지 대박 타령이나 하구. 잘 되면 대박일지 몰라도 안 되면 쪽박 차는 거잖아. 내가 아주 열불 나서 못 살겠다."

"아, 그러니까 그놈의 대박 타령은 이 집 남자나 저 집 남자나 똑같구나."

"게임 앱 개발을 하는 건지 방구석에서 노는 건지 알 게 뭐야. 하는 척만 하겠지."

이제 네 살 된 딸아이를 동네 어린이집에 맡기며 이리 뛰고 저리 뛰어서 생활비를 벌어오는 유진이 바가지라도 긁으면 남편은 마지못해 직장을 구하는 척 여기저기로 기웃거리기만 했다.

돈가스를 써는데 벽에 걸린 TV에서 어느 여자 연예인이 남편에게 얻어맞아서 병원에 실려 가는 뉴스가 나오고 있었다. TV를 보던 유진이 말했다.

"저렇게 얻어맞기라도 하면 바로 끝나기라도 할 텐데."

"누가 아니래니."

준호는 돈가스를 먹다 말고 청포도 에이드에 꽂힌 빨대를 입으로 훅훅 불어 대면서 물거품을 일으켰다.

## 출판기념회

 미나가 토해 낸 글들은 어느새 한 권의 책이 되어 세상에 나왔다. 여기저기 발표한 글들이 중단편 소설집으로 엮여 출간된 것이었다. 출판기념식 날 국문학과 동창들과 선후배들이 꽃다발을 들고 참석했다. 행사장에 배우자는 없고 때때옷을 입은 준호만 신기한 듯 주변을 두리번거렸다.

 식장에서 미나는 분홍색 장미꽃잎에 금가루를 뿌린 꽃다발을 들고 나타난 동규와 오랜만에 마주 섰다. 대학 시절 그녀가 갑자기 떠나간 후 처음 만난 자리였다.

 "미나야, 축하한다."

 "오빠!"

 동규는 그간 세월의 풍파를 맞은 듯 청년 시절의 풋풋함은 가시고 없었다. 대신 물류센터에서 택배 상하차 아르바이트를 하면서 소설을 쓰는 그에게선 땀에 전 아저씨 냄새가 물씬

풍겼고 청바지에 얇은 잠바를 입은 옷차림은 남루했다.

얼마 전에 그가 낸 소설이 반응이 좋아 제법 팔렸다고 들었으나 책만 팔아선 먹고살 수 없는 게 현실이었다. 그렇다고 어디 취업이라도 하면 직장에 매여서 글쓰기 힘드니 그는 비정기적인 일로 부족한 수입을 충당하고 있었다. 그는 애잔한 눈빛으로 미나에게 물었다.

"잘 사나?"

"네."

잘 사냐는 물음에 미나는 눈시울이 뜨거워졌다. 그는 준호의 손에 만 원짜리 한 장을 쥐여 주면서 머리를 쓰다듬었다. 그 모습에 미나는 코끝이 찡해졌다.

출간기념회가 끝나고 치러진 회식은 뒤풀이라기보단 졸업생들의 동창회와 같았다. 한잔씩 걸쳐 취하기도 하고, 각자 사는 얘기들을 하느라 화기애애했다.

미나와 비등비등하게 공부를 잘했던 은혜는 대학 졸업 후 대학원에서 교직 이수를 한 후 경기도 어디에 있는 사립 고등학교에서 교편을 잡고 있었다. 그녀는 채용 당시 학교에 발전기금을 일억 원이나 냈다고, 그 돈을 언제나 다 갚을지 모르겠다고 푸념했다.

얼마 전에 물리 선생과 결혼한 은혜는 임신 삼 개월이라고 했다. 유진은 은혜 옆에 붙어서 태아 보험 상품을 설명하느라 정신없었다. 유진은 동창생들을 고객으로 다루는 듯했고, 동창들은 그런 유진에게 뭐라 말할 수 없는 눈빛을 보내고 있었다.

저녁에 용인의 물류센터로 가는 셔틀버스를 타야 한다는 동규는 술을 마시지 않고 묵묵히 식사만 했다. 시인인 그의 아내는 마트에서 캐셔 일을 한다고 했다. 둘 사이에 아직 아이는 없었다. 미나는 캐셔를 하면서 종일 서 있다가 퇴근 후에 시를 쓰는 모습을 상상해 봤다. 도저히 그 모습이 그려지지 않았다. 미나가 물었다.

"오빠, 물류센터 일이 힘들지 않아요?"

"괜찮다. 경험 삼아 일부러 하는 거다. 일을 해 봐야 글로 쓸 수 있잖아."

별다른 말 없이 묵묵히 삼겹살을 먹던 동규는 이제 일하러 갈 시간이라며 서둘러 자리를 떴다. 셔틀버스 정류장까지 가는 시내버스에서 동규는 줄곧 미나를 생각했다. 라디오에서 김종환의 '존재의 이유'가 흘러나왔다. 이 노래는 그가 대학 시절 미나와 결별 후 집으로 돌아가는 버스 안에서도 흘러나왔던 노래였다.

'언젠가는 너와 함께하겠지. 지금은 헤어져 있어도. 니가 보고 싶어도 참고 있을 뿐이지. 언젠간 다시 만날 테니까. 그리 오래 헤어지진 않아. 너에게 나는 돌아갈 거야.'

식사를 마친 동창들은 인근의 찻집으로 자리를 옮겼다. 캐모마일 찻잔을 두 손으로 감싸 쥐고 차에서 올라오는 김을 쐬는 미나에게 유진이 물었다.

"너 아직도 동규 선배 좋아하는구나?"

"뭔 소리야."

"아까 니네 둘이 애틋해 보이더라."

"그걸 어떻게 알아?"

"바보야, 눈빛으로 알지."


수업 시작 전 동규는 그녀의 책상 위에 자판기 커피를 내려놓았다. 소라는 종이컵을 두 손으로 감싸 쥐고 커피에서 올라오는 온기를 쐬었다.

창가에서 우박 섞인 비를 불안하게 내다보는 그녀에게 먼저 다가온 건 동규였다. 한참 말없이 창밖을 바라보던 동규는 어느 틈엔가 그녀의 머리칼을 쓸어내렸다.

캠퍼스 데이트는 수업과 수업 사이의 공강 시간에만 가능했다. 하루 수업이 끝나면 버스 정류장에서 둘은 각기 다른 방향으로 헤어졌다. 그는 돈을 벌러 일터로 달려갔다. 마트에서 경광봉을 들고 주차 안내도 하고 카트도 끌었다. 반면에 오랜 시간 전철과 버스를 갈아타고 하교한 소라는 집에 들어서기 무섭게 가사 노동에 파묻혔다. 각자 사정은 다르지만, 두 사람에게 방과 후의 자유 시간은 용납되지 않았다.

수업 시간이면 동규는 피로에 절어 자주 고개를 꾸벅였다. 소라는 동규에게서 숯불을 나르던 정수의 얼굴을 떠올렸다. 때론 공장 잠바를 입은 재훈이 떠오르기도 했다. 그녀가 보기에 동규나 정수나 재훈이나 모두 다 같은 노동자였다.

동규는 가끔 도서관 책상에 엎어져 자는 소라에게서 할머니나 어머니를 떠올렸다. 칠십이 넘은 동규 할머니는 한 블록 떨어진 동네 아파트 청소부였다. 어머니는 서울메트로 환경 소속의 지하철 청소부였다. 중소기업에 다니는 아버지는 젊은 시절 남의 빚보증을 잘못 서 월급의 절반을 압류당하고 있었다. 동규는 청소부를 하는 할머니와 어머니를 볼 때마다 소라를 생각했다. 벨기에 여배우 오드리 헵번을 닮고서 손에 물 마를 날 없이 사는 게 옳지 않다고 생각했지만, 도울 방법이 없어 그는 안타까웠다.

일과가 바쁜 이들에게 데이트 시간을 제공해 주는 교수님이 있었다. '시창작 연구 3'을 강의하는 교수는 이름만 대면 전 국민이 다 알 정도로 유명한 여류 시인이었다. 처음에 소라는 그 교수님의 수업을 듣는다는 사실이 크나큰 기쁨이고 영광이었다.

그러나 교수는 개인 사정으로 휴강이 잦았다. '시창작 연구 3'은 매주 수요일 오전 열 시 수업이었고, 수요일엔 그 수업 하나밖에 없었다. 과 대표는 수업 시작하기 15분 전쯤 칠판에 '휴강'이라고 썼다. 기껏 전철과 버스를 갈아타고 학교에 갔는데 하루를 공치는 셈이었다.

휴강 소식에 놀 수 있어 좋아하는 학우도 다수였으나 소라는 등록금이 아까웠다. 그 돈은 그녀가 방학 중에 쟁반을 나르고 고기를 잘라서 번 돈이었다. 수업료가 아까운 건 방학만 되면 노가다 판을 전전하며 일용 임금을 버는 동규도 마찬가지였다.

3학년 때의 '시창작 연구 3'은 4학년이 되니 '시창작 연구 4'가 되었다. 소라와 동규가 캠퍼스 데이트를 한 지도 어느덧 일 년 가까이 되었다. 여류 시인은 여전히 휴강이 잦았으나 아무도 거기에 대해 불만을 표하지 않았다.

봄비라고 하기엔 제법 빗줄기가 센 장대비가 내리는 날이었다. 기껏 전철을 타고 학교에 왔는데 과 대표가 칠판에 '휴강'이라고 썼다. 학우들은 '에이'를 연발하면서도 뭘 하지? 하면서 오늘 하루를 어떻게 때울지 계획을 세우느라 바빴다. 동규가 그녀의 팔을 붙잡으면서 말했다.

"소라야, 영화 보러 가자. 영화 보고 싶다."

"영화?"

"그래. 우리도 영화 보러 가야지. 맨날 학교에서만 놀면 우야노."

시내버스에서 둘은 손을 꼭 잡았다. 동규는 이 시간을 허락해 준 교수가 그리 고마울 수 없었다. 충무로역에 내린 동규는 소라에게 작고도 짧게 말했다.

"우리 엄마가 여기서 일하신다. 잠깐만 보고 가자."

서울 메트로환경 소속 미화원인 엄마에게 전화를 건 동규는 어렵지 않게 역사 내 휴게실을 찾았다. 푸른색 잠바를 입고 나온 여성은 나이에 비해 너무 늙어버린 모습이었다. 중년이라기보단 할머니에 가까운 아줌마는 아들을 반김과 동시에 아들 옆에 붙어 선 여학생을 위아래로 빠르게 훑었다.

"엄마! 저번에 말한 여자친구다. 엄마 보여 줄라고 데려왔다."

아줌마의 눈은 순간 먹잇감을 눈앞에 두고 어슬렁거리는 하이애나로 변했다. 눈빛에 압도된 소라는 저도 모르게 몸을 움츠러들면서 기어드는 소리로 인사했다.

"아, 안녕하세요. 처음 뵙겠습니다."

출판기념회

"아이구 야. 참하게도 생깄네. 동규야! 니 밥 뭇나?"

참하게 생겼다고 말은 하면서도 여성은 소라에게 별다른 눈길을 주지 않고 아들의 밥걱정을 했다.

"지금 먹으러 갈 거다. 엄마는?"

"뭇다. 난 맨날 도시락 싸가 댕기니끼네. 근데 니 어데 가노?"

"우리 영화 보러 갈라고."

"영화? 하이구야 재밌겠네. 퍼뜩 가라!"

여성은 다시 한번 수수하기 그지없는 차림의 소라를 빠르게 훑었다. 소라는 자신을 쏘아보던 섬뜩한 눈빛이 뇌리에 박혔다. 얼떨결에 아들 훔쳐 간 도둑 취급을 받는 듯해 억울하기도 했으나 그에게 내색하진 않았다.

대한극장에선 샘 레이미 감독의 「스파이더맨」이 상영되고 있었다. 영화 상영 내내 동규는 소라의 손을 꼭 잡고 놓지 않았다. 주인공 피터가 빌딩에 거꾸로 매달린 채로 애인 메리 제인과 키스하는 장면을 보면서 소라는 계속 아줌마의 눈빛을 떠올렸다.

둘은 그 후로도 몇 번 더 대한극장엘 갔다. 동규 어머니를 또 만나진 않았다. 4학년이 되니 시간은 더 빠르게 흘렀다. 두 사람은 취업에 대한 심한 압박감을 느꼈으나 서로 내색하진 않았다. 여름방학이 끝나고 2학기가 되었다. 아직 본격적인 가을도 채 시작되지 않았는데 갑자기 소라가 취직해 버렸다. 그게 보험회사 콜센터였다.

그녀가 떠나던 날 동규는 아프다고 둘러대면서 알바도 나가지 않고 동네 포장마차에서 혼자 소주를 마셨다. 매번 장학금을 놓치지 않을 정도로 똑똑한 여자친구가 텔레마케터를 하러 나가는데 막을 수 없는 자신의 처지가 한탄스러웠다. 신경림의 시 농무에서처럼 답답하고 고달프게 사는 게 원통했다. 동규는 그녀를 말리고 싶었으나 차마 그럴 순 없었다. 취업하라고 집에서 얼마나 볶아댔으면 이런 선택을 했을까 물어보기도 민망했다. 그도 4학년이 되자마자 얼른 취직하라고 집에서 볶이던 상황이었다.

급하게 취직한 소라는 제대로 작별 인사도 하지 못한 채 동규에게 짧은 문자 하나만 달랑 보냈다.

"오빠, 부디 좋은 데 취직하고 좋은 사람 만나길 바랄게."

"뭔 소리하노."

소라는 더 이상 답을 하지 않았다.

# 그의 구속

미나의 첫 소설집은 뜻밖에 많은 부수가 팔렸다. 그녀는 점점 세상의 이목을 받기 시작했다. 형원은 축하한다는 말은커녕 엉뚱한 메시지를 보냈다.

'요즘 잘나가나 보네.'

'배가 아프기라도 한가 보죠? 그렇게 배배 꼬여서 뭘 하시겠습니까?'

'앞으로 나랑 우리 집 얘긴 쓰지 않는 게 좋을 거야.'

미나는 실소(失笑)를 터뜨렸다.

'자격지심이라도 있나 보죠?'

'듣기 싫고 앞으로 나나 우리 집 연상시키는 얘기 자꾸 쓰면 가만 안 있을 거야.'

'가만 안 있으면 어쩔 건데요?'

그 후로 더 이상 답이 오지 않았다.

그날 저녁 정원으로부터 전화가 왔다. 지난해 상해에서 돌아온 정원의 가족은 원래 살던 집을 팔고 남편 직장이 있는 이천에서 살고 있었다.

"언니, 부탁이 있어요. 이번 주말에 준호 데리고 우리 식구들이랑 엄마 요양원에 좀 다녀올 수 있을까요? 오빠가 요새 통 병원에 다녀가질 않는 것 같아서요."

"아, 그래요? 알겠어요. 주말에 같이 가요."

한동안 찾아오지 않던 사이에 시어머니는 많이 쇠약해져 있었다. 증세가 더욱 심해져 정신이 오락가락했다. 사람을 알아보다가도 금세 못 알아보다가 잠시 후 또 알아보길 반복했다. 며느리를 본 시모는 갑자기 아들을 찾았다.

"우리 형원인 어딨어?"

"엄마, 오빠는 바빠서 못 왔어. 담에 올 거야."

정원이 얼른 둘러댔다.

"히잉, 쟤는 왜 한 번도 안 와."

그러다가도 딸이 건네준 사과즙을 마시면서 아이처럼 웃었다. 시모는 어느새 어린아이가 돼 있었다. 노인은 준호를 알아보다가 못 알아보기를 반복했다.

"야는 누구 집 아들이여?"

"어머니 손자잖아요."

미나가 서운한 투로 말하니 시모는 며느리와 손자의 얼굴을 번갈아 보다 말했다.

"모른다."

시모는 오직 당신의 딸만 제대로 알아보았다. 미나는 문득 미운 정이란 말이 생각났다. 며느리에게서 폐병이 옮을까 봐 무서워 짐을 싸서 부리나케 호주로 달아나던 시어머니도 가끔 손자의 기저귀를 갈며 엉덩이를 토닥였다. 손자를 안고 TV를 보면서 트로트 가수의 노래를 따라 부르기도 했다. 때로는 곱게 간 쇠고기로 죽을 쑤어 당신 손자에게 먹이던 시모를 떠올리며 미나는 미운 정 고운 정이란 말이 새삼 떠올랐다. 딸과 사위는 물론 며느리에 손자들까지 다 와 있는데 그 자리에 당신 아들만 없었다. 미나는 어머니와 아내와 아들까지 팽개치며 좇아야 할 가치가 무엇인지 생각했다. 그것이 돈인지, 돈을 추구하고자 하는 강렬한 욕망인지 그녀는 알 수 없었다.

연말을 앞두고 청사 내 직원들은 이런저런 업무들로 정신없었다. 야간작업을 위해 카페에서 커피를 사 들고 들어오던 미나는 민원실 옆 벽면에 붙은 TV 앞에서 그만 선 채로 얼어 버렸다. 경기도 외곽의 한 저축은행에서 기업의 대출금을 관리하는 직원 셋이 짜고 6년간 은행 자금 약 90억을 횡령했다는 기사가 보도되고 있었다. 빼돌린 자금은 도박과 코인 선물거래 등으로 거의 탕진했으며, 회수 가능성은 없어 보인다고 했다. 횡령 및 배임에 가담한 대부계 직원 세 명은 도주 우려가 있어 구속됐고, 해당 은행은 형원이 근무하는 KG 상호저축은행이었다.

지난주부터 횡령 정황을 포착한 은행 측에서 경찰에 수사 의뢰가 있었고, 대기 발령 조치 된 공범 세 명은 현장에서 구속됐다고 기자는 밝히고 있었다.

정신 나간 얼굴로 TV를 보던 미나는 그만 바닥에 주저앉아 버렸다. 가까스로 정신을 가다듬고 핸드폰을 열어 보았다. 아무런 메시지도 와 있지 않았다. 그녀는 평소 외우고 있던 남편 직장 직통 번호를 꾹꾹 눌렀다.

"이 차장님 좀 부탁드립니다. 와이프 되는 사람입니다."

몇 초간의 침묵이 흘렀다. 곧이어 어느 여직원이 떨리는 목소리로 말했다.

"사 사모님. 그, 그게. 지금 이 차장님 여기 안 계십니다."

미나는 그 자리에서 실신해 버렸다.

낯선 곳에서 수액을 맞으며 누운 미나를 유진과 준호가 함께 바라보고 있었다. 미나가 앰뷸런스에 실려 갈 때 유진이

## 그의 구속

미나에게 건 전화를 119 구급 대원이 받았다. 놀란 유진이 구급 대원과 통화 후 급히 미나의 집에 와서 준호를 픽업해 병원으로 온 것이었다. 친구와 준호의 얼굴을 번갈아 바라보던 미나가 말했다.

"유진아, 너밖에 없다."

"야, 나 뉴스 봤어. 너 정신 차려라. 응? 이럴 때일수록 네가 정신 차려야 해."

미나는 정신 차리라는 친구의 말이 곧이들리지 않았다. 그녀는 죽고 싶었다. 속된 말로 쪽팔려서라도 죽고 싶었다. 죽고 싶다고 생각하면서 눈을 감고 있는데 오래된 속담인 '개똥밭에 굴러도 이승이 낫다.'라는 말이 떠올랐다. 준호가 말했다.

"엄마, 아프지 마."

미나는 일 주일간 직장에 병가를 냈다. 주말을 포함해 열흘 이상의 시간이 있었다. 그녀는 병원에서 처방해 준 신경 안정제에 의지해 간신히 버티고 있었다. 그래도 처음으로 오랜 시간 준호와 단둘이 있으니 미나는 행복했다. 최근에 와서 더 심해진 두통으로 그녀는 신경과를 다니고 있었다. 약이 잘 듣지 않아 이미그란에서 마이그란으로, 마이그란에서 수마트란으로, 수마트란에서 조믹으로, 조믹정에서 다시 마이그란으로 몇 차례 약을 바꾸던 중이었다. 가장 최근에 방문했을 때 여의사가 말했다.

"환자분! 자꾸 약 조절 못 하시면 나중엔 어떤 약을 써도 안 들으실 거예요."

'제가 먹고 싶어서 먹는 게 아니잖아요.'라는 말이 목구멍까지 올라왔으나 미나는 꾹 참았다. 소식을 들은 직장 사람들이 그녀에게 위로의 문자를 보냈다.

동료들은 미나의 상황을 잘 알고 있었다. 한국 사회는 그만큼 좁고도 좁았다. TV 앞에서 그녀가 왜 쓰러졌는지, 뉴스에 나온 사람이 그녀의 남편이란 사실도, 남편이 실형을 살게 될 거란 것도 그들은 알고 있었다. 속된 말로 그녀는 몹시도 쪽팔렸다. 사무실에 어떻게 고개 들고 출근해야 할지 엄두가 나지 않을뿐더러 죽고 싶은 생각까지 들었다. 전화벨이 울렸다. 한동안 안 만나던 정 회장이었다.

"미나야, 너 별일 없니?"

"아니요. 있어요."

"며칠 전 뉴스에 나온 게 니네 집 일이냐?"

"네."

"어디냐? 좀 보자."

"아저씨, 지금 너무 힘들어요. 나중에 전화할게요."

미나는 전화를 끊었다. 벽에 붙은 달력을 벗기고 새 달력을 걸었다. 새해가 밝았다. 그녀는 바깥 공기를 마시기 위해 창문을 열었다. 거리의 사람들은 늘 그렇듯이 아무 일 없다는 듯 거리를 활보했고, 배달 음식을 실은 오토바이는 요란한 소음을 냈고, 준호는 일곱 살이 돼 있었다. 그녀는 지은 죄도 없는데 어쩐지 스스로 죄지은 마음이 들어 다시금 쪽팔리는 걸 느껴 서둘러 창문을 닫았다.

남편이 급하게 구속되고 나서야 비로소 미나는 결혼 후 처음으로 남편의 핸드폰과 컴퓨터를 들여다보게 되었다. 남편이 끌고 다니던 소나타에 장착된 블랙박스 영상도 확인하게 됐다. 결혼 후 처음으로 남편의 통장 거래 내역을 찍어 보았고, 그의 신용카드 사용 내역도 찾아보게 되었다. 또한 결혼 후 처음으로 그의 공인인증서로 인터넷뱅킹에 접속해 남편의 금융 거래 내역을 뒤져 보게 되었다.

칠 년 넘게 유지했던 결혼 생활 중 형원이 주식과 가상 화폐로 날려 먹은 돈은 자그마치 8억 원이 넘었다. 그러니까 일 년에 일억원 넘게 날린 셈이었다. 날린 돈 중엔 요양원에 있는 어머니의 정기예금 통장도 포함됐다. 어머니의 서랍을 뒤져 신분증과 인감도장을 가져간 그는 예금을 해지하고 오천만 원이 넘는 돈을 현금으로 인출했다.

그가 주식과 비트코인과 노름에 사용한 돈보다도 눈에 띈 건 그의 핸드폰 속에서 자주 등장하는 두 명의 여인이었다. 자그마치 2억 원이 넘는 돈이 두 여자에게 이체된 사실에 미나는 벌어진 입이 다물어지지 않았다.

그가 날려 먹은 8억 원이 넘는 돈은 통장에 정말 돈이 있어서 날린 돈이 아니었다. 미나와 결혼하기 전부터 이미 그의 통장은 마이너스였다. 주식 중독이었던 그는 대출에 대출을 거듭했고, 투자한 원금 모두 깡통을 차도 또 대출받아 투자했다. 어쩌다 번 돈을 하루 만에 날려도 마찬가지였다. 그는 늘 마이너스 통장을 이용했다. 월급날 아내에게 주던 백만 원의 생활비조차 마이너스 통장에서 나가기도 했다.

'김인숙'이란 이름을 본 순간 미나는 저축은행 창구에서 일하는 수신텔러가 떠올랐다. 동명이인이 아니라면 그 여자일 확률이 높았다. 김인숙에게 간 돈은 그리 많지 않았다. 그러나 '최영심'이란 여자한테는 한 번에 천 단위씩 제법 큰 돈이 여러 번 나갔다. 미나는 피가 거꾸로 솟는 듯했다. 분노가 치밀어 견딜 수 없었다.

본인의 아들을 낳아서 키우는 아내에겐 겨우 백만 원씩 주면서 한 달에 몇천만 원씩 준 여자가 대체 누구인지 그녀는 알고 싶었다. 그간 남편이 살아온 세월과 흔적을 조사하던 미나는 다시 한번 쓰러졌다. 쓰러진 엄마를 준호가 달려와서 흔들었다.

"엄마, 왜 그래."

미나는 준호가 가여웠다. 아직 의식을 잃지 않은 미나는 실눈을 뜨고 말했다.

"준호야, 엄마 핸드폰 좀."

준호는 핸드폰을 집어다 주었고, 미나는 있는 힘을 다해 친구의 번호를 눌렀다.

"유진아, 미안한데. 나 한 번만 더 병원에 좀 데려다주라."

이마트 로비에서 지나가는 주부들을 붙잡고 신용카드 영업을 하던 그녀는 재빨리 119를 불렀다. 미나는 다시 한번 앰뷸런스에 실렸다. 119를 부른 유진은 하던 일을 접고 친구에게 달려갔다.

미나의 침대에는 '절대안정'이란 팻말이 걸렸다. 그녀의 맥박 수가 분당 150회를 넘었기 때문이다. 그녀는 이틀 동안이나 병원 신세를 져야 했다.

수액을 맞으면서 미나는 문득 친정어머니가 생각났다. 사실 오늘 처음 생각난 건 아니었다. 준호를 갖고 입덧이 심할 때도, 폐병에 걸려 피를 토하면서 방바닥을 굴러다닐 때도, 수술 후 마취가 덜 풀려 고통에 신음할 때도 생각했다. 그녀가 야심한 밤에 집을 나온 지 어느덧 팔 년여가 지났으나 한 번도 딸을 찾는다는 소식은 없었다.

남편이 구속된 후로 미나는 부모를 원망하는 마음이 더욱 커졌다. 팔자가 쎄진 게 모두 부모를 잘못 만난 탓인 것 같아 그녀는 괴로웠다.

병가가 끝난 미나는 아무 일 없다는 듯 얼굴에 철판 깔고 출근했다. 아이를 키워야 하고 나도 먹고살아야 한다는 생각이 쪽팔린다는 생각을 압도했다. 남편이 잘못했는데 그게 나랑 무슨 상관이냐며 그녀는 보란 듯이 평소보다 더 열심히 일했다. 평소에 미나를 괴롭히던 형원과 동갑내기 상사도 어쩐 일인지 그녀에게 시비 걸지 않았다. 오히려 미나의 눈치를 살피며 잘해 주기까지 했다.

경찰의 추가 수사 후 검찰에 송치된 형원의 재판이 끝나는 데에는 석 달이 걸렸다. 재판이 끝날 동안 미나는 한 번도 구치소에 면회 가지 않았다. 재원과 정원으로부터 형원의 안부를 묻는 카톡 메시지가 여러 번 왔으나 그녀는 읽기만 하고 씹어 버렸다. 재판 기간 미나는 틈틈이 남편의 핸드폰 속에

등장하는 두 명의 여인에 대해 알아보았다. 예상한 바대로 한 명은 저축은행 창구에서 일하던 이십 대의 수신텔러 김인숙이었다. 최영심이란 여자는 의외로 남편과 비슷한 또래의 사십 대 여자였다. 남편보다 세 살 어린 마흔둘의 최영심은 인터넷으로 의류 쇼핑몰을 운영하는 사업가였다.

최씨는 사업자금을 명목으로 형원으로부터 여러 차례 거금의 돈을 뜯어 갔다. 유부녀이겠거니 하고 알아보았으나 최씨는 한 번도 결혼한 적 없는 노처녀였다. 남편이 처녀만 골라서 사귀는 남자란 걸 알게 된 미나는 헛웃음이 나왔다.

평소 변태 성욕으로 아내를 괴롭히던 형원의 컴퓨터 곳곳에는 동서양을 막론한 AV 영상이 숨겨져 있었다. 그의 소지품과 컴퓨터를 조사하던 중 평소 부부간의 은밀한 행위를 녹화한 영상과 메모리를 발견한 미나는 메모리를 가위로 잘라서 버리고, 저장된 파일을 영구 삭제했다. 그동안 찜찜하던 게 해결되어 미나는 속이 후련했다.

형원이 구치소와 법원을 왔다 갔다 하는 사이 어느새 봄은 성큼 다가왔다. 봄이라 해도 아침저녁으론 바람이 차고 쌀쌀했다. 일곱 살이 된 준호는 초등학교에 딸린 병설 유치원에 입학해 부지런히 한글을 배우고 있었다.

장장 9년간의 실형을 선고받은 남자 세 명은 교도소의 각각 다른 방에 수감 됐다. 변호사를 선임한 미나는 남편이 수감 되자마자 이혼소송을 제기했다. 동시에 두 명의 상간녀에게 손해배상 소송을 제기했고 위자료도 청구했다. 이혼소송과 위자료 청구와 상간녀 손해배상 소송을 당한 건 함께 구속된 최 과장과 박 팀장도 마찬가지였다.

노름으로 직장에 막대한 금전적 손실을 입힌 형원은 그야말로 빈털터리였다. 미나가 남편에게서 분할받을 재산은 없었다. 돈이 없어서 위자료를 받아 내기도 힘들었다. 오히려 빚을 지고 있어서 빚 분할을 해야 할 상황이나 변호사의 도움으로 채무 분할은 간신히 면할 수 있게 되었다. 그녀는 좀 더 일찍 탈출하지 못한 걸 뼈저리게 후회했다. 미나가 가진 전 재산은 오로지 일곱 살 된 아들 하나뿐이었다.

깊은 밤 아무것도 모르고 곤히 잠든 준호를 내려다보며 미나는 새삼 동규 어머니가 떠올랐다. 충무로 역사에서 푸른색 작업복을 입은 채 내 아들 뺏길까 봐 이글거리는 눈동자로 바라보던 동규 어머니의 심정을 이제야 이해할 수 있을 것 같았다.

변호사는 피고가 아내에게 사죄하길 원한다고, 이혼을 원치 않는다고 했다. 변호사는 형원이 쓴 편지를 전해 주었다.

미나는 처음으로 남편이 쓴 편지를 읽었다.

　준호 엄마, 정말 미안해. 이 말밖엔 할 말이 없어. 내가 그동안 가정에 무심했던 것 한 번만 용서해 주라. 내가 여기서 나가기만 하면 앞으로 정신 차리고 정말 잘할게.
　준호랑도 놀아 주고, 당신한테도 정말 잘하고 살게. 눈을 감으면 당신 생각밖에 나지 않아. 내가 그동안 정신이 나갔나 봐. 나도 내 자신을 통제하기 힘들었어. 이러지 말아야지 하면서도 거기서 빠져나올 수 없었어. 정말 미안해. 모두 내 잘못이야. 아부지가 하도 마작판엘 다녀서. 맨날 그런 걸 보고 살아서 배웠지. 한 번만, 한 번만 하다 계속하게 됐어. 그리고 내가 가끔 여자를 만나기는 했지만 깊이 사귄 건 절대로 아냐. 옷 장사하는 여자는 사귄 게 아냐. 그 여자가 자기한테 투자하면 나중에 몇 배로 돌려준다고 해서 빌려준 거야. 근데 내 돈을 한 번도 안 갚았어. 내가 어떻게든 그 여자한테 내 돈 받아 낼게. 준호 엄마, 제발 부탁인데 이혼만은 하지 말아 줘.

　미나는 편지를 읽다 말고 내동댕이쳤다. 편지에서 그의 진심이 느껴지지 않았다. 그저 어떻게든 이혼만은 피해 볼 요량인 생각을 확인할 뿐이었다. 그녀는 변호사에게 그의 사죄 요청을 거절한다는 뜻을 확고하게 전달했다.

이혼 문제와 별개로 아내의 소장을 받은 형원은 교제 기간 여러 차례 거액의 돈을 보내 준 내연녀 최씨를 상대로 사기죄로 형사고소를 했다고 했다. 미나는 그 부분에 대해 전혀 알고 싶지 않았다.

이혼소송을 제기하자마자 미나는 준호와 함께 미리 준비해 둔 새 보금자리로 거처를 옮겼다. 최소한 반년 이상 걸릴 소송 기간을 시댁에서 지내야 할 이유가 없다고 생각했기 때문이다. 그 무렵 요양원에 있는 시모의 증세가 더 심해져 정원이 어머니의 피한정후견인이 돼 있었다. 미나가 집을 비우자 정원은 어머니 집을 처분해서 동생이 진 빚의 얼마 간을 충당하는 듯했으나 미나는 거기에 일절 관여하지 않았다.

유진은 홀로서기를 시작한 친구를 격려하러 왔다. 유진의 손에는 직접 만든 반찬이 바리바리 들려 있었다. 그녀는 자고 간다면서 짐 가방도 챙겨 왔다. 서른셋에 인생의 쓴맛을 본 미나는 오랜만에 친구와 한잔하기 위해 조촐하게 술상을 차렸다. 밥상에는 고기와 햄과 두부가 듬뿍 들어간 김치찌개가 보글보글 끓고 있었다. 유진은 어찌 된 일인지 술을 전혀 입에 대지 않고 뜻밖의 말을 전했다.

"미나야, 나 임신했어. 벌써 8주라네."

"뭐? 니네 옛날부터 각방 쓰지 않았어?"

"그랬는데. 얼마 전에 하도 몸이 찌뿌둥해서 온천엘 좀 다녀왔어. 충청도로. 근데 애가 생길 줄은 몰랐지. 방 따로 써도 어떻게 한 번도 안 하고 사냐. 남자들 현관에 묶어둔 종량제봉투는 안 버리면서 밤에 그거 할 힘은 있더라."

"그래, 맞아. 그 인간도 그랬어. 방 따로 써도 할 거는 하고 나가더라. 이제 그만. 옛날 일은 그만 생각할래. 유진아, 축하한다. 어쨌든 희경이한테 동생이 생겼잖아."

"고마워. 근데 낳아야 할지 말아야 할지 모르겠어."

유진은 두 눈에 걱정을 가득 품고 말했다.

"남편은 뭐래?"

"그 인간 얼마 전부터 좀 큰 학원에 다시 나가. 내가 하도 닦달했더니 나가더라. 그 바람에 휴가도 가게 된 거야. 맨날 여행 한번 못 가고 살았는데. 그래도 애 생겼다니까 좋아는 하더라."

"그 게임 앱인가는 어떻게 됐어?"

"게임 앱 같은 소리 하고 있네. 전국에 날고 기는 놈들이 몇천 명인데 그 인간이 그걸 하냐. 괜히 개발한답시고 방구석에서 빌빌거리기나 하지. 희경 아빠 내가 닦달 안 하면 어쩌다 나가는 학원도 안 나가. 이번엔 얼마나 갈지 모르겠지만. 애 들어섰데니까 시어머니가 생활비 보태 쓰라고 이백만 원 보내 주셨어."

"그랬구나."

상가건물 두 채를 갖고 있어 매달 월세 수입이 들어오는 유진이네 시댁에선 아들 내외가 정말 어려워 보일 때마다 백만 원이고 이백만 원이고 도와줬다. 아니면 명절이나 가족 모임 때 만나면 며느리 손에 얼마라도 돈을 쥐여 주곤 했다. 돈은 며느리에게만 주는 건 절대 아니었다. 아들이 쓸 용돈은 아들에게 따로 챙겨 주었다. 시어머니에게 돈을 받을 때마다 유진은 푸념하듯 말했다.

"그 인간은 나도 없고 부모도 없고 주위에 아무도 없어야 해. 그래야 정신 차리지. 가만히 있으면 마누라가 정수기하고 카드하고 보험 팔아서 돈 벌어오고, 잊을만하면 부모가 돈 찔러 주는데 뭣 하러 열심히 일하냐? 정부에서는 저출산이 어쩌고 하면서 애 낳으라고만 하지 말고 정신 못 차리는 남자들 데려다 정신 교육이나 시켜 주던가."

"둘째도 생겼는데 이제 좀 달라지겠지. 너 나쁜 맘 먹지 마라. 애가 다 알아."

나도 사실 애 떼러 갈 자신은 없어. 근데 미나야. 니네 집에선 아직 연락 없니?"

"없어. 공무원 임용되기 전에 신원 조회할 때 아부지랑 통화한 게 처음이자 마지막이야. 공무원 시험 붙었다니까 아부지가 축하한다고 하면서도 집에는 오면 안 된다고 했어. 엄마가 아직 화가 안 풀렸다나. 아들래미 잘 키우라고 하면서 끊던데."

"야, 니네 집도 진짜 대단하다. 어쩜 그렇게 딸이랑 인연 끊고 사냐. 하나밖에 없는 손자도 안 보고 사냐? 세월이 이만큼 흘렀는데 뭐 풀릴 화가 있니. 난 우리 엄마가 내가 하도 못 사니까 첨에는 돈 안 되는 딸년이라고 지랄하더니만 요새는 불쌍한지 얼마 전에 택배로 식당 아줌마들이 담근 석박지랑 겉절이 부쳐 주드라."

"그래도 다행이다."

"저번에 곰탕집 가서 엄마가 만나고 다니는 남자 놀러 왔길래 한번 봤는데 사람은 멀쩡하게 생겼더라. 그래서 내가 엄마한테 얘기했지. 결혼은 하지 말고 그냥 만나기만 하라고. 엄마가 알았다 이년아 그러더라."

미나는 혼자서 빠르게 술잔을 비우고 있었다.

"야! 안주도 같이 먹어. 그러다 속 버리면 어쩌려구 그래.

너 혼자 산다구 맨날 술 먹으면 안 된다! 준호 쟤가 다 보고 배워!"

유진은 만화 영화를 보는 준호를 가리키며 말했다. 준호는 도라에몽을 보면서 천진난만하게 웃고 있었다.

"유진아, 나 소송 끝나면 이 집 떠날 거야. 이 동네에서 살기 싫어."

"이제 왔는데 또 간다구? 어디루 가게?"

"이 동네에서는 벌써 소문나서 근무하기 힘들어. 사람들한테 쪽팔리고 눈치 보고 살고 싶지 않아. 전보 신청해서 어디라도 가려구."

"그렇구나. 너무 멀리 가진 마라. 그럼 자주 못 만나잖아."

# 천상 엄마

둘째를 가진 유진은 전보다 더 사생결단으로 뛰어다녔다. 대형마트 로비에서 지나치는 행인 하나라도 더 붙들고 카드 영업을 했고, 카드 영업사원을 하며 동시에 보험을 팔았다. 미나는 카드나 보험이 필요한 직장 동료나 선후배가 있으면 친구를 연결해 주었다. 미나가 근무하는 주민센터에 유진은 몇 번이나 영업하러 왔다. 그녀는 조그만 프라이드를 끌고 갈 수 있는 곳이라면 지방도 마다하지 않고 돌아다녔다.

그녀는 주말이나 공휴일 또는 연휴가 되면 전국에서 유명한 온천이나 스파를 방문했다. 신용카드를 개설하는 사람의 입장료를 대신 내면서 적극적으로 영업했다. 어떻게든 돈을 벌어야 한다는 열망이 작용했던 건지 그 무렵 그녀는 큰 보험 고객을 여러 명 물었다. 매출 규모가 큰 회사의 임직원들을 상대로 단체 보험을 설계하기도 했고, 고액의 생명 보험을 드는 고객도 있었다.

장사가 잘될 때면 유진은 버릇처럼 말했다.

"그게 다 내가 이름을 바꿔서야. 이름 바꾸니까 팔자가 풀리잖아."

유진이 다니는 교회 성도 중에서 그녀에게 보험을 들거나 카드를 개설하는 사람이 꽤 있었다. 나일론 신자였음에도 불구하고 그녀는 주일은 물론 수요일과 금요일에도 교회에 나갔다. 거기다 가정마다 돌아가면서 하는 구역예배에도 빠지지 않았다. 어디까지나 먹고살기 위해서였다.

말복 더위가 기승을 부리는 여름날이었다. 고객을 만나고 복귀하는 길에 유진은 길바닥에 쓰러진 야쿠르트 아줌마를 발견했다. 그녀는 얼른 차에서 뛰어내려 아줌마의 상태를 살폈다. 놀랍게도 아줌마는 그녀가 다니는 교회의 사모였다.

"아이구, 사모님 아니세요? 사모님, 여기 왜 이러구 계세요!"

더위에 탈진한 사모는 의식을 잃진 않았다. 사모를 일으켜 아스팔트 바닥에 앉힌 유진은 급한 대로 전동카트에서 야쿠르트를 꺼냈다. 야쿠르트 세 개를 연거푸 마시고 간신히 정신을 차린 사모는 유진에게 고맙다고 몇 번이나 인사했다.

"사모님, 오늘같이 더운 날엔 제발 돌아다니지 마시고 댁에서 쉬세요."

"아니에요. 괜찮아요. 고맙습니다. 성도님 덕분에 살았네요."

다시금 전동카트에 올라탄 사모의 뒷모습을 보면서 유진은 혼잣말을 중얼거렸다.

'왜 목사는 애를 셋씩이나 낳아서 마누라는 야쿠르트 배달부를 시키는 거야!'

유진은 배가 점점 불러 해산할 날이 다가오고 있었다. 웬일로 좀 오래 다닌다 싶던 유진의 남편은 결국 8개월 만에 원장과 싸우고 학원을 나왔다. 예외가 없었다. 그녀는 무거워진 몸으로 더 이상 돌아다닐 수 없어 집에 들어앉아 해산할 날을 기다렸다. 그냥 기다리는 게 아니라 자격증 시험 교재를 펼쳤다. 그즈음에 그녀는 보험 업무에 얼마간 자신감이 붙어있었다. 자격증을 취득해 전문적으로 영업을 하기로 마음먹고 있던 터였다. 배부른 몸으로 악착같이 공부한 그녀는 무려 한 달 반 만에 생명 보험과 손해 보험 설계사 자격증 두 개를 손에 쥐게 되었다. 만삭의 몸으로 시험장에 들어선 사람은 그녀 한 사람밖에 없었다.

가로수에 떨어진 단풍잎들이 바람에 이리저리 쓸려 다니던 날, 유진은 예쁜 딸을 낳았다. 첫 아이를 자연분만했던 것과 달리 둘째는 제왕절개를 했다. 진통 중 힘이 달린 유진이 먼저 의사에게 수술을 요청했다.

　가족들에게 둘러싸인 유진은 이 순간만큼은 생업의 무게를 내려놓고 천상 엄마로 돌아가 있었다.

유일한 재산

# 유일한 재산

　이혼소송과 상간녀를 상대로 한 손해배상 소송에서 모두 승소하는 데는 일 년 가까이 걸렸다. 어느새 해를 넘겨 여덟 살이 된 준호는 초등학교 입학을 앞두고 있었다. 변호사는 이혼을 원치 않는 피고와 실랑이를 벌이느라 시간이 좀 더 걸렸다고 했다.
　다행히도 미나는 두 명의 상간녀로부터 손해 배상금과 위자료 명목으로 합쳐서 오천오백만 원을 일시금으로 받아 냈다. 이제껏 겪은 정신적 고통에 비해 금액이 적다고 생각했다. 하지만 그녀는 여기서 멈추자고, 지옥 같았던 집에서 나오는 게 돈을 버는 길이라며 자신을 다독였다. 변호사는 피고가 상간녀 최씨를 상대로 제기한 소송에서 졌고, 상간녀는 무죄 판결을 받았다는 것도 알려 주었다.
　준호의 친권과 양육권은 미나가 가져오게 됐다. 판사는 피고가 수형자일지라도 미성년자인 아들에게 매월 삼십만 원의 양육비를 지급하라고 했다. 양육비는 당분간 치매 걸린 시모의 피한정후견인이 된 정원이 동생을 대신해 지급하겠다고 했다.

 소송 절차가 모두 끝나고 주민등록등본을 발급한 미나는 비로소 홀로서기가 무언지 실감할 수 있었다. 등본엔 미나와 아들 딱 둘만이 있었다. 이제부터 아들을 온전히 책임져야 한다는 무게가 그녀의 어깨를 내리눌렀다.

 준호는 초등학교에 들어갔다. 입학식이 진행되는 동안 멀찍이서 준호를 지켜보면서 미나는 눈물이 났다. 주위를 둘러보니 모두 엄마 아빠가 함께 온 집이 대부분이었다. 입학식이 끝나고 준호와 함께 중국집에서 자장면을 먹으면서 미나는 다시 한번 마음을 다잡았다. 앞에 앉은 아이가 유일한 재산이라고, 이 아이만 보며 살아야 한다고.
 준호를 입학시킨 미나는 앞만 보고 달렸다. 다른 지역으로 전보 신청을 하려면 몇 개월을 기다려야 했다. 한국 사회는 좁고도 좁았다. 그녀의 이혼 소식을 어떻게 알았는지 남자들은 하나둘씩 그녀에게 접근하려 들었다. 유부남이건 총각이건, 청사 내건 청사 밖의 사람이건 간에 틈만 나면 껄떡거리려 드는 남자들에 미나는 숨이 막혔다.

　몇 개월의 시간은 빠르게 흘렀다. 미나는 원했던 대로 다른 지역으로 전근을 가게 되었다. 다행히 유진이 사는 동네에서 그리 멀지 않은 지역이었다. 다른 도시로 간다고 해서 그녀를 따라다니는 구설수가 사라지지 않는다는 걸 모르지 않았다. 공직 사회뿐 아니라 한국의 조직 문화가 어디든지 마찬가지란 것도 잘 알았다. 다만 미나도 다른 사람들처럼 관례에 적응할 뿐이었다. 남자들은 무슨 사고를 치건 뭘 하건 그 자리에 그대로 있어도 여자들은 어딘가로 튀어야 하는 게 한국의 조직 문화였다.

　행정복지센터 산업개발팀에서 일하게 된 미나는 서둘러 새 보금자리를 구하고 아이를 전학시켰다. 새로 근무하게 된 주민센터는 D시 외곽에 자리한 읍면 지역이었다. 옛날 말로 읍사무소에서 근무하게 된 셈이었다. 주말마다 준호를 데리고 발달센터에 가야 하는 미나는 새 보금자리를 직장 근처가 아닌 시내 중심가에다 구했다.

　갑작스러운 아버지의 부재를 겪은 준호는 엄마에게 드러내고 말은 안 해도 속으론 불안해했다. 연이어 집을 이사하고, 학교에 입학한 지 얼마 지나지 않아 전학을 간 준호는 새 학교에 적응하는 걸 힘들어 했다. 어린이집이나 유치원에 다닐 때와 마찬가지로 여전히 친구를 사귀지 못했다.

미나는 준호를 데리고 집에서 가까운 발달센터로 데려갔다. 먼젓번 센터와 마찬가지로 원장은 처음부터 다시 준호와 아이 엄마의 심리 검사를 하게 했다. 준호는 먼저보다 불안 지수가 높게 나왔다. 미나의 검사 결과는 여전히 평행선을 달리고 있었다. 준호는 주말마다 심리 치료에 더불어 미술 치료도 함께 받았다. 미나는 치료비가 부담됐지만, 생각하지 않기로 했다. 그녀는 준호가 치료받는 시간마다 대기실에서 노트북을 폈다. 준호가 잠든 한밤중에도 글을 쓰고 준호가 TV를 볼 때도 그녀는 옆에서 글을 썼다. 복잡한 머릿속을 정리하기 위해 할 수 있는 게 그것밖에 없었다.

둘째를 낳은 유진은 산후조리원에서마저도 손해사정사 수험서를 놓지 않았다. 예전에 미나가 아이 낳고 산후조리원에서 공무원 수험서를 펼쳐 든 것과 마찬가지였다. 유진은 둘째를 낳은 지 두 달 만에 손해사정사 1차 시험에 합격했다. 집에서 공부만 할 수 없는 그녀는 아이 낳은 지 석 달도 안 된 몸으로 생업의 현장으로 나왔다.

마흔을 코앞에 둔 남편의 취업은 해가 갈수록 어려워지고 있었다. 그나마 이 학원 저 학원 옮겨 다닌 이력으로 면접에서 번번이 떨어지기 일쑤였다. 여섯 살짜리 아이와 한 살배기 아이 둘을 키우는 집에서 여자 혼자 벌어서 사는 건 만만치 않은 일이었다. 어쩌다 생활비를 던져 주는 시댁의 도움도 한계가 있었다. 첫 아이 때와 마찬가지로 그녀는 생후 몇 개월 안 된 아이를 어린이집에 맡기고 거리로 나왔다.

이미 신용카드 고객을 많이 확보한 유진은 카드 만든 지 일 년이 지난 고객을 찾아다니며 기존 카드를 해지하고 다른 카드로 바꾸기를 유도했다. 그녀에게서 두 번째로 카드를 개설하는 고객에게는 전보다 더 많은 현금을 주었다. 그녀로부터 현금을 받은 주부들은 일명 '카드테크'라면서 좋아라 했다.

그렇게 유진은 카드를 팔면서 동시에 보험을 팔았다. 그러다 이듬해에 그녀는 손해사정사 2차 시험에 합격해 당당히 자격증을 취득했다. 자격증을 손에 쥔 그녀는 여러 보험회사의 상품을 동시에 설계할 수 있는 독립법인 대리점에 취직했다.

번듯한 사무실에 출근하게 된 그녀는 자부심이 생겼다. 영업 스킬이 점점 늘었고, 사람들에게 붙임성 있게 다가가는 사교성도 덩달아 늘었다. 그녀는 보험을 하면서도 정수기 영업할 때처럼 블로그를 운영했다. 역시나 그녀는 한때 시와 수필을 쓰던 재능을 보험 상품을 팔기 위한 블로그에 쓰고 있었다.

대학 시절의 유진은 비교적 말이 없고 조용한 편이었다. 늘 아버지에게 얻어맞아 우울했던 집안 분위기 탓이었다. 아르바이트 장소를 바꿀 때마다 함께 일하며 만나던 남자친구를 갈아치우긴 했으나 그건 누군가에게 기대고자 하는 외로운 심리가 작용했을 뿐이었다. 학과에서 그녀는 다른 친구들과는 그리 깊은 교우관계를 갖지 못했다. 집안 환경이 비슷한 미나와 주로 어울려 다닐 만큼 사교성이 좋지는 않았다. 그랬던 아이가 먹고살기 위해 전혀 다른 성격으로 바뀌는 걸 지켜보면서 미나는 모성 본능이 사람 성격까지 바꾸어 놓을 수 있다는 걸 실감했다.

카드와 보험으로 먹고사는 유진은 하는 일의 특성 때문인지 동창이나 선후배들의 소식을 누구보다 훤히 잘 알고 있었다. 유진은 누가 어디에 취업했고, 언제 결혼하고, 돌잔치는 언제 하는 등의 소식을 비둘기처럼 동창들에게 전했다. 어느 날 미나에게 전화를 건 유진은 뜻밖의 소식을 알려 주었다.

"미나야, 동규 선배 얼마 전부터 혼자 살더라. 선배가 처음으로 나한테 암 보험을 들어서 이것저것 물어보게 됐는데. 같이 살던 여자랑 헤어졌나 봐. 생활고 때문으로 보이진 않아. 그 선배 요즘 책도 제법 팔리고 여기저기 강의도 다니던데.

성격이 안 맞았는지 어쨌는진 나도 모르겠어.

"그랬구나. 남녀 관계야 본인들만 알지 뭐."

"근데 그 선배 결혼한 줄 알았는데 사실혼 관계였네. 애를 안 낳아선지 혼인신고 안 하고 그냥 살았나 봐."

"그래? 요즘 동규 오빠 어떻게 지내니?"

"역사 소설인가 구상한다고 전국에 자료 수집하러 다닌다는데."

미나는 다시금 학창 시절 동규와의 추억을 떠올리며 감상에 젖었다.

# 지명수배범

 시간이 약이라고 미나의 마음속에 있던 상처도 아물어가고 있었다. 준호도 새로운 환경에 적응하는 편이었으나 여전히 친구는 사귀지 못했다. 학급에서 준호는 섬 같은 존재였다. 또래와 어울리지 못해 늘 혼자였다. 주말마다 받는 심리 치료가 눈에 띄게 효과를 보지도 못했다. 준호는 늘 엄마랑 둘이서만 놀았다.
 봄기운이 거리를 메우는 주말이었다. 치료가 끝나고 발달 센터를 나온 미나는 준호의 손을 잡고 가로수를 거닐었다. 그러다 경찰서 앞을 지나치게 됐다. 게시판에는 지명수배범 전단이 붙어 있었다. 지명수배범 전단에서 첫 번째로 올라와 있던 재훈은 어느새 다섯 번째로 밀려나 있었다. 용의자를 검거하지 못한 지명수배범이 일 년에 한 명 이상씩 생겨나는 셈이었다. 사 년이란 세월과 함께 그의 존재는 사람들의 기억 속에서 점차 희미해져 갔다. TV에서 뉴스로 재훈을 처음 접했던 건 사 년 전 미나가 소설가로 등단한 바로 그 해였다.

사람을, 그것도 함께 살던 동거녀를 죽이고 달아난 지 하루가 지났다는 아나운서의 목소리에 미나는 온몸을 사시나무 떨듯 부들부들 떨었다. 몇 년을 함께 살다가 무슨 이유로 그에게서 도망치던 동거녀는 새벽녘 어두운 뒷골목에서 흉기에 수십 방을 찔려 목숨을 잃었다고 했다. 어쩌면 십 년 전쯤 자신이 똑같이 당했을지도 모를 일인 게 선명히 그려진 미나는 오랫동안 제대로 된 잠을 이루지 못했다. 자다가 식은땀을 흘리며 악몽을 꾸기도 했고, 때론 꿈속에 그가 나타나 그녀를 괴롭히기도 했다.

동거녀를 흉기로 무참히 살해하고 달아난 그는 행방이 묘연했다. 고액의 현상금이 걸려도 잡히지 않았고, TV를 본 국민들은 한동안 불안해했다. 전국의 경찰들은 물론 군대까지 동원되어도 잡히지 않는 그의 뉴스를 실시간으로 접하면서 미나는 언젠가 그가 했던 말이 떠올라 간담이 서늘해졌다.

'난 범죄자들 잡히는 게 이해가 안 가. 경찰들 생각만큼 똑똑하지 않아. 은근히 단순하고 대가리들 나빠. 내가 만약 일 저지르고 튄다면 난 안 잡힐 자신 있어.'

재훈을 뉴스에서 접한 지 어느덧 사 년여의 시간이 흘렀으나 그는 여전히 잡히지 않았다. 그동안 미나는 한 번도 재훈을 잊어 본 적이 없었다.

사람들의 기억에서 점차 희미해져 갈 때쯤 '그것이 알고 싶다' 프로그램에서 재훈을 다루고 있었다. 밤에 잠이 오지 않아 우연히 TV를 틀었는데 재훈의 사건이 방영되었다. 미나는 또 한 번 가슴을 쓸어내렸다. 재훈은 같이 살던 동거녀를 상습적으로 폭행했다고 했다. 미나는 그와 함께였다면 매일 피멍이 들 만큼 얻어맞았을 모습을 머릿속으로 그려 보았다. 생각만으로도 끔찍했다. 그래도 준호 아빠와 살면서 얻어맞지는 않아 다행이라는 생각까지 들었다.

재훈이 동거녀를 찌르고 달아난 동네를 미나는 너무나 잘 알고 있었다. 그 동네는 미나가 학창 시절을 보냈던 바로 그 동네였다. TV에 나온 뒷골목의 전봇대는 스무 살의 그녀가 고깃집 일을 마치고 퇴근할 때 지나치던 곳이었다. 언젠가 외국인 노동자 서넛이 모여서 닷멧. 썬 오브 비치를 남발하던 바로 그 전봇대였다.

방송이 끝나고 미나는 신경 안정제를 꺼내 삼켰다. 심장이 벌렁거려 그냥은 자리에 누울 수가 없었다. 그녀는 또다시 한동안 제대로 잠을 이루지 못했다. 직장에서 근무 시간 중에도 문득문득 떠오르는 그에 대한 잔영이 지워지지 않아 애를 먹었다.

 방송의 효과는 생각보다 컸다. 한동안 사람들의 기억에서 잊히고 있던 재훈은 방송으로 인해 다시금 구설에 올랐다. 청사 내의 사람 몇몇은 어젯밤에 방영된 프로그램과 데이트 폭력에 관한 얘기를 했다. 점심시간에 사무실 구석에 모인 여직원들은 세상이 점점 험악해져 간다고, 무서워서 남자도 못 만나겠다고, 남자 잘못 만나면 인생 조진다며 수다를 떨었다. 미나는 여자들의 수다에 귀를 쫑긋 세우며 한껏 긴장했다. 그와 한때 몸을 섞고 사귄 사람이 바로 자신이란 걸 들키기라도 할까 봐 그녀는 조마조마했다. 맨정신으로 근무하기 힘든 미나는 하루에도 몇 번씩 신경 안정제를 삼켰다.

 인터넷 포털사이트에서 검색창에 그의 이름을 입력하면 사진과 함께 관련 게시글이 무수하게 올라왔다. 그와 닮은 사람을 봤다는 네티즌의 글만 해도 수십 개나 되었고, 성형이나 위장 등으로 변해 있을 예상 가능한 몽타주가 떠돌아다녔.

 '그것이 알고 싶다'에서 그의 사건이 방영된 지 얼마 지나지 않아 유튜브에선 그와 관련된 무수히 많은 동영상이 제작돼 올라왔다. 그가 살았는지, 죽었는지, 살았다면 어디에 숨어서 어떤 모습으로, 어떻게 살아갈지에 관한 무수한 추측을 다룬 영상들이 하루에도 몇 건씩 올라왔다. 유튜브에 올라온 영상을 들여다보면서 미나는 직감했다. 그가 어딘가에 반드시 살아있다는 것을. 그와 함께 한 시간이 그리 길지는 않았으나 그가 그리 쉽게 죽을 사람이 아니란 걸 미나는 잘 알고 있었다.

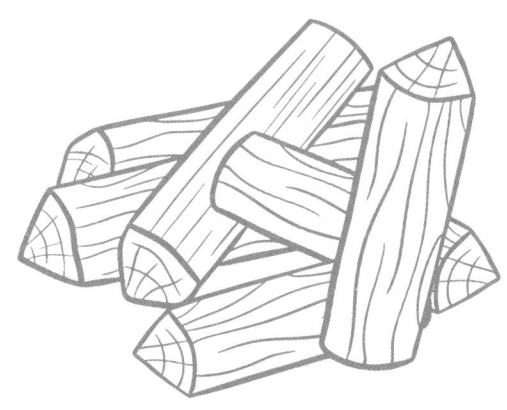

# blue sky

 조팝나무는 꽃을 활짝 피우고 이팝나무는 이제 막 싹을 틔우는, 완연한 봄기운이 스며든 날이었다. 뒷산의 아까시나무 향기가 마을 곳곳으로 퍼져나가고 있었다.
 출근 후 이메일을 열어 본 미나는 심장이 철렁 내려앉았다. blue sky라는 아이디로부터 온 이메일의 제목은 '잘 있었니?'였다. blue sky는 4년 넘게 잡히지 않는 지명수배범 재훈의 아이디였다. 심장이 쿵쾅거리기 시작한 미나는 모니터 화면을 내리고 커피를 타러 탕비실로 들어갔다. 카페인의 각성 효과에 기대야만 메일을 읽을 수 있을 듯해서다. 종이컵에다 믹스커피를 붓고 더운 정수기 물을 받아 커피가 들었던 비닐로 커피를 젓는 손끝이 파르르 떨린다. 커피 가루가 더운물에 용해되면서 그의 기억들이 한꺼번에 커피 위로 샘솟아 올라 용솟음친다. 눈앞으로 별빛이 지나면서 어지러워진 그녀는 한 손엔 커피를 들고, 다른 한 손으론 싱크대를 짚고선 채 잠시 눈을 감았다.
 자리에 돌아와 입속에 커피 한 모금을 머금고 blue sky로부터 온 메일을 클릭했다. 제발 황당무계한 소리가 씌어 있지 않기를 바라면서.

 소라야, 잘 있었니? 그동안 메일 주소를 없애 버리진 않았겠지? 결혼은 했니? 아마 했을 테지. 아이도 있니? 그게 가장 궁금하다. 난 아직 결혼을 못 했어. 빵에 몇 번 들락날락했더니 아무도 안 데려가네. 요즘엔 엄마가 동남아 여자라도 하나 구해 보라는데 난 생각 없어. 왜냐면 난 아직도 널 못 잊었거든. 내가 전에 너한테 그랬잖아. 한 십오 년 후에 나한테 메일이나 한 통 보내 달라고. 난 기다렸지. 근데 메일이 안 오더라고. 그래서 내가 이렇게 보내게 된 거야. 내 메일이 너의 삶을 방해하진 않았으면 해. 난 그저 문득 네가 생각났을 뿐이야. 언제 어디서나 행복하게 잘 살길 바래. 그리고 가끔은 내 생각도 해 줬으면 좋겠어. 이 하늘 아래 어디선가 널 생각하는 누군가가 있다는 걸 말야. 이 메일을 읽는다면 답장 하나만 해 주라. 난 그 이상은 바라지 않아. 행복하길 빈다. 그리고 한때 사랑했었다. 진심이야. 안녕.

종이컵의 커피를 비우고도 미나는 종이컵의 끝부분을 잘근잘근 씹어 댔다. 그녀는 무서웠다. 그와 헤어진 지 정확히 십오 년이 지났다. 정확히 십오 년 만에 그에게서 메일이 날아왔다. 그는 동거녀를 죽이고 달아난 지 사 년이 넘었다. 항간에 떠도는 소문에 살았네 죽었네 말이 많던 찰나에 그의 메일을 받았다. 그녀가 짐작했던 대로 그는 살아 있었다.

미나는 '난 아직도 널 못 잊었거든'이란 말에 시선을 고정한 채 이 자식 또라이 아닌가 하는 생각을 했다. 도저히 자리에 계속 앉아 있을 수 없는 그녀는 바람을 쐬러 휴게실로 나와 버렸다. 커다란 유리창에 담긴 봄날의 하늘은 한없이 맑고도 파랬다.

메일을 읽은 후로 미나는 심히 불안했다. 불안해서 밥도 제대로 삼키지 못해 국에 말아야 겨우 밥술을 뜰 지경이었다. 며칠 안으로 사이버수사대에서 추적하러 올 것 같아 그녀는 조마조마했다. 그러나 한참을 기다려도 그런 일은 일어나지 않았다.

근래에 TV와 유튜브에서 들쑤시는 바람에 국민적 관심이 다시 그에게 집중된 걸 따돌리기라도 하듯 그는 그녀에게 메일을 날렸다. 그녀는 다시 한번 전에 그가 했던 말이 생각났다.

'난 범죄자들 잡히는 게 이해가 안 가. 경찰들 생각만큼 똑똑하지 않아. 은근히 단순하고 대가리들 나빠. 내가 만약 일 저지르고 튄다면 난 안 잡힐 자신 있어.'

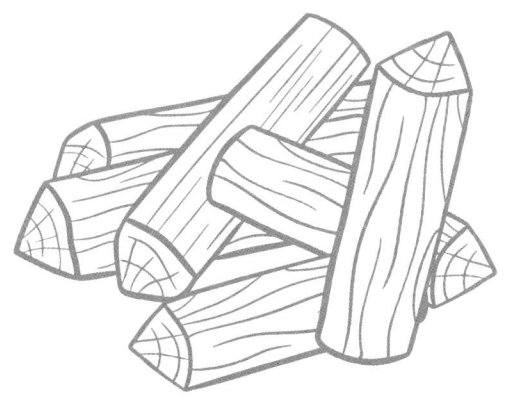

# 재회

 메일을 읽은 후로 미나는 재훈의 말이 하루에도 몇 번씩 환청처럼 그녀의 귓가를 어지럽혔다. '난 아직도 널 못 잊었거든.'이란 말이 온종일 그녀의 머릿속을 헤집을 때도 있었다. 그는 도대체 어디서 무얼 하며 살기에 버젓이 메일까지 보내는 걸까. 왜 잡히지 않는 걸까 생각하면서 그녀는 우리나라 경찰들의 무능함을 탓했다. 때론 점심시간에 청사 앞을 지나치는 경찰관들이 한심해 보이기도 했다. 하루는 경찰서에 찾아가 그가 보낸 메일을 들이밀까도 생각해 보았으나 이내 고개를 저었다.
 메일에 대한 충격에서 벗어나지 못하던 미나는 그에 대한 기억을 지우기 위해 일에 파묻히려 했다. 업무시간에 누구보다 열심히 일했고, 남들이 하지 않는 일까지 찾아서 솔선수범하기도 했다. 업무시간에는 주어진 일을 하고, 퇴근 후에는 준호를 돌보면서 틈틈이 글을 썼다. 중단편 소설집을 발간한 이후 그녀는 소설이라기보다는 논픽션에 가까운 장편 소설을 쓰고 있었다.

들판의 벼들이 바람 따라 황금빛 물결을 일으켰다. 그즈음 미나가 근무하는 산업개발팀에선 농지 불법 전용과 관계된 주민의 신고가 종종 들어와 민원 처리에 골머리를 앓고 있었다.

주말을 앞둔 금요일 늦은 오후, 미나는 민원 전화 한 통을 받았다. 백화리 고깃집에서 인접 농지에 폐골재를 깔려고 한다는 주민의 신고였다. 그 고깃집은 얼마 전에 농지 원상 복구를 명하는 1차 계고장을 날린 집이었다. 현장을 점검하기 위해 미나는 급하게 출장을 나갔다. 팀장은 사무실에 복귀하지 말고 유선상으로 점검 결과를 보고하고 바로 퇴근하라고 지시했다.

미나는 부리나케 현장으로 달려왔다. 15톤짜리 덤프트럭은 이미 식당 주변 토지에 폐골재를 한바탕 쏟아붓고는 큰 도로 쪽으로 머리를 돌리고 있었다. 식당 주인장을 만나는 게 의미 없다고 판단한 미나는 팀장에게 전화를 걸어 현장 상황을 보고했다.

재회

팀장은 월요일에 출근해서 2차 계고장을 날리고 추가로 불법 전용된 농지에다 또 다른 1차 계고장을 날리라는 업무 지시를 내렸다. 미나는 서둘러 차를 돌렸다. 금요일의 고속도로는 어느 구간이든 정체가 생기기 마련이기 때문이다.

미나의 차는 유턴해서 돌려가다 빨간색 신호등에 걸려 멈춰 섰고 조금 전 식당에서 나오던 덤프트럭이 바싹 붙어 따라왔다. 맨 우측 차선으로 달리다 고속도로를 타려는 그녀는 뒤차가 덤프트럭이 오든 레미콘이 오든 신경 쓰지 않고 레이디 가가의 Always Remember Us This Way (우리 이 모습을 항상 기억해)만 듣고 있다.

인근 공단의 2교대 근무가 끝나는 금요일 저녁 시간이어서인지 나들목으로 향하는 길은 아직 초저녁도 안 됐는데 금세 차들로 붐볐다. 상시 정체 구간으로 들어설 무렵 내비게이션의 직선은 주황색으로, 주황색에서 짙은 붉은색으로 점점 변해 갔다. 미나는 팝 음악의 볼륨을 높이는데 자동차 전면 유리창으로 빗방울이 하나둘 떨어지기 시작했다. 하늘은 점점 어둑어둑해졌다. 이제 막 노랗게 물들기 시작한 가로수의 은행잎이 가을비를 맞아 파르르거리며 이파리를 떨었다.

'젠장, 비가 오면 차가 더욱 막힐 텐데.'

그녀는 와이퍼가 까딱거리는 걸 바라보며 눈살을 찌푸렸

다.

 빗방울이 조금씩 더 굵어지는 사이에 그녀의 차는 어느덧 톨게이트를 빠져나왔다. 고속도로는 어디에선가 몰려든 차들로 꽉 차 있었고 그녀는 좀 달려가다 갈림길에서 시내 방향으로 빠져야 하기에 맨 오른쪽으로 차선을 옮기는데 그녀 차 뒤로는 여전히 덤프트럭이 따라왔다. 가고 서기를 반복하는 상시 정체 구간을 오갈 때마다 그녀는 습관적으로 스마트폰을 열고선 한 손엔 핸들을 잡고 다른 한 손으론 네이버의 정치면 기사를 스크롤하는 버릇이 생겼다.

 앞차가 아예 선 틈을 타 미나는 여느 때처럼 오른쪽 엄지손가락으로 스마트폰 화면을 아래위로 움직거렸다. 어느 야당 대표가 국회 앞에 천막을 치고 열흘째 단식투쟁 중이고, 어느 당 원내대표는 보궐 선거에 출마했고, 어느 당 대표 아들이 상습적으로 프로포폴을 투약하다가 걸렸고, 합계 출산율이 상반기보다 더 떨어져 올해 최저치를 기록했다고, 머지않아 국가 붕괴를 우려해야 할지도 모른다는 틀에 박힌 기사를 슬쩍슬쩍 엿보는데 갑자기 뒤에서 쾅 하는 굉음과 함께 철판이 빠그작 부서지는 소리가 났다. 동시에 그녀의 머리가 앞뒤로 몇 번 움직이더니 반동으로 운전석 헤드레스트에 쾅 하고 부딪혔다. 룸미러로 뒤쪽의 유리창을 보니 아까부터 뒤따

재회

라오던 덤프트럭이 그녀의 차를 들이받고선 비상등 깜빡이를 켜며 갓길로 트럭을 이동시키고 있었다.

미나도 갓길로 차를 움직이니 어딘가에 큰 소리로 전화하던 덤프트럭 운전기사가 달려와 그녀의 운전석 창문을 두드렸다. 그녀는 머리에 간 충격으로 어지럽지만 차 문을 열고 내렸다. 그녀와 덤프트럭 기사는 오십 센티미터의 간격으로 마주하고 섰다.

그 순간, 그들은 굵은 보슬비를 맞으며 선체로 얼어버렸다. 두 남녀는 정신 나간 사람처럼 할 말을 잃고 뚫어지게 쳐다보기만 했다. 교통체증에 시달리는 도로의 사람들은 창문을 내리고 두 사람을 동물원의 원숭이처럼 구경하며 지나갔다. 머리가 어질어질하고 눈앞으로는 뿌옇게 별이 보이는 그녀의 귓가로 저 사람들 뭐야? 왜 저래? 하는 소리가 웅성거리기도 했다. 덤프트럭 기사가 먼저 입을 열었다.

"소라야."

"……."

남자는 십오 년여만에 그녀의 이름을 불렀다. 그녀는 눈앞에 벌어진 상황을 받아들이기 힘들었다. 속이 매슥거리면서 다리가 후들거리기 시작했다.

"소라야, 다친 데는 없니?"

"머리가 아파. 속이 매슥거리고 어지러워."

그녀는 마치 십오 년 전의 그에게 하듯 자연스럽게 말했다. 그녀의 말이 끝나기가 무섭게 렉카와 앰뷸런스와 경찰차가 한꺼번에 사이렌을 울리며 달려왔다. 뒤 범퍼가 빠개진 그녀의 흰색 소나타는 렉카가 끌어갔고, 그녀는 앰뷸런스에 태워졌다. 그녀의 흰색 소나타 트렁크와 뒤 범퍼는 흉하게 찌그러졌으나, 놀랍게도 15톤짜리 덤프트럭 앞부분은 손상 하나 간 곳 없이 멀쩡했다. 도로엔 출동한 경찰과 남자만 남았다.

앰뷸런스 안에서 미나는 준호에게 전화했다.

"준호야, 엄마 좀 더 일하다 가야 하니까 먼저 저녁 먹고 있어."

"알았어, 엄마. 빨리 와."

미나는 준호가 걱정할까 봐 교통사고 얘길 하지 않고 일하다 늦는다고 둘러댔다. 이제 아홉 살밖에 안 된 준호는 일찍 철이 든 아이였다. 엄마가 야근해서 늦는 날에 준호는 스스로 밥을 차려 먹었다. 전기밥솥에 밥이 없으면 햇반을 전자레인지에 데워 먹을 만큼 조숙했다. 친구를 사귀지 못하는 걸 빼고는 모자란 데가 없었다.

미나는 앰뷸런스에서 내려 응급실 침대에 누웠다. 간호사 두 명이 달려들어 혈압과 산소포화도를 재고 수액이 달린 주

재회

샷바늘을 꽂더니 침대를 끌고 CT실로 데려갔다. CT 촬영 후 진료를 본 의사는 다행히 가벼운 뇌진탕 증상이라 약을 먹으면 된다고 입원할 필요까지는 없다고 해 그녀는 안도의 한숨을 내쉬었다. 준호를 돌볼 사람이 없는데 입원이라도 하면 여간 큰일이 아니기 때문이다.

미나는 한 방울씩 떨어지는 수액 주머니 세 개를 멍한 눈으로 응시하며 조금 전에 만난 남자를 계속해서 떠올렸다. 주머니가 주렁주렁 달린 남루한 노가다 복장을 하고 나타난 남자는 그녀의 첫사랑 정수였다. 정수를 본 순간부터 그녀의 심장은 소용돌이치고 있었다. 눈을 감은 채 그녀는 뛰는 맥박을 진정시키려 애썼다.

옛 기억을 되살리는데 누군가 다가오는 인기척에 미나는 눈을 떴다. 정수가 침대 옆에 서서 그녀를 내려다보고 있었다.

"소라야."

"……."

"많이 아프니?"

정수는 한쪽 벽에 세워 둔 접이식 의자를 끌어다 앉으며 물었다.

"아니. 의사가 괜찮다고 했어. 이 주사 맞고 약 먹으면 된다고 했어."

그녀는 고속도로에서와 마찬가지로 십오 년 전처럼 자연스럽게 말했다.

"미안해. 운전하면서 깜빡 졸았나 봐. 앞차가 선 줄 몰랐어."

"나도 미안해."

"뭐가?"

"그날 갑자기 사라져서."

"……."

정수는 그녀의 손가락에 아무것도 끼워져 있지 않은 걸 발견했다. 미나는 정수의 손가락에서 반짝이는 백금 반지를 발견했다. 정수가 물었다.

"저기, 결혼은 했니?"

"그, 그게. 전에 했었는데……."

"헤어졌구나."

"……."

정수는 마음이 착잡했다. 그녀가 안쓰러웠다. 그가 다시 물었다.

"아이는 있니?"

"응, 아들이 하나 있는데. 이제 아홉 살이야."

"그렇구나. 우리 딸은 여덟 살인데."

미나는 놀란 표정을 지었다. 정수는 창백한 얼굴로 수액을 맞는 그녀를 내려다보며 '이게 인연인가?' 하는 생각이 들었다. 그러면서도 아내 윤희와 딸 채린이의 얼굴이 눈앞을 스쳐 지나갔다. 순간 그는 진심으로 결혼하지 않았더라면 하고 생각했다.

"소라야. 주사 다 맞고 집에 데려다줄게."

"고마워. 근데 정수야, 나 몇 년 전에 이름 바꿨어."

"아, 그래? 뭘로?"

"미나. 김미나."

"아, 미나. 예쁘다. 외국 여자 이름 같아. 저기 미나야. 합의금은 어떻게 할까?"

"우리 사이에 무슨. 내가 돈 없는 사람도 아니고. 합의금은 안 받을게. 사고처리나 잘 해줘."

미나는 정수의 남루한 옷차림을 보고 합의금을 받지 않기로 했다.

"그래도 그게 아니지. 이 정도면 제법 큰 사고인데. 내가 노가다라 해도 보기보다 어렵게 살진 않아. 한 이백만 원 보내면 될까? 아이 키우는 데라도 보태서 써."

정수는 기어이 미나의 계좌번호를 물어 받아 적고는 그 자리에서 송금해 주었다. 주사를 다 맞고 처방전을 받는데 정수가 일일이 보호자처럼 신경 써 주었다. 정수가 인연으로 느껴지는 건 미나도 마찬가지였다. 인연일까? 아닐까? 헷갈리기까지 했다. 그녀는 정수의 손가락에 끼워진 반지를 보면서 간신히 헷갈리는 마음을 가라앉혔다.

정수가 부른 콜택시의 뒷좌석에 두 사람이 나란히 앉았다. 정수가 미나에게 명함을 내밀었다. 명함에는 커다란 덤프트럭 그림과 함께 건설 폐기물 수집 운반, 개별화물, 중장비 등의 글씨가 씌어 있었고, 서른다섯의 정수가 대표로 되어 있었다.

"개인사업 하는구나. 우리 또래가 이런 일 하기 쉽지 않을 텐데. 사업은 언제부터 하게 된 거야?"

"트럭 몬 지는 얼마 안 됐어. 대학 졸업하고 건설회사 취직해서 한동안 다녔는데, 사람들땜에 넘 스트레스받아서 때려치고 나왔어. 뭘 해 먹고 살까 고민하다 트럭이랑 굴삭기랑 지게차 자격증을 한꺼번에 땄지. 자격증 따서 내 사업 시작하는 데 매형이 많이 도와줬어. 넌 무슨 일을 하니?"

미나는 그에게 공무원 명함을 내밀었다.

"공무원 하면서 글을 쓰고 있어. 얼마 전에 소설가로 활동하면서 작품집도 냈어."

"이야! 미나야 너 성공했구나. 돈도 벌고 글도 쓰고 정말 잘

됐다. 넌 국문과 가는 게 꿈이었잖아."

"대학 못 갈 뻔했는데 어떻게 해서 국문과 나왔어."

"정말 잘했다. 네 책은 어디서 읽어 볼 수 있니?"

미나는 핸드폰에 저장된 책 표지 사진을 그에게 보여 주었다. 정수는 사진을 핸드폰 카메라로 캡처하면서 말했다.

"조만간 꼭 읽어 볼게. 정말 축하한다. 거기다 공무원이라니 출세했구나."

행정복지센터 산업개발팀 주무관이라고 쓰인 명함을 보면서 정수가 말했다.

"출세는 무슨. 공무원 나부랭이가."

"그래도 평생 다닐 수 있잖아. 공무원이면 아이 하나 키우기 어렵진 않겠다."

"응. 근데 정수야, 혹시 아까 백화리 고깃집 앞에 폐골재 쏟아붓고 가지 않았니?"

미나는 직업정신을 잃지 않고 그에게 물었다. 정수는 잠시 움찔했다.

"그럼, 네 차가 아까 그 고깃집에 잠깐 들렸던 하얀 차였구나. 웬 차가 와서 사람이 내리지도 않고 유리창만 슬쩍 내려보고 다시 나가나 했더니만."

"그 식당 마당에 폐골재 깔면 안 되는데."

"아, 그건 나도 알지. 그거 우리 누나랑 매형이 하는 식당이야. 미나야, 나 한 번만 봐주라. 누나가 남자 잘못 만나 고생하고 살다 이혼하고 지금 매형 만나서 요즘엔 좀 사람답게 사는데. 매형이 그나마 집에서 물려받은 게 있어서 식당이라도 차렸단 말야. 요새 손님이 좀 몰리는지 주차장이 부족해서."

"지금 시에서 불법 전용된 농지들 단속하고 있어. 내가 봐줄 수 있는 위치에 있는 사람도 아니고. 정상적인 절차를 밟고 주차장을 만들어야지."

"주차장 늘리려고 비용 들이기 힘들어서 그렇지. 식당이란 게 손님이 많을 때도 있고 없을 때도 있는데. 그건 그렇고, 미나야. 정말 오랜만에 만났는데 밥이라도 먹자. 내가 밥 살게. 뭐 먹고 싶은 거 있어?"

"집 앞에 갈비탕집 있어."

안 그래도 집에 가봐야 밥이 없는 건 물론이고 아픈 몸으로 혼자 식당에 갈 엄두도 안 나던 터였는데 그가 밥을 산다는 말에 그녀는 다행이라 생각했다.

갈비탕을 시켜 놓고 두 사람은 서로의 얼굴을 의미심장하게 바라보았다. 눈빛에서 알 수 없는 전기가 흘렀다. 정수가 컵에 물을 따르면서 말했다.

"미나야, 너 하나도 안 늙었다. 옛날이나 지금이나 얼굴이 그대로야."

"너도 그래. 근데 예전보다 얼굴이 더 탄 것 같아."

"나야 노가다라 그렇지."

"벌이는 괜찮니?"

"난 건설 현장을 많이 돌아다녀서 수입이 나쁘지 않아. 덤프트럭 3대 가지고 영업하는데. 기사도 둘이나 있고. 조만간 굴삭기도 들여놓을 참이야."

"열심히 하는구나. 잘됐으면 좋겠다."

뜨거운 갈비탕이 나왔다. 정수는 아픈 그녀를 위해 집게와 가위를 들고 갈빗대에 붙은 갈빗살을 일일이 뜯었고, 그런 그를 그녀는 물끄러미 바라보았다.

"됐다. 많이 먹어. 먹어야 놀란 속이 진정될 거야."

이번엔 그녀가 갈비탕 국물을 떠먹는 모습을 그가 물끄러미 바라보았다. 둘 사이엔 아까보다 좀 더 진하게 전기가 흘렀다. 정수가 물었다.

"저, 근데. 미나야. 혼자 산 지는 얼마나 됐어?"

"얼마 안 됐어."

미나는 힘없이 대답했다.

"많이 힘들었구나."

"이제 괜찮아. 조금씩 잊어가고 있어. 그래도 내 옆에 아들이 있어서 든든해."

"어쩌다 헤어졌는지 물어봐도 돼?"

"뭐, 살다 보니까."

미나는 대충 둘러대면서 갈비탕 국물만 떠먹었다.

"말하고 싶지 않구나. 말하지 않아도 돼. 미나야, 우리 밥 먹구 차 한잔하고 갈까? 오랜만에 만났는데."

그는 마치 오랜 우정을 가진 친구를 대하듯 그녀에게 말했다.

갈비탕집 근처의 이디야 카페에서 허브티 한 잔씩을 앞에 두고 앉은 그들 사이에는 또 아까와 같은 뜨뜻미지근한 기류가 흘렀다. 정수가 물었다.

"미나야, 그때 너 왜 그랬니?"

"……."

"갑자기 네가 사라져서 한동안 난 많이 힘들었다. 정말 힘들었어."

"……"

"미나야, 너 그때 어디로 간 거니?"

그의 질문에 답을 할 수가 없어 그녀는 말없이 차만 마셨다. 창밖으로는 금요일을 즐기는 젊은이들이 웃으면서 거리를 활보하고 있었다. 그녀가 나직이 말했다.

"다 지나간 일이니까."

"그래. 지나간 일이야. 이렇게 널 다시 만나다니……."

그녀의 얼굴을 찬찬히 바라보는 그의 심장이 빠르게 뛰고 있었다.

"미나야, 옛날 생각도 나고 그러는데……. 우리 가끔 만나서 이렇게 밥도 먹고 차도 마시고 그러면 안 될까?"

뜨거운 찻잔을 만지작거리던 그는 그만 속마음을 불쑥 말해 버렸다.

"나도 그러고 싶은데 아들래미 땜에 시간 내기가 힘들어. 지금도 집에 혼자 있어."

"그렇구나. 저 혹시. 만나는 사람은 있니?"

"아직은 없어. 애 아빠랑 정리된 지 얼마 안 됐기도 하구. 언젠간 생기겠지. 지금은 우리 아들 돌보는 게 중요하다고 생각해. 그래도 네가 이렇게 가정도 꾸리고 사업도 하고 있어서 너무 좋아 보인다."

"고마워."

"정수야, 그나저나 고깃집 문제나 어떻게 좀 해봐. 나 월요일에 출근해서 그 집에 2차 계고장 날려야 해."

"네가 윗사람들한테 얘기 좀 잘해 주면 안 될까? 우리 매형이 덤프트럭 살 때 돈도 보태 줬단 말야. 덤프트럭 3대 장만

하기가 쉬운 일이 아냐. 나도 매형 도와줘야 하고. 누나가 그동안 고생 많이 했는데 요즘 장사 잘된다고 얼마나 좋아하는데."

"내가 말한다고 될 일이 아니야. 정수야, 나 오늘은 들어가서 쉬어야겠어."

"그래. 사고 접수해 놨으니까 혹시 내일 아침에 아프면 교통사고 후유증 치료받으러 한의원에 꼭 가. 계속 아프면 다음 주에 출근하지 말고 치료받구. 알았지?"

"응, 그럴게. 고마워."

카페를 나온 정수는 미나를 그녀가 사는 집까지 데려다주었다. 그는 그녀와 함께 걷는 이 시간이 꿈만 같았다. 그러나 그녀의 옆모습은 어딘지 모르게 단호해 보였다. 어느덧 그들은 그녀가 사는 4층짜리 살구색 빌라 앞에 도착했다.

"난 여기 살아."

"그렇구나. 내가 도울 일 있으면 언제든지 연락해."

"알겠어. 잘 가. 오늘 정말 반가웠어."

헤어지면서 둘은 서로를 애잔하게 바라보았다. 미나는 이상하게 정수의 얼굴 위로 재훈의 얼굴이 오버랩되었다. 그리고 재훈이 바닷가에서 피우던 장작불이 떠올랐다. 잘 타지 않고 매캐한 연기만 피어오르던 장작불.

평소보다 더욱 차가 막히는 월요일, 미나는 아침 일찍 서둘러 보험회사에서 보내 준 렌터카를 끌고 집을 나섰다. 평소에 안 몰던 차를 운전하면 익숙하지 않기 때문이다. 아무리 일찍 나왔다 해도 월요일 아침의 상시 정체 구간은 언제나 막히게 마련이다. 고속도로 한복판에서 가고 서기를 반복하는데 전화벨이 울렸다. 직속상관인 팀장이 오늘 새벽에 부친상을 당했다는 부고 전화였다.

사무실에 출근해서 업무가 개시되자마자 민원 전화가 걸려 왔다. 남방면에 불법으로 설치된 농막을 철거해 달라는 주민의 신고였다. 불법 농막은 농지 전용 문제보다 더욱 심각한 문제였다. 한동안 그녀는 불법 농막 단속 관련 업무에만 몰두하고 불법 농지 전용 관련 사안에는 손대지 않았다.

부친상을 치르고 복귀한 팀장의 기억에서도 백화리 고깃집은 희미해졌다. 그 사이 고깃집은 맛집으로 소문나서 손님이 늘었다. 미나는 고깃집 앞을 지나다 불법 주차장에 꽉 찬 차량을 보고 눈을 질끈 감아 버렸다.

## 사형 선고

 퇴근 후 저녁상을 물린 미나는 준호와 함께 보드게임을 했다. 보드게임이 사회성 발달에 도움이 된다고 해서 미나는 매일 저녁 보드게임으로 준호와 시간을 보냈다. TV에서는 아홉 시 뉴스가 방영되고 있었다. 미나가 카드를 뒤집으려는데 화면에서 건장한 남자 세 명이 경찰관에게 양팔을 잡힌 채 고개를 숙이고 있었다. 범죄인들은 국내에 필로폰을 유통하던 마약사범이라고 했다. 한국 사회에 마약이 빠르게 퍼지고 있다는 걸 실감하던 찰나, 카드를 뒤집다 말고 미나는 TV 화면에 시선을 빼앗겼다. 셋 중 가운데 잿빛 티셔츠를 입고 검은 뿔테 안경을 쓴 남자의 인상이 낯설지 않았기 때문이다. 마스크를 썼다고 해도 그 사람에게서 풍기는 이미지란 게 있는 법이었다.

 "엄마, 카드 뒤집어야지."

미나는 준호의 말이 들리지 않았다. 그녀는 TV에 시선을 고정한 채 떨고 있었다. 헤어진 지 십육 년 만에 재훈의 얼굴을 본 미나는 착잡했다. 모자를 쓰지 않은 그의 머리 모양은 예전 그대로였고, 검은 뿔테 안경 속에 비친 날카로운 눈매도 여전했다. 고개를 숙이고 있어도 변하지 않은 그의 눈매를 확인할 수 있었다.

"준호야, 엄마 피곤해서 그래. 오늘은 게임 그만하자."

"에이, 더 하고 싶은데."

그가 검거된 곳은 전남 여수의 한 반지하 빌라였다. 방바닥에는 무더기로 발견된 주삿바늘과 현금다발이 있었다. 그리고 방 한쪽에 놓인 밥상엔 노트북이 놓여 있었다.

'아, 저 노트북으로 나한테 메일을 보낸 거였구나.'

미나는 그가 검거된 반지하 방을 보면서 가슴을 쓸었다. 마약사범 일당이 검거되는 데 결정적인 역할을 한 사람은 하멜 등대가 보이는 여수 앞바다에서 바다낚시를 하던 낚시꾼이었다. 방파제에서 낚싯대를 드리우고 있던 그는 물고기 대신 검은 봉다리를 낚았다. 봉지 안에는 수십 개의 주사기가 들어 있었다. 이를 수상하게 여긴 낚시꾼은 근처를 순찰하던 해경에게 검은 봉지를 전달했다. 마약 유통망을 역추적하기 시작한 해경들은 시민의 신고를 받은 지 사흘 만에 여수 외곽의 한 다세대 주택 지하 방에서 일당을 검거하는 데에 성공했다. 그중 한 명이 몇 해 전에 동거녀를 죽이고 도주한 지명수배범 재훈이었다.

재판에 넘겨진 재훈은 살인을 저지르고 몇 년간 도주한 점, 도주 기간에 필로폰을 유통 판매한 죄목이 더해져서 최종적으로 사형을 선고받았다. 사형수가 된 그는 곧 부산구치소의 독방에 수감됐다.

한동안 잠잠했던 공황장애가 다시 도진 미나는 약에 의지하지 않고는 견딜 수 없게 됐다. 출퇴근길 운전 중에도, 어쩌다 버스를 타도 좌석 위로 몸이 공중에 붕 뜬 것처럼 제정신이 아니기도 했다. 한때 몸을 섞고 산 남자 둘이나 교도소에 수감됐다고 생각하니 스스로 죄인이라 느껴졌다. 한 명은 사람을 죽이고 마약을 팔아서 부산구치소에 있었고, 또 한 명은 노름으로 은행 돈을 수십억이나 횡령해서 의정부교도소에 있었다. 미나는 스스로 팔자가 센 여자라며 신세를 한탄했다.

# 북콘서트

 미나가 틈틈이 써오던 장편 소설을 탈고한 건 고속도로 길가에 개나리와 조팝나무꽃이 한데 어우러져 피어나던 봄날이었다. 봄이라 해도 아침저녁으론 아직 바람이 찼다.
 미나의 두 번째 저서는 뜻밖에 많은 부수가 팔렸다. 많은 여성이 그녀의 책을 읽고 공감하면서 눈물지었다. 일부 독자들은 그녀의 이메일 주소를 알아내어 편지를 보내기도 했다. 어떤 여성들은 자신의 삶을 두서없이 적어 와선 내 얘기를 좀 써달라고 하기도 했다. 그러던 중 미나는 지역의 문화재단 후원으로 북콘서트를 열어 달라는 제의를 받았다. 자신을 알릴 좋은 기회였기에 그녀는 거절하지 않았다. 어차피 작가로 살기로 한 이상 사람들 앞에 나서는 걸 두려워할 순 없는 일이었다.
 시립도서관 강당에 마련된 북 콘서트장에 참석한 백 명의 독자들은 대부분 미나와 비슷하거나 그보다 많은 연령대의 여성들이었고 남성은 몇 명 되지 않았다.

초대석을 둘러보던 미나는 흠칫하고 놀랐다. 뒷자리에 앉은 정 회장과 눈이 마주친 순간 당황했지만, 이내 침착했다. 가장 노릇을 하고 살면서 몸에 밴 직업정신은 어떤 순간에도 일이 먼저라는 의식이 그녀를 지배했기 때문이다.

독자들과 소통하면서 얻은 결론은 사회가 많이 좋아졌다고는 해도 여전히 구습에 얽매여 꿈을 제대로 펴지 못하는 여성이 많다는 것이었다. 남존여비와 남녀 차별로 멍들어가는 여성들은 사회 구석구석에 여전히 존재했다. 계부모는 물론이고 친부모에게 학대받는 아이가 먼 60년대나 70년대의 이야기만이 아니었다. 그런 일은 90년대에도 2000년대에도 그 이후에도 언제 어디서나 벌어지는 일이며, 지금도 어디에선가 일어나고 있을 법한 일이었다.

우리 시대에 필요한 여성상이 무엇인가에 대해, 사회적 약자를 배려하고 그들을 보호하기 위해 이 시대의 여성들은 어떤 역할을 해야 하는 가와 관련해 미나는 독자들과 진솔한 이야기를 나눴다.

행사의 맨 마지막 순서인 사인회 시간에 정 회장이 다가왔다.

"축하해요. 책 잘 읽었습니다. 정말 감동했어요."

"감사합니다."

회장은 행사장에 끝까지 남아 있다가 사람들이 다 빠져나갈 때쯤 다시 다가왔다.

"잘했다! 잘 살아줘서 고맙다. 그동안 고생 많이 했구나."

"아니요, 뭘."

"그래, 애는 잘 크니? 몇 살이지?"

"열 살이요. 이제 3학년이에요."

"그래 잘했다. 여자한텐 자식이 제일이야. 건강하게 잘 살아라."

행사가 끝나고 그녀는 알게 됐다. 그가 후원금을 오백만 원이나 쾌척하고 간 것을. 돈의 액수에 그녀는 이상하게 눈시울이 붉어지면서 마음이 뭉클해졌다.

후원금 기부 명단을 보면서 그녀는 남편이 구속된 지 얼마 안 돼 힘든 날을 보내던 어느 날 저녁을 기억했다. 그게 그와 마지막으로 만나던 날이었다.

집무실에 딸린 그의 방에선 창밖으로 코엑스와 육삼빌딩이 훤히 내다보였다.

"자기야, 우리 살림 차릴까? 내 애 하나만 낳아서 키워."

한동안 방 안에 침묵이 흘렀다. 그가 다시 말했다.

"사랑한다. 이런 것도 사랑이야. 꼭 살림 차리고 애 낳고 사는 것만이 사랑이 아냐. 이렇게 사는 것도 괜찮아."

그 후로 미나는 사는 게 바쁘기도 하고, 더 만나는 게 무슨 의미가 있나 싶어 회장의 연락을 피했다. 그러면서도 가끔은 그의 세컨드가 되지 못한 걸 후회했다.

생각해 보면 그의 말이 틀린 건 없었다. 친정 없거나 시원찮으면 시댁에서 평생 무시당한다는 것도, 남자 잘못 만나면 팔자 세진다는 것도, 그렇게 살 바에야 세컨드로 자유롭게 살라는 것도 모두 옳은 얘기였을뿐더러, 진심으로 그녀를 생각해서 해준 말이기도 했다. 미나는 비록 결혼이란 제도로 엮일 순 없지만 그런 식으로라도 자신을 책임지려 한 그가 사무치게 고마웠다.

# 면회 가다

 연말이 다가오고 있었다. 바람이 몹시도 세차게 불어 대면서 한파가 맹위를 떨치던 날, 미나는 그만 지독한 감기에 걸리고 말았다. 다른 사람에게 바이러스를 전파하지 않기 위해 마스크를 쓴 그녀는 어깨를 잔뜩 움츠리고 동네 병원을 찾았다. 병원에는 이미 감기 환자들로 꽉 차 있었고 대기 순번이 길었다. 대기석에 앉은 그녀는 벽걸이 TV에서 방영되는 뉴스를 바라보았다.
 아나운서는 법무부 장관의 결정으로 전국의 구치소에 수감된 사형수들을 의왕시에 있는 서울구치소로 이관하여 수용하게 됐다는 기사를 전하고 있었다. 법조계 전문가들은 사형수들을 서울로 모으게 된 건 사형집행 시설이 설치된 교정 시설 중 실질적으로 사용이 가능한 곳이 서울구치소이기 때문이라고 입을 모았다. 전국적으로 흉악범이 늘고 있는 가운데 대통령의 공약대로 사형집행 부활이라는 포석을 깔고 행해지는 조치라는 게 전문가들의 유력한 견해였다.

감기 기운으로 정신이 혼미한 가운데 미나의 가슴은 소용돌이치기 시작했다. 기사의 내용대로라면 언젠가 머지않아 재훈의 사형이 집행될 수도 있는 문제였다. 그녀의 가슴속에선 뜨겁게 연기가 피어올랐다.

언젠가 송악면 밤바다에서 피웠던 장작불이 그녀의 가슴속에서 타오르고 있었다. 까만 재와 매캐한 연기만 퍼지던 장작불.

진료를 본 의사는 B형 독감이라고 했다. 독감에 걸린 미나는 직장에 일주일간 병가를 냈다. 전염의 위험보다 그녀는 최근 잦은 야근에 더불어 악성 민원인에게 시달려서 체력이 바닥난 상태였다. 오랜만에 쉬게 된 그녀는 바깥 세계의 동향을 주시했다.

사형수들의 서울 이송은 생각보다 빨리 진행되었다. 법무부 장관이 이송을 지시한 지 사흘 만에 전국의 사형수들은 서울구치소에 수감 됐고, 교도소 주변으로는 삼엄한 경비가 이루어지고 있었다. 독한 약 기운에 취해 있으면서도 미나는 온종일 재훈을 생각했다. 동정인지, 아니면 조금이나마 남아 있던 애정인지는 본인도 모를 일이었다.

면회 가다

 독감에서 겨우 회복된 미나는 직장의 업무를 보면서도 계속해서 재훈을 떠올렸다. 이상하게 그가 곧 죽을 것만 같은 느낌이 자꾸 들었다. 죽기 전이라면 한 번이라도 그를 만나야 할 것만 같았다. 그런 생각을 하고 있자니 그녀는 정서 불안증 환자처럼 가만히 있질 못하고 펜대를 이리저리 돌려댔다. 부산이라면 멀어서라도 못 가겠지만 재훈이 가까이 와 있다면 더욱 그를 봐야겠다는 생각이 들어 안절부절못했다.
 며칠 망설이던 그녀는 결국 법무부 온라인 민원 사이트에 접속했다. 떨리는 손으로 재훈의 면회를 신청하면서 이상하게 그녀는 마음이 편안해지는 걸 느꼈다.
 면회 날인 12월 말일에 맞추어 미나는 휴가를 냈다. 그와 헤어지던 날이 정확히 십칠 년 전의 12월 말일이었다. 아이 아빠 면회는 한 번도 가지 않았으면서 옛 애인의 면회 갈 채비를 서둘렀다. 서울로 나가는 고속도로에 올라타면서 그녀는 항간에 떠도는 말인 '이루어지지 않은 사랑은 모두 아름답다.'라는 말을 곱씹었다.

 유리벽 안의 재훈은 초췌하긴 해도 십칠 년 전의 얼굴을 그대로 간직하고 있었다. 미나를 본 재훈은 눈물을 글썽였다. 사형수라기엔 그의 눈빛이 너무도 청초해 보였다.

"소라야."

미나의 눈에도 눈물이 고였다. 그녀는 어떻게 말문을 열어야 할지 모르다가 더듬거리면서도 또박또박 말하기 시작했다.

"하 한 번은, 한 번은 보고 싶어서 왔어. 아니, 봐야 할 것 같아서."

"나도 네가 보고 싶었어. 살면서 널 한 번도 잊어본 적이 없어. 진심이야."

그의 어투는 차분하고 진지했다. 그가 다시 말했다.

"소라야, 날 용서해 줘. 내가 옛날에 널 힘들게 한 것도, 내가 너네 집에 전화해서 널 곤란하게 만든 것도 다 내 드런 성질 때문이야. 이해해 줘. 흑흑."

그는 울음을 터뜨렸다. 그가 우는 모습이 미나는 안쓰러웠다.

"난 지금 아무 감정도 없어. 용서고 뭐고 할 게 뭐가 있겠어. 다 지나간 일인데."

"소라야, 결혼은 했니?"

"응, 아들도 있어. 열 살이야."

그녀는 남편과 헤어진 얘기는 하지 않았다.

"그렇구나. 이렇게 와줘서 정말 고마워. 난 널 힘들게 한 것

밖에 없는데. 미안해."

미나는 가지고 온 저서 두 권을 보여 주었다.

"이거, 내가 쓴 책이야. 이걸 선물하고 싶었어."

"작가 선생님이 됐구나. 넌 늘 문학소녀를 꿈꾸었지. 진짜 꿈을 이뤘구나. 축하해."

눈물이 미나의 볼을 타고 흘러내렸다. 면회 시간 십 분이 어느새 다 되어 교도관이 그를 데리러 왔다. 재훈은 그녀에게서 눈을 떼지 못했다.

"잘 가. 소라야. 건강하게 잘 지내. 꼭 행복해라."

미나는 교도관에게 가지고 온 선물을 그에게 전달해 달라고 했다. 민원실에 들러 얼마간의 영치금도 넣고 나왔다. 접견실을 나와서 주차장으로 걸어가는 길에도 그녀는 눈물이 멈추지 않았다. 괜스레 옛날에 고생하고 살던 때가 한꺼번에 떠올라 괴로웠다. 그러면서도 한편으로는 마음의 숙제를 한 것 같아 홀가분했다.

이제는 진짜 제대로 그를 잊을 수 있을 듯했다. 주차장 옆 화단의 빈 나뭇가지에 앉아 있던 까만 겨울새 한 마리가 푸드덕거리며 하늘 높이 날아올랐다. 미나는 겨울새가 보이지 않을 때까지 푸른 하늘을 올려다보았다.

## 어제, 오늘, 그리고

 재훈을 만나고 온 미나는 죄수복을 입은 그의 이미지를 지우기 위해서라도 일상에 박차를 가했다. 새해가 밝자마자 새로운 작품에 착수한 미나는 한동안 일에만 몰두했다.
 따뜻한 봄기운이 코끝을 간질일 무렵, 그녀는 북콘서트 후 일 년 만에 세 번째 책인 단편 소설집 출간을 앞두고 있었다. 그동안 여기저기 발표한 작품을 모아서 엮은 책이었다. 독자들과 소통하기 위해 오랜만에 페이스북에 접속한 그녀는 온몸이 떨려왔다. 정 회장의 계정으로 올라온 게시글은 그가 아닌 그의 아내가 올린 글이었다.
 '정순재씨는 이제 고인이 되었습니다. 급성 췌장암으로 투병한 지 3개월 만인 지난 3월 2일에 작고했습니다. 아마 지금쯤 하늘에서 손자가 보고 싶을 거예요.'
 사진 속 납골당 유골함에는 '故정순재'라는 글자가 큼지막하게 쓰여 있었다. 유골함 주변으로는 생전 그가 아끼던 물건과 가족사진들이 놓여 있었다. 눈물이 앞을 가리던 미나는 양평 추모 공원으로 향하는 광역버스에 올랐다. 봄비가 내려 정체가 있기도 했지만 슬픈 감정을 누르고 운전할 자신도 없는 그녀는 버스를 탔다.

　라디오에선 오래된 노래인 뱅크의 '가질 수 없는 너'가 흘러나오고 있었다. '가질 수 없는 너'는 스무 살 적 미나가 재훈과 함께 당진에서 상경할 때 차 안에서 듣던 노래였다. 비가 와서 김이 서린 유리창에는 이따금 회장이 나타나기도 하고, 회장의 얼굴 위로 재훈의 얼굴이 오버랩되기도 해서 미나는 괴로웠다.

　그의 유골함 앞에서 그녀는 흐르는 눈물을 주체하지 못했다. 비록 남들 앞에 나설 수 없는 어둠 속의 만남이었지만 그녀는 그와 함께 한 순간순간의 기억을 추억했다. 때때로 그는 부모도 남편도 친구도 해 주지 않은 인생의 조언이 될 만한 말들을 툭툭 던지곤 했다.

　그가 해 준 말들이 살아가면서 삶의 지혜가 되기도 했다. 생각해 보면 은연중에 정 회장이 그녀의 정신적인 지주 역할을 하기도 했다는 걸 부인할 순 없었다. 그녀에게 회장은 때론 남편이기도 했고 부모이기도 했다.

납골당 밖으로 나온 미나는 정원이 잘 가꾸어진 추모원 경내를 천천히 거닐었다. 비 개인 오후, 간간이 불어오는 봄바람에 그녀는 옷깃을 여미었다. 그에 대한 이런저런 상념에 젖어 돌아다니던 미나는 다리가 아파 화단 옆 벤치에 잠시 앉았다.

화단에는 자주색과 연분홍색 진달래꽃이 한데 어우러져 흐드러지게 피었다. 한동안 진달래꽃을 바라보는데 어디선가 호랑나비 한 마리가 미나에게 다가왔다. 흰 바탕에 검은 줄무늬가 화려한 호랑나비는 그녀의 바바리코트 주변을 맴돌다가 이내 연분홍 꽃잎에 얼굴을 파묻고 꽃술을 빨기 시작했다. 순간을 놓칠세라 그녀는 핸드폰 카메라 셔터를 눌렀다. 나비는 다리를 꽃잎에 걸쳐두고 날개를 쉼 없이 팔랑거리며 조금씩 조금씩 꽃 속으로 파고들었다. 미나는 나비가 꿀을 빨고 다시 날아오를 때까지 나비에게서 시선을 거두지 않았다. 꼭 회장이 그렇게 나비가 되어 날아온 것만 같았다.

집으로 돌아오는 버스 안에서 미나는 좌석에 머리를 기댄 채 초점 잃은 눈동자로 유리창 밖을 내다보았다. 라디오에선 어느 원로 가수의 노래가 흘러나왔다.

'어제 우리가 찾은 것은 무엇인가. 잃은 것은 무엇인가. 버린 것은 무엇인가. 오늘 우리가 찾은 것은 무엇인가. 잃은 것

은 무엇인가. 남은 것은 무엇인가.'

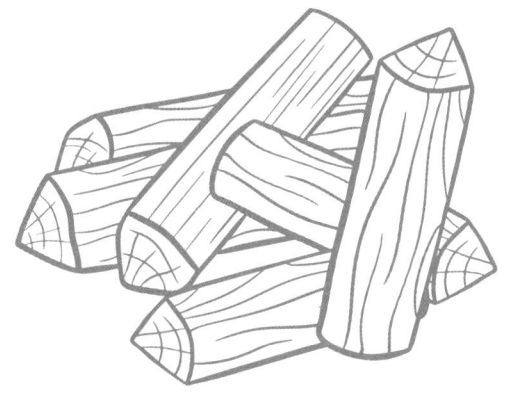

# 친구의 쓰리잡

지구온난화 때문인지 해가 갈수록 봄은 스치듯 지나가 버리고 이내 여름이 되었다. 5월 중순인데도 삼십 도에 육박할 만큼 더운 날도 있었다. 언제나 그렇듯 토요일이면 미나는 준호를 데리고 발달 센터를 찾았다. 그동안 꾸준히 해 온 미술 치료가 효과가 있었던지 담임 교사는 준호가 요즘엔 곧잘 친구에게 먼저 다가가려 한다는 얘길 전해 주었다. 미나는 안 먹고 안 써서 아이 치료에 들인 돈이 아깝지 않다고 생각했다.

치료가 끝날 시간에 맞추어 유진이 이제 네 살 된 둘째 딸 은경이를 데리고 미나를 찾아왔다. 은경이는 커갈수록 엄마의 얼굴을 쏙 빼닮아 가고 있었다.

"어머, 은경이 많이 컸네! 유진아, 얘 어쩜 이렇게 너랑 똑같이 생길 수가 있니?"

"하하하. 그래서 내가 맨날 얘 데리고 다니잖아."

"야. 너 둘째 낳길 진짜 잘했다. 이렇게 붕어빵이 나올 줄은 너도 몰랐잖니?"

"그러게 말야."

옛날부터 엄마들은 미운 남편을 닮은 자식보단 자신을 빼닮은 자녀에게 애정을 좀 더 쏟는 무언의 법칙이 있었다. 유진도 예외는 아니었다.

파스타와 피자를 시켜 놓고 유진은 두꺼운 카탈로그를 미나에게 내밀었다. \*\*회사의 다단계 상품 판매 책자였다. 카탈로그 안에는 여자들이 좋아하는 화장품부터 세제류와 같은 생필품, 영양제, 심지어 반찬거리까지 다양한 상품들이 있었다. 유진이 말했다.

"부업으로 한번 해 보려구. 얘네가 수익 구조가 괜찮더라. 판매자에게 돈을 벌어다 주는 구조야. 우리 사무실에 최언니라고 있는데. 그 언니가 보험 하면서 이걸 하는 거야. 그래서 나도 같이 좀 하자고 했지."

"안 그래도 네 카톡 화면에 이런 물건들이 올라와서 뭔가 했네. 만나면 물어보려고 했지. 또 뭘 새로 시작했냐고."

"너도 알겠지만, 카드랑 보험 하는 여자가 어디 한둘이냐. 맨날 사람들한테 카드 해 달라 보험 하나 들어 달라 구걸하는 것도 힘들고, 거절당하는 것도 힘들어. 이제 사람들이 필요로

하는 걸 좀 해 보려구. 그렇다고 카드랑 보험을 그만두는 건 아니야."

"그럼 쓰리잡이야? 투잡도 아니고 쓰리잡을 어떻게 하니. 정말 대단하다."

그렇게 말하면서도 미나는 그 자리에서 비타민과 영양제를 한 통씩 주문했다.

"미나야. 너밖에 없다. 너만큼 아무 소리 안 하고 도와주는 친구도 없어."

"그런 소리 마. 다 먹고살자고 하는 짓인데. 남편은 여전하니?"

"응, 요즘엔 아예 취직할 생각도 안 하구 방 안에서 빈둥거리네. 내가 보기엔 남자들 사십 대부터 온다는 그놈의 무기력증이 온 것 같아. 암만 잔소리해도 들은 체 만 체 방구석에서 나오질 않아."

"네가 이렇게 사방팔방으로 열심히 뛰어다니니까 더 그런 거 아냐?"

"난 포기했어. 야, 그나저나 동규 선배 이번에 신간 나왔더라. 너도 아니?"

"응, 얘기 들었는데 아직 읽어보진 못했어. 근데 반응이 괜찮다고 하더라."

"그러게. 그 선배 그래도 내는 책마다 잘 돼서 정말 다행이야."

구한말부터 일제 강점기를 배경으로 쓴 역사 소설은 출간되자마자 독자들의 관심을 끌었다. 작품의 포인트는 암울한 시대적 배경도 있지만 그 배경 속에서 싹튼 남녀의 사랑에 있었다. 그러니까 근현대사를 배경으로 한 로맨스 소설이었다.

출간된 지 얼마 안 되어 동규의 책은 제법 많은 부수가 팔렸다. 그는 하루아침에 베스트셀러 반열에 오르게 되었고, 이따금 TV나 라디오 등에서 매스컴을 탔다.

TV에 나와 인터뷰하는 동규를 보면서 미나는 그와 함께 캠퍼스를 거닐던 시절을 추억했다. 가난하지만 꿈이 있던 그 시절이 미나는 사무치게 그리웠다.

# 지방선거

저수지 카페에서 미나가 유진을 만난 지 며칠 지나지 않은 날이었다. TV를 비롯한 매스컴에서는 물론이고 거리의 풍경마저 지방선거의 열띤 분위기에 한껏 고조되어 있었다.

뉴스에선 한 달여 앞으로 다가온 지방선거 관련 기사가 보도되고 있었다. 지역별 선거 구도 및 정당별 여론조사 결과를 들으면서 미나는 부엌에서 콩나물을 다듬었다.

여성 아나운서는 경기도 어디 지역구에서 최연소 시의원에 출사표를 던진 후보자에 대해 얘기하고 있었다. 후보자의 이름이 들리는 순간 미나의 시선은 TV로 향했다. 그녀는 손에 묻은 물을 닦지도 않고서 거실로 나와 빠져들 듯 뉴스에 시선을 고정했다. 아나운서는 이제 만으로 스무 살인 대학생 시의원 후보를 소개했다. 그는 지난해에 최연소로 신춘문예에 당선된 청년 시인이었다. J대학교 정치외교학과 2학년에 재학 중인 그는 전국 최연소 시의원 후보자로 출마했다.

그는 고등학생 시절부터 사회적 기업을 운영하는 시민 단체 '함께 사는 우주'에서 활동해 왔으며, 지난해 신춘문예에 당선된 후 꾸준히 시를 쓰면서 세상을 향한 목소리를 낼 준비를 해 왔다고 밝히고 있었다.

그의 지역구는 공교롭게도 유진이 사는 동네가 포함되어 있었다. 그는 어려서부터 지금껏 성남시 수정구에서 살았고 그 동네를 떠나 본 적이 없었다고 했다.

콩나물국을 끓이면서도 미나는 정신없었다. TV에서 본 청년의 얼굴에선 얼마 전에 죽은 회장의 이미지가 강하게 풍겼다. 마치 회장이 살아서 선거판에 뛰어든 것만 같았다. 납골당에서 이미 저세상으로 간 그를 봤을 때만 해도 미나는 회장의 좋았던 모습만 기억하려 애썼다. 그가 잘해 준 건 사실이었기 때문이다. 만날 때마다 함께 있는 불과 몇 시간 동안에도 수십 번이나 사랑한다고 속삭인 그의 좋은 모습만 기억하려고 노력했다. 그러나 수산 시장의 활어처럼 펄떡펄떡 뛰면서 두 팔 걷어붙이고 선거판에 나온 그의 아들을 본 순간 또다시 그녀의 귓가로 환청이 울렸다.

'내 애기 하나만 낳아줘. 낳아서 그 집에서 키워. 둘 사이에 애가 있으면 평생 끈이 연결 돼!'

미나는 어지러웠다. 저녁밥을 뜨는 둥 마는 둥 했다. 잠자리에 든 그녀는 열불이 났다. 지난해 신문에서 청년의 얼굴을 처음 봤을 때도 열불이 났다. 하지만 참으려 노력했다. 그런데 TV에서 살아 숨 쉬는 그를 보고서는 참을 수 없었다. 그렇다고 지금 뭘 어떻게 할 수 있는 것도 아닌데 속에서 커다란 불덩이가 올라왔다.

청년은 준호보다 열한 살이 많았다. 이미 다른 여자와 사생아를 낳아 키우고 있으면서 또 자신의 아이를 낳으라고 한 그를 미나는 저승에서 데려와 물어보고 싶었다. 왜 그랬냐고. 나를 사랑했느냐고 아니면 수컷의 종족 번식 본능을 어쩌지 못해서였느냐고 묻고 싶었다. 애써 생각지 않으려 노력했으나 이 밤에는 그게 안 되었다. 그 청년 말고 또 어디 숨겨 놓은 아이가 있지나 않을까 하는 생각부터 별의별 생각이 들었다.

중학생 때부터 정당의 예비당원이었다는 그는 뉴스 출현 후 본격적인 선거운동을 시작했다. 미나는 업무시간에도 틈만 나면 포털사이트나 유튜브에 접속해 그의 선거운동을 지켜봤다. 그는 아침부터 시내 구석구석을 누비면서 주민을 만났다. 지역 주민들은 '이번엔 젊은이가 해야지.' 하면서 청년을 응원했다. 주민의 응원에 청년은 하루해가 짧을 정도로 활동의 폭을 넓혔다.

선거운동을 하면서도 그는 본인이 어느 기업가의 혼외 자식임을 서슴없이 밝혔다. 시의원에 당선된다면 소외된 계층과 이웃, 복지의 사각지대에 놓인 이웃, 비정상적인 구습에 얽매여 아직도 고통받고 사는 이웃을 발굴해 그분들과 한뜻을 품고 지역 사회를 이끌어갈 따뜻한 정치인이 되겠다는 포부를 당당히 밝혔다. 그는 마치 시의원이 아니라 대통령 선거에 출마한 후보자처럼 스케일도 크고 각오가 비장했다.

자신의 콤플렉스를 과감히 드러내는 모습은 지켜보는 사람들이 불안할 정도였다. 그에게선 더 이상 잃을 것이 없는 사람에게서나 나올 법한 무서운 투지가 엿보였다. 일부 전문가는 아직 젊어서 감정 통제 능력이 부족해 보인다고, 정치는 그렇게 하는 게 아니라고, 아직 어려서 세상 물정 모르고 덤빈다고 해석하기도 했다.

그가 운영하는 블로그에는 지역구 주민뿐만 아니라 전국의 시민들이 그를 응원하는 댓글을 달고 있었다. 댓글을 다는 네티즌 상당수는 전국에 흩어져 거주하는 혼외자들이 대부분이었다. 댓글은 꼬리에 꼬리를 물어 한편의 긴 서사시를 읽는 듯했다.

혼외자는 재벌 집이나 아니면 적어도 최소한 정 회장처럼 중소기업 회장의 자식들만 있는 게 아니었다. 구멍가게 사장은 물론 평범한 월급쟁이 자식들도 많았다.

내연녀의 아이만 싸질러 놓고 평생 양육비를 지급하지 않은 남자, 홀어머니가 평생 고생하면서 자식을 거둔 슬픈 이야기, 생활고로 어렵게 사는 이야기가 태반이었다.

가장 슬픈 사연은 생활비와 양육비를 못 받고 어렵게 산 것도 모자라 친부의 생전 빚을 상속받는 사람들의 이야기였다. 청년처럼 소송을 통해서 못 받은 재산과 유류분을 돌려받은 경우는 그나마 다행이었다. 생전 아버지 얼굴을 본 적도 없고 양육비를 받아 본 적도 없는데 친부가 죽으면서 빚을 남긴 경우들이 의외로 많이 있었다. 상속 포기를 하려면 상속자 전원이 만나 동의가 이루어져야 하는데 그렇게 하기까진 매우 힘든 과정이었다. 만난 적도, 양육을 받아 본 적도 없는 부모 빚을 갚으면서 아등바등 사는 사람들 이야기에 미나는 눈시울을 붉혔다.

혼외자들 사이에서도 남녀 차별은 있었다. 옛날이나 지금이나 첩의 아들보다 딸이 더욱 살기 힘든 건 매한가지였다. 친부가 사망한 딸은 친자를 확인하는 과정이 보통 힘든 게 아니었다. 부계 혈족 검사를 통해 친자를 확인하는 아들과 달리 딸의 경우엔 이복 자매가 있어야만 유전자 검사가 가능하고 그마저도 혼외자 본인 또는 이복 자매의 친모가 검사에 참여해야만 이루어질 수 있었다. 갑자기 나타난 아버지의 숨겨 둔 딸에 대해 이복 자매나 그 친모가 유전자 검사에 협조하는 경우는 드문 일이었다. 끝내 인지가 이루어지지 않은 딸들은 친부의 재산 상속을 포기해야 했다. 어느 한 많은 여성의 사연에 미나는 깊은 슬픔을 참지 못해 가슴을 쥐어뜯었다.

"저는 세상에 나온 지 얼마 안 돼서 엄마가 저를 버리고 도망가 버렸어요. 그래서 아버지네 집에 양자로 입양되었죠. 아버지네 집엔 저보다 몇 살이 많은 오빠와 언니가 있었어요. 엄마와 오빠와 언니는 한마음이 돼서 저를 구박했어요. 제가 어려서부터 당한 갖은 차별과 모욕을 다 얘기하면 밤새도 모자라요. 서러움에 견디다 못한 저는 스무 살이 되자마자 아무 남자나 잡아서 결혼해 버렸어요.

지금은 어떻게 사냐구요? 말해서 뭐 해요. 죽지 못해 살지요. 한 번은 너무 살기 싫어서 잠실대교에 올라간 적이 있어요. 추운 겨울이었죠. 하필 그날 전 오리털 잠바를 입고 있었어요. 신발을 벗고는 하나, 둘, 셋을 세고 뛰어내렸는데 아무리 기다려도 몸이 물에 가라앉질 않고 둥둥 뜨는 거예요. 잠바 때문인 줄 전 몰랐죠. 이미 물에 뛰어내린 상황이었고, 저는 이미 제정신이 아니었어요. 겨울이라 물은 매우 찼어요. 그렇게 저는 물 위에 떠서 이십 분이나 있었죠. 언제쯤 가라앉을까 이를 덜덜 떨고 있는데 저쪽에서 보트가 다가오는 거예요. 보트엔 소방대원들이 타고 있었어요.

그렇게 저는 구조되었어요. 보트 위로 올라 온 저는 소방대원들한테 악을 쓰면서 울었죠. 그냥 죽게 내버려 두지 왜 살려놨냐고. 그랬더니 소방대원 한 명이 그러는 거예요. 아가씨 잠바 덕분에 산 거라고."

여성의 이야기에 미나는 눈물을 훔치며 한동안 생각에 잠겼다. 대부분의 댓글이 청년에게 응원의 메시지를 보내는데 순간 어느 안티 네티즌의 글이 올라왔다.

"쪽팔리지 않나. 사생아가 어딜 나대긴 나대냐. 짜져 있을 것이지. 뭐가 잘났다고."

안티가 올린 한 줄짜리 글을 본 순간 미나는 직감적으로 깨달았다. 아마도 글을 쓴 사람이 정 회장의 친생자일 거라는 걸.

그녀는 버릇처럼 지난 일을 회상했다. 재훈이 바닷가에서 피우던, 잘 타지도 않고 매캐한 연기만 나던 장작불을.

한 네티즌이 그에게 질문을 던졌다. 당신은 시인이 아니냐고. 시를 쓰지 않고 왜 정치를 하냐고. 정치를 하게 된 계기가 무엇이냐고 질문했다. 그 질문은 미나가 하고 싶었던 질문이기도 했다. 혼외 자식과 관련한 무수히 많은 댓글과 질문에도 답하지 않던 청년은 이 질문에만큼은 친히 답을 적어 놓았다.

"문학과 정치, 아니 예술과 정치는 거의 한 몸이라 해도 무방할 정도로 매우 유사합니다. 모든 예술은 정치적이고 모든 정치는 예술적입니다. 그 둘은 모두 우리 주변을 둘러싼 삶의 문제에 질문을 던집니다. 해결책을 제시하기도 하고, 그렇지 못하기도 합니다. 하지만 불의를 지적하면서 정의를 외쳐왔고, 지금보다 더 살맛 나는 세상에 다가가기 위해 역사 이래 예술가들과 정치인들은 함께 고군분투해 왔습니다.

저는 가끔 시를 읽고 짓습니다. 그것도 수채화 같은, 풍경화 같은 시구를 끄적이노라면 마음이 정화되는 듯합니다. 카타르시스를 느낀다는 거죠. 하지만 거기서 멈추진 않습니다. 모든 시민과 국민이 수채화처럼 풍경화처럼 아름답고 평화로운 세상에서 살아간다면 그보다 더 좋을 일이 없겠지요."


점심시간에도 퇴근 후에도 미나는 틈만 나면 유튜브에 들어가 청년의 유세 활동을 지켜보았다. 유세 차량에서 마이크를 잡은 청년은 시내 곳곳을 누비며 사람들의 관심을 그러모

앉다. 어떤 날엔 시내 중심가만 집중적으로 돌아다녔고, 어떤 날엔 지역구의 가장자리만 돌며 벽치기를 했다. 어떤 날엔 트럭에서 내려 전통시장 구석구석을 돌며 상인들에게 명함을 나눠주기도 했고, 어떤 날엔 지하철역 계단을 내려가는 사람들에게 일일이 명함을 나눠주며 눈도장을 찍기도 했다.

약자를 대변하는 시민 단체 지도부답게 그의 눈빛은 온화하면서도 약간은 매서웠다. 지성인답게 예리하면서도 한편으로는 야심에 찬 눈빛으로 주먹을 들어 보이는 그는 연설하는 게 아니라 속에서 잠자던 울분을 토하는 듯해 보이기도 했다.

"존경하는 시민 여러분! 차별과 편견 없는 사회는 우리 지역 사회부터 솔선수범하여 만들어 나가겠습니다. 차별 없는 사회를 이루도록 제가 먼저 발로 뛰어 시민 여러분의 최일선에 서서 일하겠습니다. 저소득층과 취약계층은 물론 복지 사각지대에 있는 주민들을 발굴해 서민 계층이 행복한 삶을 살도록 돕겠습니다. 시민 모두가 골고루 잘 살 수 있는 사회적 경제를 실현할 방법을 모색할 것입니다.

존경하는 시민 여러분, 현재의 자본주의 제도는 모순이 있습니다. 이대로는 서민이 안정된 삶을 보장받기 힘듭니다. 조금은 수정된 자본주의의 도입이 필요하다고 생각합니다."

다소 저돌적인 발언에 미나는 순간 놀랐다. 하지만 사회주의 냄새를 풍기는 그의 발언에 젊은 청년들은 환호하며 열광했다. 청년은 다시 연설했다.

"사회를 향해 날개를 펼치는 청년은 물론 인생의 이모작을 시작하는 시니어분들도 함께 지원할 방안을 연구하겠습니다. 언제 어디서나 지역 주민 한 분 한 분의 목소리에 귀 기울여 경청하겠습니다. 시민의 소리를 우리 지역 정책 수립에 반영하겠습니다. 제가 비록 젊지만 패기 하나만큼은 기성세대 못지않게 넘쳐흐릅니다!

시민 여러분! 시민의 의식은 날이 갈수록 높아지고 있습니다. 주민의 말씀을 듣고 시민 곁에 더 가까이 있겠습니다. 정권과 권력에 좌우되지 않고 오직 주민만을 생각하며 일하겠습니다. 낮은 자세로 겸손하게 주민의 편에 서서 일하겠습니다."

유튜브로 청년의 연설을 시청하던 미나는 유진에게 전화를 걸었다.

"유진아, 나 오늘부터 한 달만 니네 집에 주소 좀 옮겨 놓으면 안 될까? 지방선거 끝나고 바로 뺄게."

"우리 집에? 왜? 무슨 일 있어?"

"아니, 니네 지역구에 시의원 후보로 나온 젊은 대학생 있잖아. 걔한테 한 표 찍어 주고 싶어서 그래."

"야, 넌 요즘 정치에 꽂혔니? 그 젊은 애가 어지간히 마음에 들었나 봐. 우리 동네 사람들도 이번에는 젊은 사람이 한번 해 보라고 걔한테 밀어주려는 눈치던데. 집에 가서 애 아빠한테 물어보고 알려 줄게. 아마 괜찮다고 할 거야."

"고마워."

청년 시인에게 꼭 한 표를 던져 주고 싶은 마음에 미나는 일시적으로 친구네 집에 주소까지 옮겨 놓았다. 왜 그런 마음이 들었는지는 자신도 모를 일이었다. 그와 그의 엄마가 회장의 피해자란 사실에 미나는 그들에게 동병상련을 느끼기도 했고, 안쓰럽기도 했다. 청년은 선거 전날까지 시내 곳곳을 누비면서 선거 활동을 펼쳤다.

 결전의 날, 미나는 준호와 함께 조금 일찍 투표장에 도착했다. 유진은 아직 도착 전이었다. 행정복지센터 계단에서 미나는 뜻밖의 사람을 만났다. 일찍 투표를 마치고 나들이를 가려던 정수네 가족 셋과 마주친 것이었다. 미나를 먼저 알아본 건 그녀와 중학교 동창인 윤희였다.

"야, 소라야! 너 김소라 맞지?"

윤희가 미나에게 다가오면서 소리쳤다.

"어머! 윤희야. 오랜만이다. 이게 몇 년 만이야?"

윤희와 인사를 나누기 무섭게 미나는 딸과 함께 계단을 내려오던 정수와 눈이 마주쳤다. 두 사람의 눈에선 당황스러운 불빛이 튀었다.

"어? 정수야. 근데 니네 둘이 부부였어?"

"음, 미나야. 우리 애기엄마야. 이 사람이랑 너랑 친구였니?"

"얘랑 나랑 중학교 때 이 년 동안 같은 반이었어."

"아, 그래."

두 사람은 조곤조곤 말하면서도 가슴은 뛰고 있었다.

"뭐야. 둘이 아는 사이였어? 근데 웬 미나? 소라야 너 이름 바꿨니?"

윤희가 물었다.

"응, 이름 바꾼 지 좀 됐어. 정수랑 난 고등학교 졸업하고 같은 식당에서 알바했어. 고깃집에서 일했거든. 난 서빙하고, 얜 숯불 피우고 불판 닦았어."

"둘이 알바 친구구나."

"응, 내가 대학을 늦게 가는 바람에 알바를 오래 했거든. 근데 너네 이 동네에서 언제부터 살았어?"

"아니 미나야. 나 이 동네 사람 아냐. 옛날 중학교 때 그 동네에서 아직두 살고 있어. 지금은 옛날보다 동네가 많이 변했지. 내가 뷰티샵을 해서 엄마가 우리 채린이를 봐주시거든.

그래서 엄마네 집 근처에서 살아. 엄마가 혼자 있어서 외롭기도 하구. 근데 이번에 이 동네에 괜찮은 사람이 있어서 친구네 집에 주소까지 옮겨 놓구 투표하러 온 거야."

"그랬구나. 나도 사실 이 동네 안 사는데 투표하러 왔는데."

"그래? 자기야. 봐봐. 우리 집만 그런 게 아니잖아."

윤희가 정수의 팔을 붙잡고 말했다.

"미나야, 이 사람은 표만 준 게 아니라 장사해서 번 돈으로 후원금도 내고 왔어. 그것도 몇십만 원이나. 도대체 그런 열정은 어디서 나오는지 몰라."

정수가 아내를 놀리듯 말했다.

"그랬구나. 난 거기까지는 생각 못 했는데 정말 대단하다."

"아들래미 많이 컸네. 잘생겼다. 이름이 뭐니?"

준호의 머리를 쓰다듬으면서 정수는 이상하게 만감이 교차하는 걸 느꼈다. 준호는 반짝이는 눈빛으로 정수를 올려보았다. 아까 전부터 정수는 옛 추억을 떠올렸다.

"준호에요, 이준호."

준호가 씩씩하게 대답했다.

"아, 준호. 이름도 멋지네."

"딸래미 이쁘게 생겼다. 이름이 채린이라구?"

"네."

채린이는 처음 본 여자가 쑥스러운 듯 엄마 뒤에 숨으려 했다.

"얘가 낯을 좀 가리는데 친해지면 안 그래. 미나야. 여기 우리 샵인데 언제 한번 놀러 와라. 내가 예쁘게 잘해 줄게."

윤희가 미나에게 뷰티샵 명함을 내밀면서 말했다.

"아, 그래. 꼭 한번 갈게."

정수가 준호의 손에 만 원짜리 한 장을 쥐여주었다.

"고맙습니다."

미나가 핸드백에서 지갑을 꺼내려는 찰나 정수가 미나에게 작별 인사를 했다.

"미나야, 오늘 반가웠어. 우리 강화도로 나들이 가려던 참이어서 다음에 보자. 애기엄마 샵에 꼭 한번 놀러 와. 잘해 줄 거야."

"그래, 미나야. 꼭 놀러 와. 다음에 보자. 오늘 정말 반가웠어."

정수는 아내와 딸아이를 데리고 계단을 내려갔다. 사이좋게 걸어가는 부부의 뒷모습을 보면서 미나는 뭔가 말할 수 없는 감정이 북받쳤다. 그보다 어쩌다 정수가 윤희 같은 여자한테 넘어갔는지 궁금했다.

중학교 시절 윤희는 꼴통으로 유명한 아이였다. 공부와는 거리가 멀었고, 툭하면 학교에 나오지 않았다. 게다가 교복 치마가 두 개인 그녀는 학교에서 입는 치마와 밖에서 입는 치마가 달랐다. 학교 밖을 나가는 순간 그녀는 엉덩이가 터질 듯 짧게 기운 미니스커트를 입고 시내를 활보하는 아이였다. 날라리로 유명했던 윤희가 어떻게 모범생인 정수를 꼬셨는지 모를 일이었다. 그들의 행복해 보이는 뒷모습에서 미나는 인생이란 게 무언지 허무한 생각이 들었다.

그때 그 시절 재훈을 만나지만 않았어도 정수를 윤희에게 뺏기진 않았을 텐데 하는 후회가 한없이 밀려왔다. 그러면서도 미나는 중학교 때 윤희가 자주 손톱을 물어뜯던 게 생각났다. 피가 날 정도로 손톱을 물어뜯고 있을 때면 체육 교사가 윤희 주변에 있는 친구들에게 말했다.

"얘들아, 쟤 과자 하나 사줘라. 먹을 게 없어서 그러냐. 왤케 손톱을 뜯어먹냐."

윤희와 아주 친한 사이가 아니라 미나는 자세한 사정은 알지 못했다. 하지만 소문으로 조금은 알고 있었다. 윤희가 어머니와 단둘이 사는 한부모 가정의 아이라는 걸. 미나는 대충 짐작할 수 있었다. 윤희 엄마가 젊어서부터 지금껏 혼자 사는 것과 윤희가 청년에게 후원금까지 기부한 것과 자기네 동네를 놔두고 멀리까지 투표하러 온 것에는 상당한 상관관계가 있을 게 분명했다. 미나가 짐작하는 게 맞는다면, 후보자의 블로그에서 본 댓글 중 하나가 윤희가 쓴 글일지도 모르겠단 생각이 들었다.

 이런저런 생각에 잠겨 허공을 바라보며 서 있는데 멀리서 유진이 미나를 불렀다. 청년 후보한테 한 표씩 던져 준 후 두 여자는 오랜만에 유진의 집으로 향했다.

 "남편이 너 온다니까 눈치채고 운동하러 나간다면서 집 비워줬어."

 "그랬구나. 잘됐다."

 "야, 근데 그 젊은 대학생 인기 많더라. 너 말고도 여기저기서 투표하러 온 사람들 꽤 있는 것 같아. 나 아는 언니가 너처럼 동사무소 다니는데 요즘 갑자기 주민 수가 늘었데잖아. 선거 기간에 주소 옮기는 것도 나라에서 단속해야 하는 것 아냐?"

 유진은 오랜만에 놀러 온 미나와 준호를 위해 직접 고기를 튀겨서 탕수육을 만들어 줬다. 친구와 수다를 떨면서도 미나는 계속 정수네 부부를 떠올렸다.


 주민들의 예상대로 청년 시인은 압도적으로 승리했다. 그는 당당히 전국 최연소의 시의원으로 당선됐다. 꽃목걸이를 건 그는 눈가에 가득 눈물을 머금고 당선 소감을 밝혔다.

"시민 여러분 감사합니다. 정말 감사합니다. 저는 오늘의 영광을 지금껏 저를 키우느라 고생하신 홀어머니께 돌리겠습니다. 앞으로도 저는 저희 어머님과 같이 복지의 사각지대에 계신 분들을 발굴하여 그분들이 어려움 없이 살아가실 수 있도록 제도권 안에서 보호막을 마련할 방안을 찾겠습니다. 또한 말씀드린 바와 같이 약자와 소외된 자들이 없도록 주민 한 분 한 분을 돌아보며 살피는 일꾼이 되겠습니다."

시의원에 당선된 그의 블로그에는 지역구 주민뿐만 아니라 전국의 혼외자들이 들어와서 축하와 응원 댓글을 올리고 있었다. 그는 하루아침에 스타가 된 듯해 보였다.

청년이 당선되던 날 종일 미나는 알 수 없이 마음이 들떴다. 그에게 한 표를 던져줬지만 한 편으론 회장의 아들을 도운 셈이기도 했다. 어지러운 마음으로 오전 업무를 마친 미나는 점심시간에 머리도 식힐 겸 페이스북에 들어가 보았다. 한동안 들어가지 않은 페이스북엔 지인들의 이모저모 삶의 단편들이 올라와 있었다.

이리저리 화면을 들여다보던 미나는 '알 수도 있는 사람' 코

너에서 뜻밖의 사람을 발견했다. 바로 죽은 정 회장의 부인이었다. 호기심에 친구 추가 버튼을 눌렀더니 몇 분 만에 부인과 미나는 페이스북 친구가 됐다.

부인의 페이스북 첫 번째 게시글을 본 미나는 말로는 형용할 수 없는 슬픈 감정이 솟구치면서 눈물이 앞을 가렸다.

'남편을 떠나보낸 후 전 하루도 마음 편할 날이 없네요. 남편이 생전에 남겨 놓고 간 흔적이 곳곳에 너무나 많아요. 그 흔적들이 나와 우리 자식들을 후벼파네요.

그분들이 상처받은 건 알겠는데 우리도 상처 많이 받았어요. 제발 부탁인데 조용히 좀 살아 주면 안 될까요. 세상 시끄럽게 해서 좋을 게 뭐가 있나요.

남편이 하던 회사도 팔아치우고 우리 아이들과 난 숨어 살다시피 하는데 이 정도면 안 되었나요. 제발 이제 우리 자식들과 나 좀 가만히 살게 해 주세요.'

## 준호의 이야기

 우리 엄마는 내가 친구를 잘 못 사귄다고 주말마다 나를 상담센터에 데리고 가는데 나는 솔직히 왜 가는지 모르겠다. 선생님이 나한테 이것저것 뭘 물어보는 것도 싫고 거기에 일일이 대답하는 건 귀찮은 일일 뿐이다. 그냥 날 좀 내버려 뒀으면 좋겠다.
 엄마가 모르는 게 하나 있는데 그건 바로 엄마가 생각하는 것보다 내가 기억력이 좋다는 거다. 어렸을 적, 그러니까 두 살인가 세 살이었을 때 가끔 할머니랑 자면서 이불에 오줌싼 것까지 기억한다. 엄마 친구 유진이 이모가 힘들게 사는 이야기도 잘 알고 이모랑 엄마랑 만나서 하는 대화가 주로 신세한탄이란 것도 안다.
 내 기억 속에 엄마가 웃는 얼굴을 본 적이 별로 없다. 아빠도 마찬가지다. 엄마는 우울할 때가 많았고, 아빠는 어딘가 모르게 불안해 보였다. 나는 엄마와도 아빠와도 놀지 못했다. 나는 늘 혼자였다. 지겨울 정도로 혼자였다.

　나는 아주 어렸을 적부터 어린이집에 다녔다. 저녁이면 일이 끝난 엄마들이 친구를 데리러 왔다. 나는 철민이가 부러웠다. 철민이네 엄마는 철민이를 데리러 올 때마다 '철민아! 엄마가 우리 철민이 보고 싶었어!' 하면서 철민이를 끌어안고 뺨을 비비면서 오버액션을 했다. 그러면 철민이는 '엄마!' 하고 소리 지르면서 엄마 품에 안겨 재롱을 부렸다. 나를 데리러 오는 엄마의 얼굴엔 늘 수심이 가득했다. 철민이 엄마 얼굴에서 볼 수 있는 웃음과 기쁨은 없었다. 나를 기뻐하지 않는 엄마가 나는 서운했다.

　아빠를 못 본 지 꽤 오래됐다. 아빠와의 추억이 별로 없긴 하지만 그래도 아빠가 보고 싶다. 엄마는 나한테 아빠가 아주 멀리 어딘가로 가셨다고 했다. 하지만 나는 아빠가 지금 어디 계신지 다 안다. 내가 모른다고 생각하는 건 엄마의 착각이다.

　엄마는 내가 전혀 모르는 줄 알지만 내가 그 정도로 눈치 없는 애는 아니다. 아빠가 엄마한테 아주아주 많이 잘못한 건 나도 알고 있다. 아빠가 백번 잘못했다는 건 나도 인정한다. 하지만 나는 아빠가 보고 싶다. 왜냐면 내 아빠기 때문이다.

엄마가 요즘 기분이 좋아진 것 같아서 나도 기분이 좋다. 엄마는 요즘 부쩍 동규 아저씨를 자주 만난다. 언젠가 엄마의 출판기념회 때 처음 만났던, 내 머리를 쓰다듬으면서 만 원을 주셨던 아저씨가 요즘 우리 집에도 놀러 온다. 아저씨도 엄마처럼 일하면서 글을 쓰는 작가다. 그러니까 엄마랑 아저씨는 비슷한 사람이다.

아저씨는 옛날처럼 내 머리를 쓰다듬고 용돈을 주신다. 아저씨는 만날 때마다 나랑 엄마한테 맛있는 걸 사 주신다. 엄마 얼굴에 미소와 웃음을 가져다준 아저씨가 나는 좋다. 아저씨랑 엄마가 잘됐으면 좋겠다.

오늘은 아저씨랑 엄마랑 나랑 셋이 제부도에 있는 글램핑장에 가는 날이다. 엄마는 1박 2일로 다녀올 거라고 했다. 아저씨랑 엄마가 언제부터 같이 여행 가는 사이가 됐는지는 모르겠다. 제부도로 떠나기 전날부터 마트에 가서 뭔가를 잔뜩 사 온 엄마는 기분이 들떠 보였다. 아저씨가 아침 일찍 엄마랑 나를 데리러 왔다.

차를 타고 가는 내내 아저씨는 운전하면서도 끊임없이 내게 말을 걸었다. 아저씨와 얘기하는 게 재밌다. 내가 아저씨랑 잘 노니까 엄마는 기분이 좋은지 같이 떠들었다. 내가 지금까지 본 것 중에 엄마가 최고로 말을 많이 한 날이었다.

바다에서 우리는 케이블카도 타고 세일링 요트도 탔다. 배를 타고 바다 한가운데로 나갔더니 갈매기들이 우리를 쫓아왔다. 선장 아저씨가 준 새우깡을 날려 주니까 갈매기들이 공중에서 입을 쪽쪽 벌리고 새우깡을 받아먹어서 신기했다.

빨간등대 옆으로 난 길을 따라 걷는데 아저씨가 지금 걷는 길이 제비꼬리길이라고 알려줬다. 아저씨는 멀리 바다 건너 좀 더 큰 섬인 대부도가 있는데 다음엔 거기도 같이 가자고 했다. 제비꼬리길을 따라 걷다 보니 매바위라고 하는 큰 바위가 나왔다. 매처럼 안 생겼는데 왜 매바윈지 모르겠다. 아저씨가 핸드폰으로 엄마랑 내 사진을 엄청나게 많이 찍었다. 아저씨는 오늘 우리를 위해 봉사하러 나온 사람 같았다.

오후 늦게 우리는 글램핑장으로 들어왔다. 노란색 천막같이 생긴 집 안에 침대도 있고 싱크대랑 냉장고도 있었다. 나는 밖으로 나와 나무에 매달아 논 해먹에 누웠다. 아저씨랑 엄마는 둥그렇게 생긴 그네를 타면서 놀았다.

초저녁부터 아저씨랑 엄마는 바비큐 파티를 시작했다. 아저씨가 숯불 화로에 고기도 굽고 소시지와 버섯도 구웠다. 아저씨는 계속 고기를 굽고 자르느라 정신없었다. 고기를 다 구운 아저씬 라면도 끓였다. 캔맥주를 마시는 엄마랑 아저씨는 즐거워 보였다. 실컷 먹고 나니 날이 어두워지면서 바닷바람이 선선하게 불었다.

　아저씨는 지금부터 불멍 타임이라고 했다. 어디선가 통에다 나무를 가득 담아 온 아저씨가 모닥불을 피웠다. 참나무 장작은 처음엔 타지 않고 꺼멓게 연기를 내더니 곧 타기 시작했다. 엄마는 장작불에 마시멜로를 구웠다. 마시멜로를 구워 먹는다는 걸 처음 알았다. 활활 타오르는 불을 보고 있으니 마음이 차분하고 편안해졌다.

　아저씨가 조그만 봉지를 뜯더니 모닥불 위에 가루를 뿌렸다. 오로라 불멍가루라고 했다. 가운데 파란색과 녹색 빛의 불꽃이 일더니 무지개 색깔로 타오르기 시작했다. 언젠가 TV에 나온 노르웨이 트롬소의 오로라를 보는 것처럼 신기했다.

　모닥불은 타닥타닥하면서 나무 타는 소리를 냈다. 아저씨는 이 소리가 나무에 있던 수분이 공기 중으로 증발하면서 나는, 쉽게 말해 물 빠지는 소리라고 했다.

　우리는 모닥불을 바라보면서 이야기꽃을 피웠다. 두런두런 이야기하는 아저씨랑 엄마 얼굴에는 웃음꽃이 피었다. 불구경하던 나는 어느새 꾸벅꾸벅 졸고 있었다. 잠결에 모닥불 타는 소리가 자장가처럼 들렸다.

아직 덜 마른 장작
- 이바구 소설선 3

지은이 | 이지혜
펴낸이 | 신기용

2024년 8월 20일 초판 1쇄 발행

펴낸곳 | 도서출판 **이바구**
　　　　부산광역시 부산진구 동성로143(전포동 신우빌딩) 2022호
　　　　T.010-6844-7957
등　록 | 제329-2020-000006호

ⓒ 이지혜 2024　　ISBN 979-11-91570-72-4 (03810)
정 가 / 20,000원

※ 이 책의 저작권법에 따라 보호받는 저작물이므로 무단 전재와 복제를 금합니다.